CHARLES
BEAUMONT

企鹅·轻经典
EASY CLASSICS

可能有梦

[美]查尔斯·博蒙特　著

修佳明　译

中信出版集团｜北京

**CHARLES
BEAUMONT**

企鹅·轻经典
EASY CLASSICS

可能有梦

[美]查尔斯·博蒙特 著

修佳明 译

中信出版集团 | 北京

目录
CONTENTS

献给一位女士的歌	1
一场经典的婚外情	27
依照他的样子	49
可能有梦	86
丛林	101
怪物秀	136
美丽的人们	146
男巫之月	174
父亲,亲爱的父亲	182
号叫的男人	192
会集地	218
免费的泥土	227
黄铜音乐	244
幻梦	270
夜骑	282
新的声音	312

献给一位女士的歌

SONG FOR A LADY

旅行经纪人警告过我们。那是一艘旧船,非常老,很陈旧。而且很慢。斯皮尔托先生曾游历过世界的每个角落,对旅行的事无所不知。"事实上,"他说,"还在水面上跑的船,没有比这艘更慢的了。到勒阿弗尔要十三天,到南安普顿要十四天。当然了,前提是风向有利!不,我不确定你们要在这艘船上度蜜月。再说,这将是她最后一次下水跨洋了。他们打算一个月之后就把这个老古董报废掉。"我想,这正是我们在第一次出国旅行时选择了"安妮女士"号的原因所在。参与到一艘船最后的航行当中,这里面有些诱人的东西,这里面有些东西是深刻而特别的,艾琳说。

或者也可能只是因为那个经纪人的傻笑。他本可以说服我们放弃这个选项,但是他非傻笑不可——既是加德满都的老兵,又是天真的不谙世事的爱荷华人——结果让我们失去了理智。无论如何,反正我们是预订了两个头等舱席位,结了婚,坐飞机来到了纽约。

我们在码头上看到的景象,让我们吃了一惊。斯皮尔托关于那艘船的可怕的描述，让我们以为那是某种介于因纽特人的独木舟[1]和"飞翔的荷兰人"号[2]之间的东西，结果第一眼看上去，"安妮女士"号似乎是一艘完全正常的远洋客轮。我们两个谁也没真正亲眼见过一艘远洋客轮，除去在电影里见过的；但是我们心里都认定了一艘客轮应该有的样子，而这就像是一艘客轮。这是一艘巨大的大船，船体是明亮的橘色，还有两只浮夸的大烟囱；虽然有两万吨重，它却有一种轻盈的感觉，几乎可以说是优雅。

然后我们走近了一点儿。结果，"安妮女士"号就像是那种衣着靓丽的女人，在一个街区以外看起来很漂亮，可随着你逐渐靠近，形象也逐渐瓦解。船体上的橘色确实是明亮的，可那并不是油漆。那是铁锈。铁锈，像霉菌一样，感染到每一寸地方，从每一扇舷窗中向下流淌。蚕食着铁。

我们盯着那个老旧的破烂东西，端详了一会儿，然后决绝地从码头上的一堆老人中间穿过，走上跳板，停住了脚步。没什么可以说的，于是艾琳说："它太美了。"

我刚要回应时，突然响起了一个声音："不！"一位年长的男士站在我们身后，他稀疏的头发通红如火，手里拿着一个袋子。"不是'它'，"他怒气冲冲地说，"是'她'。这艘船是一位女士。"

"哦，抱歉。"我的妻子带着敬意地点了点头，"那么，好吧，她太美了。"

---

[1] 外形源自传统因纽特人的兽皮艇，所以比较木制的独木舟轻巧得多。——编者注（如无特殊说明，书中脚注均为编者注）

[2] 传说中一艘永远无法返乡的幽灵船，注定在海上漂泊航行。

"可不是嘛！"那位男士继续瞪着眼睛，没有恶意，也不再愤怒，但是带着巨大的猜疑。他正准备上跳板，然后停下了脚步。"你们是在送别什么人吗？"

我告诉他不是。

"那么，就是来参观的。"

"不是，"我说，"我们是乘客。"

那个老人的眼睛睁大了。"怎么可能？"他说，那样子简直就像是我刚刚跟他承认我们是俄罗斯来的间谍。"你们是什么？"

"乘客。"我又说了一次。

"噢，不。"他说，"不，不，我觉得不对。我觉得不是。你看，这是'安妮女士'号。肯定是哪里搞错了。"

"杰克，拜托别这样！"一个身材矮矮胖胖的女人说。她戴着厚厚的眼镜，责备地摇着头。

"安静。"老人冲她嚷了一句。因为激动，他的声音变得尖厉刺耳。"我觉得，年轻人，你们要是再检查一下你们的船票，你们就会发现这里面出了严重的错误。我再说一遍，这是'安妮女士'号——"

"——我也再说一遍，"我有点儿不耐烦地说，"我们是乘客。"尽管如此，他还是不肯让步，所以我从口袋里掏出了船票，塞给了他。

他盯着纸面看了很长时间，然后，他叹着气把船票还给了我。"私人聚会，"他嘀咕着说，"远征吧，可以说。计划了这么久。外人！我……"再没多说一个字，他转身大步走上了跳板，迈着坚定的步伐。那个矮矮胖胖的女人跟在他身后，给了我们一个淡淡的怪异的微笑。

"好吧！"艾琳稍微犹豫了一下之后，咧嘴一笑，"我猜那在英式英语里就是'欢迎上船'的意思了。"

"别想了。"我拉起她的手，我们直接走进了船舱。船舱很小，跟那位友善的旅行经纪人预告的一样：两个铺位，一上一下，一个水池，房间是一个王冠形的"便壶"（pot du chambre）。但是空间并不狭窄。天花板上，胖得出奇的丘比特们茫然地向下张望，房间门上镶了一层掉屑的金漆，还有一盏残缺不堪的吊灯。船舱怪诞可笑，但不知怎么，就是有一种振奋人心的感觉。当然，这种振奋的心情原本可能只有一半那么多——还不提船舱里的那几只大老鼠——但是，我们让自己卷入这团混乱之中，已经从各种不同的角度上罔顾了每一个人的忠告，所以我们下决心要证明，自己的直觉是正确的。

"真棒。"艾琳说，把手举起来拍了拍一个丘比特的小肚子。

我吻了一下她，心想，之前的事情应该不算太糟。要毁掉我们的旅行，光是一个坏脾气的英国老头和一个离谱的头等舱，可远远不够。还要多得多才行。

不幸的是，还有多得多的事情，正飞奔在来的路上。

我们在甲板上散步的时候，注意到栏杆边站着很多老人，数量惊人；但是，我们当时很兴奋，所以并没有把这事放在心上。我们朝甲板上的陌生人挥手，看着乘客陆陆续续地登船，开始感受到了那种魔力。然后，我看到了那位红头发的老绅士蹒跚地向我们走来，仍然怒目圆睁，眨着眼睛。从某个角度看，他有点儿像晚年的C.奥布雷·史密斯[1]，只不过年纪更大，身形也更瘦弱。但是腰板跟他一样挺直，而且眉毛也一样浓密。

"我说，"他用他的拐杖指着我说，"你们对这件事不是认真的吧，不是吧？"

"对什么事？"我问。

"乘坐'安妮女士'号旅行。我是说，我也不想自己听起来好像搞小团体之类的，但是——"

"我们是认真的。"艾琳冷冷地打断他说。

"老天啊。"老人咂着舌头说。"还是美国人。这可是艘英国船，你知道吗？这可以说是一次重聚和——"他朝着另一个穿着粗花呢衣服的男士招呼了一声。"伯吉斯！这儿呢！"那个人比我们这位朋友还老，拄着拐杖走过了木头跳板。"伯吉斯，这就是我说的人。他们有票！"

"不，不，不。"拄着拐杖的老人说。"整件事显然是一个可怕的错误。冷静点儿，麦肯齐，我们还有时间。现在，"他向我们露出了一个狡猾的、不老实的微笑，"不用说，你们这对年轻人肯定不知道，这其实更像是一次——我该怎么说呢，私人的，这种类型的，航行；你们懂了吗？真是千钧一发。老天啊，没错。毫无疑问，这是一次失误，责任在——"

---

[1] C.奥布雷·史密斯（C.Aubrey Smith，1863—1948），参演过《魂断蓝桥》《天堂里的烦恼》《埃及艳后》等。

"听着,"我说,"我已经受够这套把戏了。没有任何失误,什么都没有。这就是我们的船,上帝做证,我们就是要乘它去欧洲。她。"

"那,"伯吉斯说,"实在是个不好的消息。"

我动身离开,但是那个老人用手扣住了我的胳膊。"求你了,"他说,"我理解,这在你看来也许显得很奇怪,相当奇怪,但是我们实际上是在努力帮你。"

"正是这样。"那个红头发麦肯齐插嘴说。"有一些,"他低声阴沉地说,"关于这艘船的事情,是你们不知道的。"

"例如,"伯吉斯又把话接了过去,"她已经超过六十五岁了。没有通风设备,你知道吗?她上面没有任何一种现代的便利设施。而且要等她跨到对岸,可能要天荒地老了。"

"而且还很危险,"红头发老人说,"老天啊,没错。"

两个老伙计拉着我们顺着甲板走过去,一路用他们的拐杖指指点点。

"看那些折叠椅,你就看看它们。绝对是古董了。都快散架了。就算把里面情况最好的一把椅子拿出来,也没人敢把自己的孩子放在上面。"

"还有那些地毯,你能看出来,都是破布。磨成什么样子了。"

"再看看那台阶。丢人啊!它何时塌下来都不会有人吃惊的。"

"哦,我们还可以告诉你,'安妮女士'号什么也不是,就是一只古老的锈桶。"

"所以你看,是不是整个想法都太不切实际了。"

他们看着我们。

艾琳露出了她最甜美的笑容。"事实上,"她说,"我觉得这是我看过的最可爱的小船了。你不觉得吗,艾伦?"

"绝对是。"我说。

老人难以置信地瞪大了眼睛。然后,伯吉斯说:"你们会无聊的。"

"我们从来都不会无聊。"艾琳说。

麦肯齐说:"那你们也会生病!"

"绝不会。"

"等等!"伯吉斯皱着眉头。"我们是在浪费时间。我说,运转良好的现代轮船有几十艘,可你们究竟为什么这么死心眼,非要搭这么一艘老掉渣的旧船,我实在不能假装说自己可以理解。也许这是典型的美国人的执着。不走寻常路,打破常规什么的。哎?令人钦佩啊!但是,我们还是必须坚持劝你们放弃这种执着。"

艾琳张开了嘴,然后,当她看到那个老人拳头里攥着的一卷钞票时,又把嘴合上了。

"我愿意,"他语气坚定地说,"付给你双倍的票价,只要你愿意放弃你们的行程。"

片刻的沉默。

"怎么样?"

我偷偷瞥了一眼艾琳。"没门儿。"我说。

"三倍的票价?"

"不行。"

"很好。我要走极端了。如果你愿意现在就离开'安妮女士'号,我会给你等价于五千美元的钞票。"

"那,"麦肯齐说,"我也出同等的一份。"

"这样加起来就是一万美元了。"

艾琳看上去差一点儿就要流眼泪了。"一百万美元也不行,"她说,"现在,请你们两位老先生听我说两句。自从我们选定了这艘船以来,人们就千方百计地在劝阻我们。我不知道为什么,而且我也不在乎。如果你那么担心轻浮的美国人会打扰你们的英式茶——"

"亲爱的女士,我们——"

"——你们大可放心。我们不会接近你们的。但是我们已经付钱买了船票,所以我们在'安妮女士'号上的权利一点儿也不比你们少!所以现在请你们走开,别再打扰我们了!"

交谈结束。我们走回船头,等待着,一声不响,直到缆绳被解开,拖船开始把我们拉向海里;然后,我们绕了一圈,晃悠到了船的另一侧,始终没有提起刚才个场面。我现在了解到,那里也有些老人,而且只有老人,但是,我们还在气头上——而且这场冒险仍然很新鲜——所以依然没有把这放在心上。

实际上,直到消防演习的时候,过道里都挤满了人,这才第一次引起我的重视。目力所及之处,没有年轻人,没有学生,没有孩子。只有老头和老太太,绝大多数还能自己行走,但有些挂着手杖和腋杖,还有几个坐着轮椅。而且,从花呢套装、烟斗、络腮胡和羊毛裙子的数量上来判断,他们绝大多数是英国人。

我心里正想着到达南安普顿前的两周时日和那一万美元，忽然听见艾琳说："看。"

我看过去。我的目光撞上了上百双眨也不眨的眼睛，直勾勾地转向了我们。盯着我们，仿佛我们是一个全新的物种。

"别担心。"我轻声说，语气里没有多少信心。"我们会在船上找到我们这个年龄的人。按理说应该如此。"

按理说确实应该如此。但是，尽管我们把每一处都看过了，可是每一处都一样：老头，老太太；英国人；沉默；瞪着眼。

最后，我们找烦了，于是走进了船上唯一一间公用舱室。那里被称作"皇家休憩厅"：摆着数百张桌椅的大厅，里面有一块儿小小的舞池，一个为音乐家们准备的表演台，还有一个吧台。完全是洛可可风格的布置，跟你对"泰坦尼克"号的想象一样：紫绿搭配，如今已褪色发灰，还有掉屑的金色。人们坐在椅子上，既没有在读书，也没有在打牌或者聊天。只是坐在那里，双手叠放在膝上。我们轻手轻脚地走过一块儿经年磨损的地毯，来到了吧台边，向当班的老爷爷点了两杯双份苏格兰威士忌。然后我们又点了两杯。

"家家之夜。"艾琳指着一块儿黑板说，"那是英国人的宾果游戏。不过我想，我们是不会被邀请了。"

"一群疯子。"我说。我们互相对视了一眼，然后转过头，视线扫过一片由白茫茫的秃顶组成的海洋——有些已经流起了下午觉的口水——又回过头对视着彼此；我得骄傲地说，我们都没有哭出声来。

喝完了酒，我们走出"皇家休憩厅"，脚步轻轻地，去排队吃午饭。餐厅是帝国风的,丝绸散发着年代和尘埃的味道,挂毯图案模糊。我们点了一种名叫"气泡吱吱叫"[1]的东西,因为它听起来很欢快,但其实并不是。而坐在我们四周的用餐者更不是了。尤其是那些独自坐着的人。他们都散发着一股忧郁之气,还透过餐食盯着我们,有些遮遮掩掩,有些明目张胆。

最后,我们终于放弃了尝试去吃饭的努力,逃回了"皇家休憩厅",因为,还有什么别的地方可去呢?

那片由头顶组成的海洋很平静。只有一个头顶例外。它是红色的。当我们走进大厅时,那只头顶也点了点,跳了起来。

友好先生的眼神紧抓不放。"我想请您原谅。"他说,"实在不想打扰您。但是我的妻子,麦肯齐夫人,就坐在那儿——她,呃,指出我之前太无礼了。相当无礼。我想,我是该来道个歉。"

"是吗?"我问。

"噢,是的!但是还有些更重要的事。事实上,是相当好的消息。"这个老男孩如此快乐地微笑,看起来很奇怪;他的眉毛依然皱着,好像是一直固定在脸上似的。"我和伯吉斯先生又聊了聊整件事,"他说,"我们决定,你们也不是必须离开这艘船。"

"这么说,"我略带尖酸地说,"那还真是好消息。我们还害怕自己得游回去,一直担心得要命呢。"

"是吗?"麦肯齐先生把头歪向了一侧。"那可真是抱歉了,孩

---

[1] 其实是卷心菜煎土豆。首先需要将剩菜切碎,然后压进平底锅中,最后用美味的面皮炸成馅饼。这个名字来自烹饪时发出的声音。烹饪时,锅内蒸汽沸腾,四处乱窜,随着蒸汽从馅饼顶部蒸发出去时,就会发出吱吱的声音,故因此而得名。

子。但是我们都非常担心，我们所有人，我敢说你已经感受到了。你看，我们就是没有想到过，外人也会想要乘坐'女士'号。我是说，她本来——曾经是一艘货轮；她上一次载新乘客还是，根据普罗瑟罗船长的说法，1948年的夏天。所以你可以理解——但是那都不用管了，不用管那些事。现在都搞定了。"

"搞定了什么？"我的妻子问。

"嗯，一切。"老人表情夸张地说。"但是来吧，你们真的必须跟我和麦肯齐夫人喝一杯茶。'女士'号上的这一点还没有变过。她还是拥有所有海上船只里最上等的茶叶。是吧，亲爱的？"

那个矮矮胖胖的女人点了点头。

我们互相介绍了一番，好像这才是我们的第一次见面。那个叫伯吉斯的男士伸出手，跟我握了握，充满了热情，这让我着实有些吃惊。他的妻子是一个安静的面色苍白的女人，微笑着。她盯着她的茶杯看了一会儿，然后说："伊恩，我觉得兰塞姆夫妇对于你和麦肯齐先生今天早上的行为有点儿想不通。"

"呃？"伯吉斯咳嗽了一声，"哦，是的。但是现在都没事了，辛西娅；我不是跟你说过了嘛。"

"可还是——"

"也许我能帮忙。"麦肯齐夫人说。这是她第一次开口说话。她的嗓音温柔甜美，但奇怪的是，却隐含着一种命令的感觉。她看着艾琳。"但是，首先，你必须告诉我们，你们为什么选择了'安妮女士'号。"

艾琳告诉了他们。

麦肯齐夫人的微笑改变了她的面容，洗去了岁月，让她变得几近美丽。"亲爱的，"她说，"你说得太对了。'女士'号就是特别的。我得说，比你或者你的丈夫想象中的还要特别。你知道吗，我和杰克结婚的时候，就乘坐了这艘船——那已经是五十六年前的事了。"

"五十五年。"红头发的男士说。他喝了一口茶，然后轻轻地放下了茶杯。"不过，她在那时候可是了不得。我是指这艘船！"

"杰克，行了。"

艾琳看着麦肯齐，用一种平稳的语调说："我记得你告诉过我们，它只不过是一只古老的锈桶。"

"不是'它'。是'她'。"伯吉斯红了脸。"我们俩都应该被雷劈死。"他说。"这是我这辈子撒过的最大的谎话。兰塞姆夫人，记住我的话，'安妮女士'号曾经是，现在也是，这片海上最好的船。她曾是船队的女皇。"

"而且相当与众不同。"麦肯齐接过话头，"独一无二，我相信。你知道吗，她尤其适合度蜜月的情侣。那正是她当时的运输任务：热恋中的年轻人。对。也正因如此，你们在这里才显得——我该怎么说——讽刺？唉？不，这么说不对。不是讽刺。萨莉，我想说的那个见鬼的词是什么？"

"甜蜜。"他的妻子微笑着说。

"不，不。不管怎么说，就是这么一回事。你也许会这么说，只不过是一间普通的浮在海面上的婚房。年轻的新婚爱侣，在你们的眼里，那就是她的全部样子。他们的眼睛里满溢着甜蜜和月光。老天啊。但是这很滑稽。那些孩子全都摆出一副成熟和世故的样子，努力地表现出自己已经结婚了，而且也习惯了婚姻，你们知道，其实他们每一个都跟小老鼠一样紧张。你还记得吗，伯吉斯？"

"我记得。当然记得。好了，麦肯齐，那只不过持续了几天的时间。'安妮女士'号给他们留出了互相了解的时间。"那个老人大笑着说，"她是一艘充满智慧的船。她理解这些事情。"

麦肯齐夫人垂下了眼睑，但我想，这并不是出于窘迫。"无论如何，"她说，"虽然这些……不用说，并不是什么官方的说法，但在那时确实看起来是船主们的原则。一切都是为年轻人准备的。我想，对于其他任何人来说，这艘船都一定有点儿流于荒诞了。爱情有属于它自己独特的视角，你们知道：它看到的都是比生命更大的东西。对于它而言，没有什么是装饰过度的，也没有什么是太过花哨或者太过戏剧化的。如果是美好的爱情，它就必须有戏剧性——然后让它变形。它把古怪变成可爱，就像孩子们在做的一样……"这位年长的女士抬起了眼睛。"一家航运公司是在哪里找到了这种独特的视角，我永远都不会知道。但是他们把'安妮女士'号变成了一只带有魔力的贡多拉，把每对恋人都拥有的那种快乐和——纯粹的——甜蜜且痛苦的时刻拿过来，赋予它们两周令人难以形容的愉悦的生命……"

红头发的麦肯齐大声地清了清嗓子。"就是这样。"他说，瞥了一眼正在偷偷微笑的妻子，"正是这样。我觉得他们已经明白了，亲爱的。没必要说得这么腻歪。"

"可是，"他的妻子说，"我现在就感觉腻歪。"

"哎？噢。"他拍了拍她的手。"当然了。可不过——"

伯吉斯把烟斗从嘴里拿了出来。"关键是，"他说，"我们在这艘老船上度过了很多美好的时光。那些时光任谁也不会忘记。当我们听说他们打算……停运……'女士'号，好吧，不管怎么说，我们觉得理应陪她一起完成最后一次往返的航行。而且我想，这也能解释船上为什么有这么多老伙伴。事实上，他们大多数人赶来的原因都是一样的。那边睡得死死的秃头的老兄，是博希尔－琼斯，以及他的老婆。他年轻时是一位工程师，而且是其中正经不错的一位。就在那个柱子后面，是怀特艾维夫妇。他们是我们第一次出海时认识的。英尼斯·钱皮恩，是个作家——大多数时候是相当滑稽古怪的家伙，但你现在可看不出来了。你知道，他是个鳏夫。妻子在1929年就去世了。他们也是在'女士'号上度的蜜月——如果还有人比我们的蜜月更美好，那就是他们的蜜月：螺旋桨掉了——那是1906年——他们花了四天的时间修理它，他是这么说的。不过，他实在不会骗人。我不认识那个坐轮椅的家伙，你认识吗，麦肯齐？"

"布拉布汉姆。人还不错，但是上岁数了，你明白我的意思吧。很容易颤抖，走路容易踉跄。不过，还属于不错的类型。"

"自己一个人？"

"恐怕是。"

麦肯齐夫人喝了一口凉了的茶水，说："我希望你们能更理解我们的态度，兰塞姆夫人。我也真的希望你们原谅我们会时不时地盯着你和你的丈夫。那很不礼貌，但是我想，我们并不是真的在看你们,其实更多的是在看我们自己,我们五十年前的样子。是不是很愚蠢?"

艾琳想要说点儿什么,但是没有说出口。她摇了摇头。

"还有一件事。"麦肯齐夫人说,"你们确实是彼此相爱的,是吧?"

"是的。"我说,"非常相爱。"

"太棒了。我早上见你们第一眼的时候就这么跟杰克说。但是,当然,这不重要。我差点儿把计划忘了。"

"萨莉!"麦肯齐皱着眉头说,"求你说话小心点儿。"

年长的女士用一只手捂住了嘴,而我们就安静地坐在那儿。然后,伯吉斯说:"我想,该到男士们的休息时间了,去抽根雪茄。你们同意吗?"

我们走到了吧台,伯吉斯给我介绍了一圈儿。"范·弗莱曼,这是兰塞姆。他是个美国人,但是人没问题。用不着担心。""桑德斯,来跟年轻人兰塞姆握个手。他和他的夫人在度蜜月呢,你知道吗。选中了'安妮女士'号!不,不,我跟你说,一切都摆平了。""费尔曼,这儿呢,醒醒;这位是——"

我突然被这些人的热情淹没了。过了一会儿,像变魔法一样,我看起来仿佛一点儿也不像是三十二岁,而是七十二岁了,并充满了那些年岁的智慧。

那个叫桑德斯的男人坚持请一轮酒,并举起了他的酒杯。"敬我们有史以来最好、最可爱、最快乐的船!"他一说完,我们便庄严地喝下了酒。

"真是遗憾啊。"有人说。

"不！"那个肥胖的前任上校，范·弗莱曼，一拳砸在擦得锃亮的红木桌面上。"不是'遗憾'！是犯罪。是那些戴着领结的愚蠢小人谋划的，一场邪恶的、黑心的犯罪。"

"冷静点儿，范·弗莱曼。现在没什么可激动的了。"

"是没什么，千真万确！"那个老士兵吼道，"冷静，没错！上帝啊，你们难道都这么衰老、这么虚弱，已经看不清真相了吗？你们难道不知道他们为什么抛弃这位女士吗？"

桑德斯耸了耸肩。"已经过了有用的时限了。"他说。

"有用？对谁有用，先生？胡说八道！你们听清楚了吗？她就是海上最好的船。"范·弗莱曼阴郁地愁眉不展。"有一点儿慢，也许吧——但是，你说，桑德斯，是拿谁的标准来判断呢？你的？我的？十三四天的跨洋时间对于任何一个头脑正常的人来说都足够快了。只不过人们的头脑不再正常了，这才是麻烦的地方。这才是当下问题的核心。要我说，人们已经忘了如何休闲。他们忘了如何享用真正的奢华。速度，如今只有速度才算数吗？匆匆了事！为什么？他们为什么那么着急呢？"他瞪着我。"急成那个鬼样子到底是为什么？"

伯吉斯露出伤心的神色。"范·弗莱曼，你是不是有一点儿——"

"恰恰相反。我只是在对今天的世界的状态做出观察判断而已。还有，我在试图指出这个可耻的决定背后真正的原因。"

"那是……"

"一个阴谋，毫无疑问来源于反动势力。"上校宣称。

"哦，说真的，范·弗莱曼——"

"你们难道都没长眼睛吗?你们都老到那个地步了吗?'安妮女士'号被宣布了死刑,是因为她代表了一种生活方式。一种更好的生活方式,上帝做证,先生,比他们今天酝酿的那种生活方式好太多了;而他们不能忍受。她不只是一艘船,我告诉你;她代表着过去的方式。她是优雅、礼仪和传统的象征。你们难道看不出来吗?她就是帝国!"

那个老人的眼睛闪着光芒。

"再也没有什么东西,"他用一种低沉的嗓音说,"是神圣的了。门前的那些野兽,我们太老了,已经打不过它们了。就像'女士'号一样,年纪太大,太累了。所以我们站在这里,带着石化的怒气,像可怜的雕像一样,我们的金牌生锈了,我们的宝剑折断了,而敌人把我们的城堡变成了杂耍团,把肥皂广告插在了我们的道路上,还要——等等!马上就到时候了!——伸出它们长满毛发的手,把女皇拉下王座。报废'女士'号!倒不如说,我们怎么才能阻止他们报废英格兰呢?"

那个老人一动不动地站了几分钟,然后转身走开了;麦肯齐压着声音悄悄说:"可怜的家伙。他本来跟他的夫人一起安排了这场旅行,结果她在这之前去世了,抛下他一个人。"

伯吉斯点了点头。"好吧,我们今晚会打几手牌,能让他感觉好点儿。"

我们又喝了一轮酒;然后艾琳和我跟麦肯齐一家共进了晚餐,就回我们自己的船舱休息了。

麦肯齐夫人说得对。爱情的确有自己独特的视角:石膏丘比特和镀金的门看上去一点儿也不古怪了；事实上，到深夜里，伴着月光洒向平静的黑色海面，在我看来，很难再找到一间比这更好的房间了。

接下来的十二天，就像一场疯狂的、无休无止的梦。最开始，我们不太能够适应。当你大多数的人生都在城市里度过的时候，你就忘记了休闲可以是一件颇有创意的事。你忘了在休闲的时光里，没有什么是有罪的。但是"安妮女士"号对我们很好。她给了我们时间，大量的时间。在第四天，我不再坐立不安，而是开始享受逐渐了解我娶到的这个女人的乐趣。我和艾琳一起说话，一起做爱，一起在古老的甲板上散步，希望这日子永远不会结束，又有一种安全感，因为知道它终会结束……但是不会太快。

我们也忘记了，其他的乘客都是七八十岁的老人。那不重要，不再重要了。他们也是结婚的夫妇，跟我们一样，而且他们也是在度蜜月，以一种很真实的方式。有两次我们在午夜过后的散步甲板上偶遇了麦肯齐和他的夫人，而伯吉斯夫妇几乎从来没有松开过拉在一起的手。独身的男士和女士看起来很忧郁，但是不知怎么，并不悲伤。即便是那位老上校，范·弗莱曼，也不再愤怒了。我们时不时地看到他坐在甲板上，眺望着大西洋，神游天外。

然后，带着危险的讯号，仿佛是偷偷潜入我们身边一样，第十二天来了。空气中飘来了陆地的气息。在很远的距离之外，我们能看到瑟堡[1]的灰色山脊，而我们也都在纳闷，到底时间都去哪儿了。

---

1 法国西北部港市。

麦肯齐在"皇家休憩厅"里叫住了我们。他的脸上有一种略微古怪的表情。"好了,"他说,"就快结束了。我猜你们应该很开心吧。"

"不。"我告诉他,"也就这样吧。"

这逗笑了他。"这么说,'女士'号把你们照顾得不错?"

"她很好。"艾琳说。她跟我两个礼拜之前认识的艾琳相比,变了一个人,更温柔,也更有女人味了。

"那就好,你们会来参加今晚的舞会吧?"

"绝对不会错过。"

"妙极!呃……还有一件事。你们整理好你们的行李了吗?"

"没有。我的意思是,我们明天晚上才会靠岸,所以——"

"没错。但是,整理好总归没有什么坏处。"麦肯齐说,"舞会上见!"

跟很多其他人一样,他说的事情常常听起来荒诞不经,没有什么意义。我们走出大厅,站在栏杆边,看着那些年老的水手——他们都是最初的船员——用力地擦洗着这艘船。他们看上去工作格外卖力,不放过每一处尘埃的痕迹,用坚硬的铁丝刷狠狠地刮着栏杆,让它们一尘不染。

八点钟,我们回到船舱,换上了晚礼服;九点三十分,我们来到"皇家休憩厅",加入了众人的行列。

那只小得不可思议的乐队正在演奏古老的华尔兹和圆舞曲,地板上站满了跳舞的夫妇。几杯酒下肚,我们也成了那些夫妇中的一员。我和艾琳跳了一会儿舞,然后几乎陪船上的每一位女士跳了舞。每个人看起来都像又获得了快乐。艾琳努力地跟范·弗莱曼上校共跳一支伦巴，后者不停地咕哝说，自己不知道怎么跳，而麦肯齐夫人则教了我一个她在1896年学会的舞步。我们不停地喝酒，一杯接着一杯，不停地跳舞，一曲接着一曲，放声大笑，然后，午夜的钟声敲响，乐队站起身，演奏了一曲《友谊地久天长》，人们手拉着手，安静下来。

这时，麦肯齐和伯吉斯上前了一步。伯吉斯说："兰塞姆先生，兰塞姆夫人，我们想请你们见一见我们的船长，普罗瑟罗船长。他从最开始就在'女士'号上；是这样吧，先生？"

一位身着整洁的蓝色制服的老人点了点头，他老得令人难以置信。他的头发稀疏花白，眼神却清澈见底。

"最不同寻常的男人——船长。"伯吉斯说，"他明白那些事的。事实上，跟我们其余人一样——只不过他的妻子是一艘船。不过，我怀疑我对我的辛西娅的爱，还是要胜过他对'安妮女士'的爱。"

船长露出微笑，直视着我们。"你们的旅行愉快吗？"他问，嗓音敦实浑厚。

"是的，先生。"我说，"我们很庆幸能成为旅程的一部分。"

"真的吗？好，那太好了。"

话头停了片刻，我突然意识到一个奇异的事实。发动机的震动，在我们脚下很深的地方，停了。船本身也停了下来。

普罗瑟罗船长的微笑拉长了。"非常好，真的。"他说，"正如麦肯齐先生之前帮我指出的那样，你们出现在这艘船上，是很有象征意义的，请允许我使用这个词。我们的结束，是你们的开始；就是那种事情，对吗？"他从椅子上站起来。"那么接下来。我恐怕必须得跟你们说再见了。我们已经播报了你们的位置，给你们带来的不便不会超过几小时。"

"您是什么意思？"我说。

伯吉斯咳嗽了一声。"他们不知道。"他说，"我是觉得这样可能更好。"

"哦？噢，也是，我真是蠢到家了。当然了。"普罗瑟罗船长又把他清澈的眼睛转向了我们。"你们不会介意配合我们，"他说，"收拾一下你们的东西吧！"

"收拾我们的东西？"我鹦鹉学舌式地呆呆地重复了一遍，"为什么？"

"因为，"他说，"我们打算把你们放下船去。"

艾琳抓住了我的胳膊，但是我们两个谁也想不出该说什么。我模模糊糊地意识到船一动不动地停下了，还有房间里的人，都在盯着我们。

"我非常抱歉，恐怕我不得不请你们快一点儿行动。"船长说，"因为时候已经不早了。救生艇已经在路上了，你瞧。你们，嗯，能明白吧？"

"不，"我慢吞吞地说，"我们不明白。而且如果我们不搞明白，自然哪儿都不会去。"

普罗瑟罗船长挺直了腰板，目光锐利地扫了一下麦肯齐。"说真的，"他说，"我应该早就想到，你已经预料到这种情况了。"

麦肯齐耸了耸肩。"我就是不想让他们担心。"

"没错。可现在我们有麻烦了,因为,显然,我们完全没有时间事无巨细地解释。"

"既然如此,"伯吉斯说,"我们干脆别理他们。"他的眼睛闪烁着。"我是觉得他们最终总能明白。"

船长点了点头。他说了一句:"不好意思。"走出了门,片刻之后,拿着一把手枪回来了。然后,他用手枪瞄准了我:"抱歉,但是我必须坚持让你按我们说的做。麦肯齐,拿着这个玩意儿,确保兰塞姆夫妇在十分钟之内做好准备。"

麦肯齐点了点头,显摆了一下手枪。"跟我来。"他说,"孩子,别太往心里去。"

他催促着我们走回船舱,一直挥舞着手枪,直到我们打包好了我们的包裹。他看上去对自己的新角色感到异常的喜悦。

"现在,拿上救生衣,跟我走吧。"

我们返回到救生艇站,几乎所有在船上的人都聚集在那里。

"放下去!"船长大叫一声,一只看起来不顶用的白色救生艇被丢下了船边。

"好了,现在,请你们爬下梯子……"

"看在上帝的分儿上,"我说,"这——"

"梯子,兰塞姆先生。还有,一定小心!"

我们吃力地爬下去,到了轻轻摇晃的救生艇里,看着他们收起了绳索。

我们能看到麦肯齐夫妇、伯吉斯夫妇、范·弗莱曼、桑德斯和普罗瑟罗船长站在栏杆旁,挥着手。他们从来没这么容光焕发、满面春风。

"别担心,"他们中有人喊道,"很快就会有人来接你们了。水和食物是充足的;还有一盏灯。你们确定所有的行李都带上了吗?"

我听到那艘船的发动机又发动了起来。我大喊大叫了一些愚蠢的话;但是这之后,"安妮女士"号开始离我们远去。栏杆旁的老人们一个紧挨着一个,挥手,微笑,大喊着:"再见!再见!"

"回来!"我尖叫了一声,不知为何,感觉这一切其实都不是真实发生的。"见鬼,回到这儿来!"然后,艾琳拍了拍我的肩膀,我们坐下来,听着声音渐渐消失,看着那巨大的黑色船身漂入夜色之中。

突然,世界变得十分安静、十分平静。只有水拍打救生艇的声音。

我们等待着。艾琳睁着眼睛;她向黑暗中凝视过去,她的手紧锁住我的手。

"嘘。"她说。

我们又在那里坐了几分钟,安静地,摇晃着;然后,一个声音出现了,最开始很轻柔,空洞,但是逐渐变强了。

"艾伦!"

爆炸在迅雷般疾速的狂怒中轰鸣裂开,海水开始在我们的下方翻滚起来。

然后,同样突如其来,又安静了。

我看到那艘船在远方燃烧。我能感觉到它的热度。可是,只有

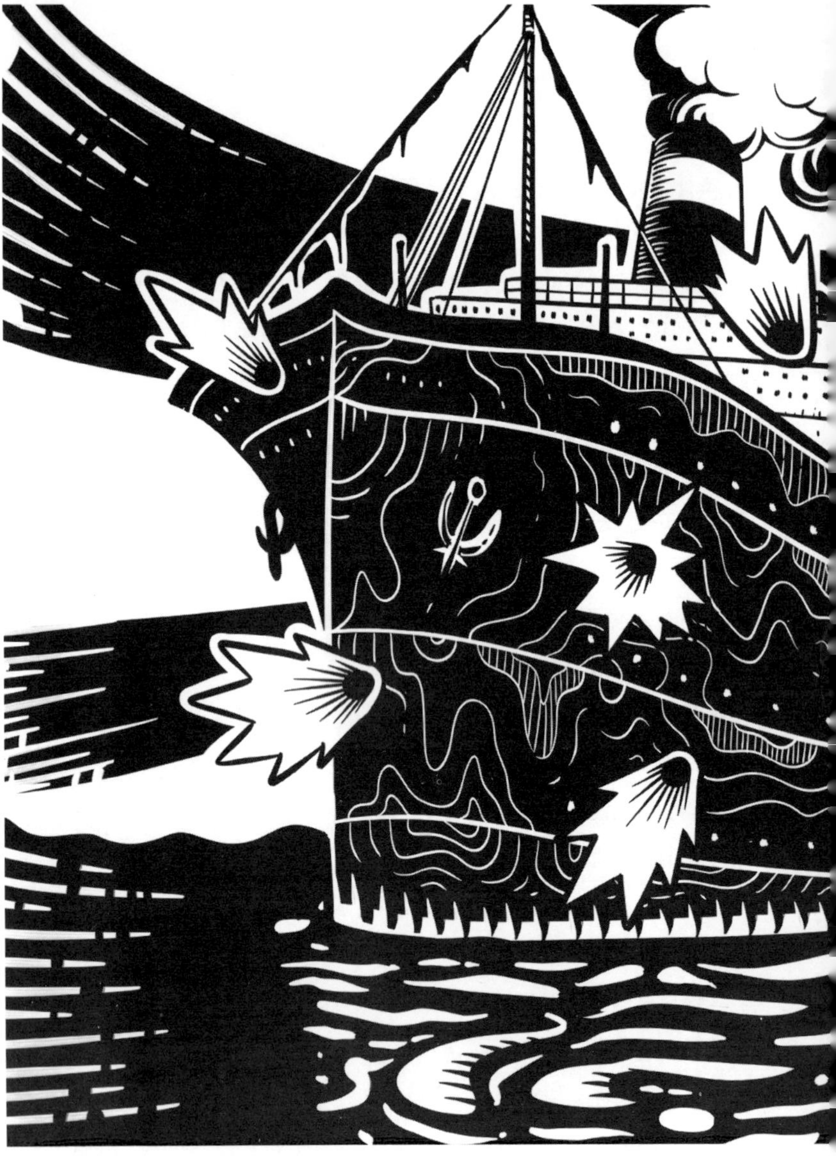

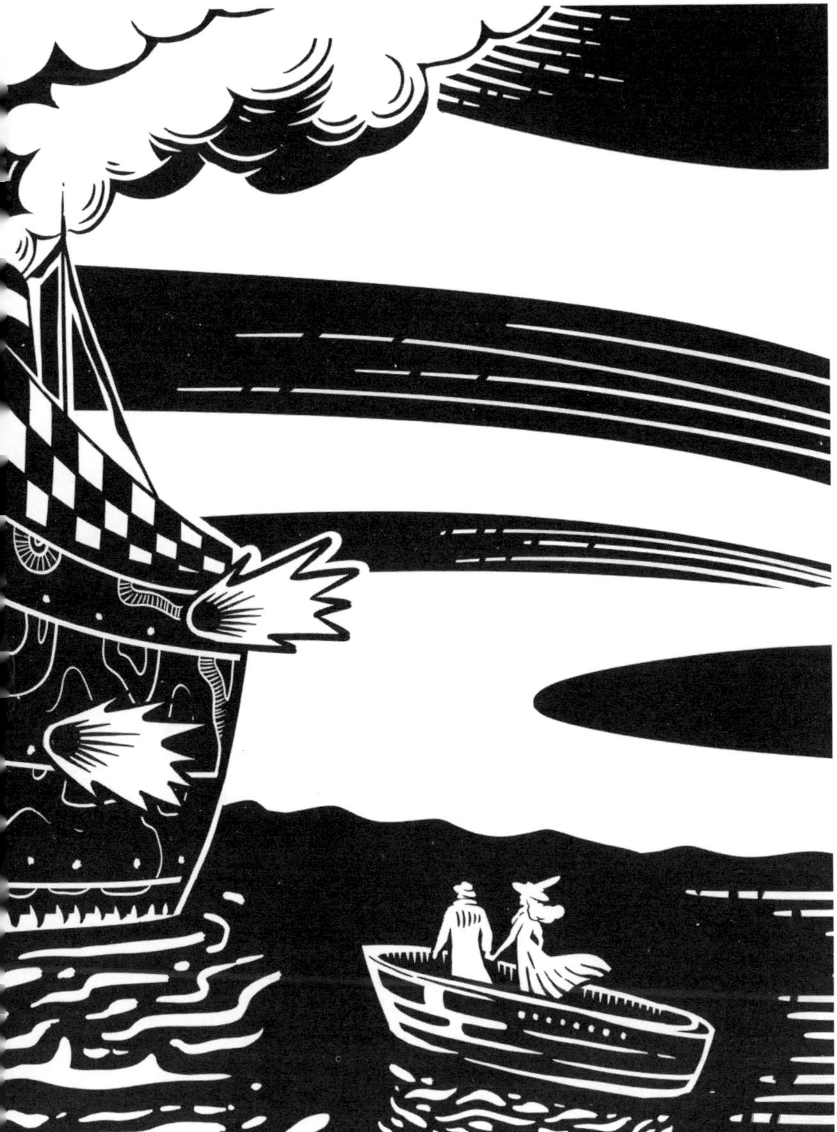

船尾着火了：它的其余部分看起来毫发无损——而我确信，十分古怪地确信无疑，没有人在这场爆炸中受伤。

艾琳和我拥抱在一起，眼看着"安妮女士"号向她的一侧倾斜，缓缓地，优雅地，坚定地。仿佛过了永恒的一段时间，她静止地躺着，然后，她的黑色身影以惊人的速度滑到了波浪之下，滑动，下沉，像一只巨大的缝衣针刺入天鹅绒一般快速顺滑地没入了水面。

连十五分钟的时间都不到。然后，海洋又恢复了平静和空旷，回到了船和人这些东西存在以前那样。

我们又在救生艇里等了一小时。我问艾琳，感觉冷不冷，但是她说不冷。一阵海风横吹过大洋，我的妻子却说，她从未感到如此温暖。

一场经典的婚外情

A CLASSIC AFFAIR

她过了好一阵子才抽出空来,不过露丝就是这样的人,除了等着,你别无他法。直来直去是走不通的。我试过一次,结果她嫁给了汉克。所以我坐在那里,看着她被惹恼的样子,等着,心想她要是没这么漂亮就好了;这想法让我觉得自己不怎么像这个家庭的朋友,可那才是我本该有的样子。

最后,我实在忍不下去了。我喝光咖啡,站起身,作势离去。可是她抓住了我的胳膊,看着我,用力地看着,然后说:"戴夫,有些事我必须得跟你说。"我没有应声。她接着说:"我必须得跟你说一下有关汉克的事。"

当然,刚开始我还以为她是在开玩笑。曾有那么一段时间,她是会搞出这种恶作剧的;可我随即提醒自己,这已经不是我的露丝了。这是汉克的露丝,完全是另一个人了。一位家庭主妇。脚踏实地,精打细算,不再是那类会搞恶作剧的人了。

可即便如此,我还是不太能相信她说的话。我离开了近一年的时间——欧洲那档子事。一部分是为了让自己重新找到方向，一部分也是在耍一手阴招：这场旅行本是露丝和我共同策划的——但是一年的时间并不算很长。反正没有长到能让一个人颠覆自己的人格。可是这种事显然已经发生了。因为露丝正在跟我说，她要和汉克一拍两散，因为她发现他不再忠诚了。归根结底就是这么一回事。

你得了解这家伙，才能明白这是个多么劲爆的新闻。我的意思是，我从来没有对他有特别的好感，我们也不是某些人认为的那种铁哥们儿，但是，我猜，我对汉克·奥斯特曼的了解并不比任何人多也并不比任何人少——就和旁人一样。而我最清楚的一件事就是，他这个人外表看上去是什么样，实际上也就是什么样。他是一个可靠的、实实在在的市民。不是那种不知所谓的类型。从各个角度来看，都是一个"平均值先生"。除了一点：他爱露丝。几乎跟我一样爱，也许是吧；而当你对露丝抱有这种感觉的时候，婚姻以外的其他活动就不太可能提起你的兴趣了。反正就是不能。

"你是什么时候发现的？"我问。她已经摆出了要大哭一场的架势，不过那也没关系。

"大约在三个月以前。"她说。然后，她把故事的来龙去脉告诉了我。都是一些经典的套路。有一天晚上，他没有按时回家，后来渐渐变得喜怒无常、鬼鬼祟祟，还有其他一些常规操作。当讲到她跟踪他的那一段时，她移开了眼神。

我告诉她不要介意，继续说下去。

"嗯……"她瞟了一眼时钟，三点半。我们是安全的。

"接着说吧。"我说。

她开始自言自语起来。"当时是十点多钟。他一直坐立不安,假装在读杂志,但是你能看出来——我的意思是,我能。我能看出来,有些事不太对劲儿。往常每到这个点儿,汉克都会很困。现在他一点儿都不困。他翻到一页,看了看,然后抬起头看——其实什么都没在看——然后反反复复这么做,最后我都觉得自己快要疯了。然后他说他想出去走走。我问他要不要我陪他去,但是他说不用,自己只是有点儿紧张、头疼,独自走走也许能好转。于是他就出门了。这种情形大概已经发生过七八次了,而且他一直都表现得很奇怪,所以——"

"所以你决定去看看到底是怎么一回事。"

"对。"她把脸转了回来,现在正对着我了。

"那到底是怎么一回事呢?"

"我跟着他走过了大概七个街区。"她说,"走到了河畔和阿拉米达交汇的地方,你知道的。他停在了那里的拐角处。"

她到这里说不下去了,所以我稍微帮了她一把。"到目前为止,也没有什么值得大惊小怪的。"

"没有吗?那听听这个怎么样?他走进了那里的停车场,四下张望,像是一个——罪犯。然后他坐上了后排的一辆车里,在阴影中,没有人能看到他。"

"然后呢?"

"我怎么知道?"她爆发了,"你觉得我想站在那儿亲眼看着那下流的事情发生吗?"

"为什么不呢？"

"噢，戴夫，看在上帝的分儿上！我难道是个小屁孩吗？难道这些还不够吗？"

我走到炉子边——仍然害怕这一切太美好，可能不是真的——拿起咖啡壶，倒了一点儿咖啡。"你的意思是，你并没有真的看到他跟任何人见面？"

"没有。"她说，"我没有。我不需要。我的意思是，那还不够明显吗？我难道必须给你看到照片什么的才算数吗？"

"你别激动。"

"那是个女人，好吗。"她说，"我想不出来如果那不是个女人，还能是别的什么，你能吗？他表现出了所有的征兆；相信我。所有的。"说到这里，她抬起了眼睛。"他已经有好几个月没有亲近过我了。"她说，然后等着这句话被消化吸收。的确被吸收了。

我快速地转换了话题。"你跟踪了他几次？"我问。

"五六次吧。"

"每次都是一样吗？"

"一模一样。"

我扔下了手中的咖啡。一切都变得太过"温暖"。我不得不小心谨慎。"我会看看能帮你做些什么。"我告诉她。

"你不会告诉他——"她靠近了我，"你知道我的意思。"

"谨慎的化身。"我一边说一边朝后门移动过去。"他今晚还会去那里吗，你觉得？"

她又向我逼近了一点儿。"他每天都去那里。"我记起了她头发的芳香，手臂的柔软，突然间，格外真切分明，我想要逃走。

"戴夫，"她摸着我的手说，"我希望这事能解决。我希望汉克和我能重归于好。你从小跟他一起长大，也许他会告诉你。请帮帮我，让事情好起来吧。"

"我会尽力而为的。"

她试图给我一个暧昧含糊的亲吻，但是我设法躲开，直接出了门。

我回到家，冲了一个澡，想到了很多事情。例如，露丝真正想要告诉我的是什么。尽力地补救，戴夫，请你尽力。如果做不到，咱们再聊更多的事。难道不是这个意思吗？

我想着她告诉我的关于汉克的事，那当然很古怪，但是并没有让我觉得有什么不妥。一点儿也没有。

我把车停在了四个街区之外的地方，看了看我的手表。快十点了，按照露丝的说法，时间还很充裕，所以我下了车，开始走向河畔和阿拉米达的交汇处。街道相当安静。我一边走，一边努力地思考整件事，但是怎么想都想不通。这事发生在别人身上，也许可能，但是发生在汉克身上，总归有些不对劲儿。

有一件事我能确定：我会单刀直入挑明此事。她爱这个家伙，我不断地告诉自己，所以如果我能补救，我就会这么做。没错，上帝做证，那就是我要做的事。为了露丝。然后，我会正好成为这个家庭的朋友，老伙计戴夫。

才怪。

我只是要帮汉克动摇一下那个女孩——那是个女孩，好吧——也许是一个秘书，常见标配——然后我就会抽身而退。退得远远的。

我在街对面看到了他。绝不可能认错：廉价的西装，佝偻的肩膀，那种老年人的步伐，他甚至从还是个孩子的时候就已经这么走路了。

"嘿，汉克！"

他猛地转过身，茫然地眨眼，等我走近到足以让他认出我时，他露出了微笑，把手伸了出来。上周我在他们家度过的那个晚上，在"欢迎回家"的派对上，他看起来很糟糕，可现在，他看起来更糟了。

"你在这边干什么呢？"他问。

我告诉他："我在找你。"接着我说："汉克，我想跟你聊聊。咱们去喝一杯。"

他摇了摇头。"还是别了。我不太想聊，至少这次不想。"他不住地转过头斜眼瞥那个拐角，紧张兮兮。简直太明显了。

我火力全开地发起了进攻："我今天下午跟露丝见了个面。"

"哦？"

这好像收效甚微。

"她给我打了个电话。所以我才会趁你上班的时候过来。"

他点了点头，但是我能看出来，依旧没有穿透他的"防御"。

"听着，汉克。"我说，"我们已经是十五年的朋友了，我想我们现在应该可以坦诚相待了，对吧？"

"怎么了，当然了。"他说，"我的意思是，必须的，当然可以。但是——我们等到明天不行吗，戴夫？午饭的时候，行吗？"

他转过身，沿着街道，向那个拐角的地方赶去。我拽住了他的袖子。"为什么呢？你是眼下有什么要紧的约会吗？"

"也可以这么说，戴夫。也就是说。我确实有点儿事要办。"

我走到了他的前方。"露丝给我讲了一个故事。"我说，"现在我想听听你的版本。"

"什么？"他看起来总算是回过神来了。他的眼睛里那种呆滞的目光散去了。"你是什么意思？"

"你想在这里讨论这件事吗，就在大街中央？"

"对。"他说，"就在大街中央说最好了。"

我把露丝讲给我的一切都原原本本地告诉了他。他用心地倾听，一直没有打断。

等我说完以后，他露出了微笑。

"怎么了？"我有点儿发火了。

"恐怕这是真的。"他说，"我的确对露丝不忠了。"

想要给他一拳的冲动劲儿过去了，我发现自己陷入了迷惑之中。"要是我想得没错，她现在就在等你？"

他点了点头。"她每天晚上都在等我。"

我唯一能说出口的问题就是："她是谁？"

"跟我来吧，"他说，"我把她介绍给你。"

当然，我说还是不要了，但是他十分坚持，所以我跟着他到了那个拐角，心中仍然没有能够完全接受这件事。

汉克转了个弯，然后向停车场里走去。天很黑，没有连成线的灯泡，也没有圣诞树上闪亮的小灯，那就是一片黑暗的地带，停着很多辆看不太清楚的车。

"你还记得这个吗?"他轻声问道,"它真的棒极了。我们曾经每天都从它旁边经过——几百次了。可从来都没有多看它一眼。"

我让眼睛适应了黑暗。我看到,那些车大多是古老的样式;都是又大又方的老车,是那种在卓别林和菲尔兹电影重映时才能看到的车型。雷奥、奥本和老式的林肯,大概是这些吧。在销售员的小屋上方,挂着一个牌子,写着:斯普林菲尔德的复古汽车。

好吧,不管怎么说,这倒算是一个别出心裁的约会地。

汉克拉着我,一路经过了所有那些古老的破车。有些车泛着橘黄的锈色,都有二三十年了,简直就是一堆破铜烂铁。还有一些看起来就是空壳子。

他在那栋小小的木头房子前停下脚步,咧嘴一笑。然后他斜靠在一辆老车上。"你还想让我介绍你们认识吗?"

我点了点头。为什么不呢?我都已经走了这么远了。就这样吧,把她拎出来,我们一起演一出尴尬的好戏吧。

他往后退了一步。这时候,我的眼睛已经适应黑暗,能看得很清楚了。"那么,好吧,"他说,"过来这里。"

我过去了。他绕了一圈,打开了车门。"大卫,请见过杜森伯格小姐。杜森伯格小姐,这是我的好朋友大卫·詹金森。"

我向车里看去。

里面空空如也。

"你明白了吗?"他问。

我说:"我不明白。"我从没这么真心实意地说过不。

他现在正盯着那辆车看。我想点一根烟,但是他把烟从我的手里敲落了,解释说这附近可能有警察出没。我们就静静地站在那里。

"没有女人?"我说。

他摇了摇头。"没有女人。"他没有碰那辆车,也没有斜靠在上面;只是盯着它看。那是一个大家伙。深蓝色或黑色,看起来有点儿像一辆劳斯莱斯,我心想,只不过更运动型一点儿。车里能坐两个人,但敞篷的话,可以挤下三个。我看不出更多的东西了。这就是一辆大型敞篷车,大概有二十多年的历史。

"咱们找个地方聊聊。"我说,声音低到近乎耳语。

"我不能。"他说,"我必须留在这儿,戴夫。你看。"他再次打开了车门。"你看这皮子。你闻一闻。这是顶级的,你再也找不到更好的了。你摸摸看,它有多软、多奢华。你来试试。"

我伸手摸了摸车座。确实是好皮子,不错。

"你再想想,一个手里拿着小折刀的孩子能做出什么样的事来。"他说,"我的意思是,你知道小屁孩们都是什么样的。他们在电影院偷偷划开座椅,还有在药店里,你知道的。我不知道为什么。但是他们就是会这么做。一想到如果让他们中的某一个发现了这个,会发生什么……"他的语气变得愤怒而冷硬。"而且这些蠢货都没有把它锁起来!"他朝着小屋的方向瞪了一眼,吞了一口唾沫。"我知道,你会告诉我,我应该提醒他们注意。我差一点儿就这么做了,信不信由你。可是我转念一想,如果它被锁上了,我就再也不能坐在里面了。我不知道。"

"汉克,"我说,"咱们找个地方。我真心觉得我们应该找个地方聊聊。"

"我跟你说过了,我不能。如果你想聊,就在这儿聊。"

我本想和他争辩,可是从他的语气里,我已经判断出那样做不会有什么好结果。"好吧。"

"但是不能去外面。"他说,"就在这里。"

我坐进了车里,汉克把自己安置在我的旁边,关上了门。

"顺便说一句,我想让你好好看看方向盘。"他说,"全真皮覆盖。喇叭按钮也是。你再握一下那个应急操作杆。"

全身镀铬,比变速杆略长;这种东西,你本以为只有在汽船上才能找到。

汉克又微笑起来。他指着仪表盘上一个小杠杆——总共有十几个。"这个部件是你的刹车调节装置。"他咕哝着说,"看懂了吗?你可以根据任何不同的路况调整刹车,不管是什么路况都可以。这里,这是高度计。能告诉你当前上到的高度。还有这个小玩意儿——"

"嘿。"

他闭上了嘴。片刻之后,他叹了口气,转向了我。"我没法解释,戴夫。"他说,"我爱上了一辆车,就是这样。我没法解释。"

"还是解释试试吧。"

"没用。这就是已经发生的事。我可以告诉你它是如何发生的。如何发生是好解释的,为什么发生可不好解释。"

"讲讲如何发生的就行。"

他把身子往后一靠，闭上了眼睛。"好吧——我下班回家。我猜那差不多是三个月以前了。公交车沿着河畔行驶，就跟平常一样。我望着窗外。当公交车经过斯普林菲尔德时，我瞥见了这些老车，然后——嗯，我看到了它。"

"你看到了这辆车。"

"没错。当时日头还很高，阳光映在油漆上闪闪发亮，我还记得当时自己心里想的是，我的天哪，你知道吗，这台机器多么好看啊。当然，我也没想太多。可是，滑稽的是，它的样子一直在我的眼前挥散不去，即便公交车已经开过了。回到家里，我还是能看到它，那一闪而过的深蓝色光辉……"他沉浸在自己的回忆中不能自拔。但是我并不想打断他。"它就是不肯消失，戴夫。第二天，当公交车经过时，我下了车，走了回去。我在那个停车场附近站了很久，看着停在里面的那辆车——我的意思是，我甚至都不知道它是一辆什么样的车！——而我感觉到事情不对劲儿了。你过去常说自己有这种感觉：像是某种疼痛感，当你看到一个漂亮的女孩，你不是真的想要她，可是你却想要她，这时你就会产生这种感觉。在你那里，那是绘画、戏剧，诸如此类的东西。但是，上帝做证，这是我的第一次，而我根本不能理解到底是哪里出错了。"

"你继续。"

"没有更多可说的了。"他说，"第二天，我又回到这里，问卖车的人它是什么车，他告诉我这是一辆杜森伯格。那天晚上，我决定再去看一眼；看看引擎。卖车的人不让我看，你知道吗。停车场关门了。它就孤单地停在那里，夹在两辆巨大的梅赛德斯-奔驰中间。那是我第一次仔仔细细地检视它。我摸了摸它，理解了它有多么美好。"

现在，他的话匣子打开了。我从来没有听他说过这么多话。他告诉我，他是如何鼓起勇气去试探车门。他在做这个决定的时候紧张得浑身都湿透了：坐进去，还是不坐进去。他是如何去图书馆和书店，阅读他能找到的所有与这辆车相关的文献。

"它真是个迷人的事物。"他说，"一点儿也不假，真真正正，迷人。"他的眼神被点亮了，我觉得他正在颤抖，也许并没有。"那些事实——戴夫，你听。这辆汽车，你现在正坐在这里面，要你说，它能跑多快？"

"见鬼，"我说，"我对汽车真的一无所知。"

"猜猜看。来吧。"

"七十？"

"七十？"他咯咯地笑了起来。"戴夫，这辆车能真真正正地跑到一百三。一百三十英里[1]每小时。但是那不是关键，当然了。"他说，匆忙地补了一句，"我的意思是，很多车都能跑得更快。"

"那什么才是关键呢？"

"所有一切。"他无助地说，"它的样子看起来高贵得要命，简约、奢华，还有——它被组装起来的形式。那位奥吉·杜森伯格，你要知道，他可不是欺世盗名之辈。我的意思是说，这辆车并不是你们那些流水线上的作品，跟现在人们的做法不一样。它就是不一

---

[1] 1 英里约等于 2 公里。

样,戴夫。就好像——好吧,你还记得我们在本尼迪克特山谷看到过的那栋房子吗?那栋巨大的石头房子,你说它看起来好像是把自己的脚植入了地下,直插到膝盖那么深。你还记得那栋房子吗?"

"记得。"

"这也一样。完全一样。它是一件艺术品,戴夫。我告诉你!"他的声音抬高了一点儿。"那个家伙,布里格斯·坎宁安,他到处扬言,说他要做第一个在勒芒胜出的美国汽车——他简直疯了。在勒芒胜出的美国汽车。对了,那是个在法国举办的拉力赛。哪辆车才是第一辆?就是杜森伯格。没错,听我说,它引擎的耐力仍然不比你们欧洲人做的任何引擎差劲儿。见鬼,在印第安纳波利斯,他们除了那些杜森动力装置之外一无所有!有多少年!天哪,戴夫,你知道他们做了什么吗?他们就指着这么一个男人,一名机械师。他是一位艺术家。负责整个引擎的制作,就他自己。他们做好了汽车,让车上路跑一跑,用最高的速度跑上二十四小时左右。然后他们把车收回来,交给这位机械师,他把车拆开,看看有没有哪里磨损了。如果不是绝对完美,他就得从头再来。我的意思是,那种事情现在已经绝迹了,再也没有了,我告诉你。而且——我说,我是不是听起来像个做广告的?"

"有点儿。"

"好吧,别介意。这都是真的。"他打开车门。"看这里,三条铰链。看那里,看脚踏板。出来一下。"

他让我用拳头敲了敲保险杠。坚硬,结实。然后,他又开始为我展示其他的东西:车尾灯、用特殊轮胎制作的巨大的车轮、折叠加座。我什么都做不了，只能跟在他身后，等着他结束。

"我们来看一眼引擎？"

我们看了一眼。

"四百马力，戴夫。这是1929年产的，别忘了。"

他滔滔不绝地说了很久、很久，向我展示了这辆车的每一分、每一寸，让我了解了这辆车的全部历史。我能看出来，他是认真的，不管这看上去是多么离奇。老好人汉克突然对一辆机动车疯魔了。而因为像汉克一样的人通常一辈子都不会对任何东西疯魔，他这次的情况就更显得格外严重了。

"我也许是疯了，"他说，"但是什么也改变不了。我就这么跟你说吧，我只要不在这辆车旁边，我就——像是走进了地狱。我会不停地想，它身上可能发生什么事，就那样停在那儿，在夜里，没有上锁。我一直害怕有一天会有人把它买下来。某个蠢货，某个叼着雪茄的肥佬蠢货，根本不清楚他自己得到了什么……它就在这里，有史以来工艺最精良的汽车，所有之中绝对的最佳。就停在这里。"他的拳头死死地攥了起来。"我想让你知道，如果有哪个傻瓜来到这里，把它买下来，我会杀了他的。所以，请上帝救救我吧，我真的会那么做的。"

我让他冷静下来，然后我说："听着，汉克，如果你这么钟爱这辆车，如果它对你的意义这么重大，那你为什么不把这个见鬼的东西买下来，一劳永逸呢？为什么鬼鬼祟祟地在晚上出来，为什么搞得动静这么大？"

他大笑起来，我想这是我有生以来听过的最冷的笑声。"那真是一个极好的主意。"他说,"我为什么没有想到过呢?干脆把它买下来算了……"

"嗯,你想要它,不是吗?"

"我当然想要它。可惜的是,我没有七千五百美元,也就是它的定价。我甚至连五百美元都没有。"

我们沉默地坐了一会儿。我一直在心里抗拒的那个想法最终还是占据了上风,而当这个想法确定之后,我打开车门,下了车。

"你其实并不理解,是不是?"他说。

我告诉他我理解,我觉得我是理解的。

"那么你就能明白,为什么我没有告诉露丝。我能告诉她什么——我爱上了一辆车吗?"

"不,你不能告诉她。"

"再说了,"他说,"她是个女人。"

我心想,没错,她是个女人,她确实是。一个美丽的令人神往的女人,而且我深爱着她。而不是爱着一部机器……

我向停车场的一边走去。然后,几乎被自己吓了一跳,我又走了回来。我知道如果我再多想想,我就不会这么做了。而这可是我能看到的唯一的真正曙光。

"你有什么打算?"我问他。

"我还没有什么打算。"他说。

"你觉得这种感觉会慢慢冷却吗?"

"可能吧。我不知道。我以前从来没有经历过任何类似的事。你觉得我应该去看医生吗?"

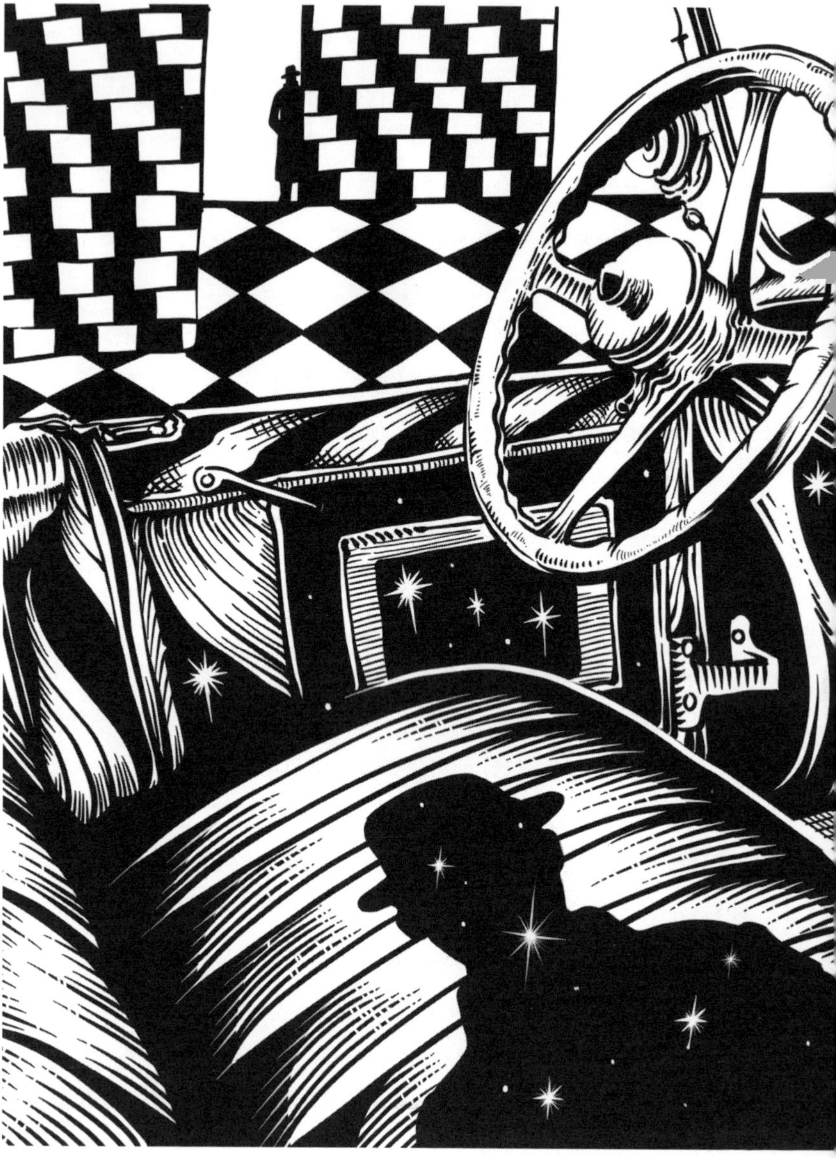

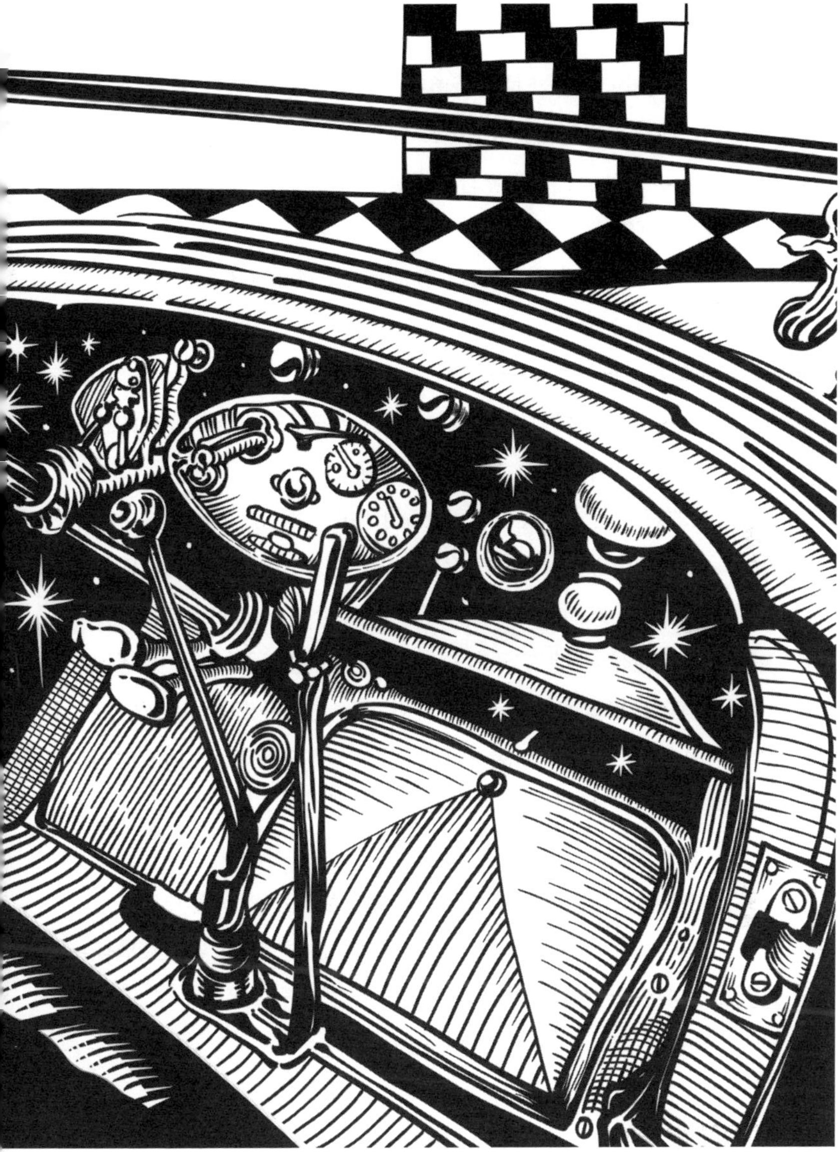

"不。"我说,"你花掉两百美元,结果只是得知自己痴迷一辆车而已。我也有自己痴迷的事情。谁没有呢?"我深深地吸了口气。"汉克,说到底,你究竟有多想要这辆车?"

他没有回答。

"我是认真的。告诉我,这对你而言究竟意味着什么。"

"拥有它吗?"

"没错。"

他的双手紧紧地握住方向盘。你能看出来,他并没有在真的思考这个问题。这对于他而言,太难承受了。

"我的意思是,知道它是完全属于你的。汉克·奥斯特曼自己的车。知道你能够把它停在车库里,只要你想,随时随地都可以把玩它,每天早上都能把它擦得锃亮。"我又给了一把力,"或者当你想的时候,随时可以把它开出去。也许在清晨的一早……"我还记得汉克有多么喜欢凌晨五点钟。"你知道,把它开出去,正正经经地把它开起来。看到开新潮车子的人,就慢下来等等他,陪着他闲逛一阵,然后让他见识一下你的真材实料。"

"行了。"

"或者把它开到闹市区,停下来,就是为了让每个人都开开眼。"

"戴夫,该死,别说了。我想要这些,胜过想要世界上其他任何东西。我告诉过你,不是吗?"

"胜过想要世界上其他任何东西吗?"

"没错!"

"我想要知道的就是这些。"我说。

我把他独自丢在了车里。

我为了贷款经历了一番周折,但是总归有办法拿到。像汉克那样的人是不知道的。如果我开口要五百美元,他们会提着我的耳朵把我丢出门外;开口借八千美元,就是另外一回事了。

当我得知一切准备就绪之后,我立刻给露丝打了电话,告诉她要保持耐心,一切都会变好。当她告诉我事情根本没有变化的时候,我告诉她,她错了。事情马上就要发生变化了。

事态的发展近乎完美。

我会在汉克上班的时间里去把那辆车买下来。然后等他午休吃中饭的时候,我把车开过去接他。让他驾车开几个街区——感受一下。放长线,钓大鱼。

然后,向他提出交易。

"这是你的了,汉克,老伙计。都是你的。我只想要一点儿小小的回报——真的不是很多,考虑到,我跟你换的是这辆车——这里的这一辆,你说你可以拿任何东西来换的一辆——我想要露丝。成交吗?"

哦,没错。这绝对行得通:我知道。这一定能成。当然,他最终会恢复理智,但是那个时候已经太晚了。露丝和我早就远走高飞了……

上周一,银行就把钱打过来了,一周以前。我为露丝编了一套好的托词,设法让她保持安静。我知道时机已经成熟了。

我来到斯普林菲尔德店的时候，他们刚刚开门。销售员是一个矮小的男人，留着络腮胡，操着地方口音。当他看到有活人来谈生意，险些晕了过去。"那辆杜森伯格吗？哦，没错，先生；货真价实的经典款，千真万确。蒂龙·鲍尔曾经开过一辆跟这有点儿像的车，你知道，但是跟这辆车的状况没法比。引擎已经彻底翻修过了，只开过五百英里路，而且轮胎也都是新的。新喷的漆——对了，保持了本来的颜色……"

我出价六千美元，他又往上抬了抬。然后，他教会了我怎么操作那些装置，而我不得不听他说了一个关于杜森伯格车主俱乐部的故事，还有我的口味有多么独特，诸如此类的话。

他一边口若悬河地讲解，我一边打量了一下这辆车。油漆泛着光泽，是太阳照射的缘故；那是一种丰满的深蓝色。我之前其实并没有真正看过这件东西，而你不得不承认，这活计做得真是漂亮。它的每个部分看上去都像是铁铸的。镀了大量的铬，但是不知道为什么，它就是看起来很舒适，仅此一家，一点儿也不浮夸，丝毫没有华而不实的感觉。

忽然间，我想到了汉克，想到了他在夜晚鬼鬼祟祟地来这里，偷偷端详这辆车，为它担忧，害怕会有人伤害它。他一定是真的爱上这堆旧东西了。也许我说到底并不是在跟自己开玩笑，我心想，也许我正是在帮他的忙！

终于，我获得允许坐进去，发动了这辆车。它立刻就响应了。引擎开始平稳地启动，但是带有一种你能真切感受得到的力量。销售员正在微笑。"请千万小心，"他说，"你的胯下可是一匹'纯种良驹'。"

我朝他挥了挥手,挂上了挡,踩了一脚油门。

这辆车仿佛疯了一样,向前猛冲了一下。深深地陷在座位里——你在那辆车内就像是一个侏儒,它太大了——我迅速地踩下了刹车。

"明白我的意思了吧?"销售员说。

我点了点头,更加小心地启动着。我已经有多年的驾龄,可是现在我又变成了一个新手,努力地防止这整套东西摆脱我的控制。

当我终于把它开上了公路之后,只是为了好玩,我给它加了一脚油门。引擎发出了一声不一样的高音,一个猛冲,我通过速度表看到,车速已经接近七十了!速度表的刻度直白地告诉你,要想让这个宝贝吃力,你还有很长的路要走呢。

可怜的老汉克,我心想:上帝啊,他爱上了它,可他还没有驾驶过它。等着瞧,当他坐在方向盘后面的时候,看看能发生什么事吧。

在向外开向山谷的路段,两三个改装的高速汽车在炫耀。砍短了的福特吧,我想是这样。它们嘟嘟地鸣着喇叭,呼啸而过,滴漏着废油。我把杜森伯格的油门踩到了底。相信我,我甚至还没有开始想要挂第三挡,那些小子就已经被我甩得无影无踪了。

那真是一种要命的感觉。

当然,我已经计划好了,下午要把这辆车开到汉克办公的地方去。一切都已经排练好,准备就绪了。

可我还在几英里之外,向更开阔的公路驶去。那个卖车的销售员提到过关于漂移之类的，我想要试试几个弯道——不是说有什么了不得的东西。再说了，晚上再去也是一样的效果。没什么可着急的。就是拐几个弯，再跑一条直线，看看这辆老车能有什么表现。

那已经是一周以前的事了。自那时以来，我已经开着杜森跑过了山脊路，沿着一号公路——你知道那是什么——开到贝弗利山庄，纯粹为了作乐。我把它停在罗曼诺夫家的对面，让那些开着崭新的底特律慢车的小伙子开开眼。然后我又把它开到了德比——但是，那感觉真是够爽。我的意思是，我花了两个多小时的时间把它擦得锃亮，感觉自己就是那里的一个该死的国王，一个众望所归的该死的国王。

汉克大概已经疯了——我回头告诉那个销售员，不要走漏任何风声——但是话说回来，这辆车在以后那么长的时间里都归他所有了，难道不是吗？

与此同时，我心想，为什么不享受一阵子呢。它真的是一件艺术品。你总是能在它身上发现奇怪的新东西，隐藏的隔间、额外的开关、杠杆和按钮。天知道它们是做什么用的。但是，它们肯定都是有用的。这辆车就是这样的类型。

我可能会在下周把它交给汉克，趁他还没有暴怒，然后我和露丝会从我们中断的地方再拾前缘。

但是首先，我想看看杜森伯格是不是真的能开到真真正正的一百三十迈。

如果它真的能做到，我也不会惊讶。

我的意思是，这真是一辆要命的车。

依照他的样子

IN HIS IMAGE

"先生,我等了……"那个老太太说,"等了三十年,没错,先生。"她身上有一股医院走廊、压扁的蕨类植物和灰尘的味道:岁月吞食了她。如今,已一无所剩,唯有那双闪光的眼睛。

高个子的年轻男人没有微笑。他的双手几乎握成了拳头,但是手指还是放松的。

"我这一辈子,从我还是个小女孩的时候就开始了,您能想象吗?然后它来了,从晴朗的天空中显现,当时我正在熨衣服。在一个星期日熨衣服,上帝保佑我。它来了。"

"什么来了?"男人问。因为他不得不说些什么,他总不能直接走掉,或者干脆无视她。

"那就是善良的主的甜蜜气息。"老太太说,"就像一次电击一样。我接到了启示。赞美上帝,先生,赞美主的善行。"

男人迅速地移开了眼神。车站空无一人。它的地面激烈地闪着光,营造出一种移动的感觉,但其实什么动静都没有。这里也没有声音，只有几英里外列车的咆哮，还有这个老太太的声音，轻声，喋语。

拜托了，太太！

"先生，我不知道你愿不愿意给我讲点儿事情。"

年轻的男人没有回答。**拜托！**

"您在读那本书吗？"她侧过头来，弯腰，微笑。

"哪本书，女士？"

"噢，"她眨了眨眼睛，"当然是那本善的书。"

他的手指紧紧地勒在了一起。"在读，"他跟她说，"一直在读。"

她点了点头，然后举起了一只手。那只手瘦骨嶙峋，皮薄可透。"您确定您现在讲的是真话吗？我们也许在地下一英里的地方，但是他能听见每一个词。"

"是真话。"

突然，老太太的身体向前倾过来。她脸上的面骨尖锐突出，皮肉枯干，白发稀薄。"好吧，"她说，"好吧。"笑容骤变。然后，她用一种近乎嘶怒的声音说："《利未记》[1]，第五章，第二节！"

人都去哪儿了！

"怎么样？"她咂着舌头。"怎么样，先生？"

年轻的男人从长椅上站起来，走向了月台的边缘。两个方向都是一片漆黑。他站在那里，望着黑暗，听着列车越来越响的轰鸣声。

---

1 《利未记》是《圣经·旧约》的一卷书，本卷共 27 章。记载了有关选自利未族的祭司要遵守的一切律例。

车就要来了。马上就要来了!

老太太的鞋子踩在水泥地上,声音越来越近。她看上去很虚弱,十分矮小。一只橘色的狐狸蜷着躺在她的肩膀上,头耷拉在她的下巴下方,眼睛闪着狡黠的亮光。

列车!

"'或是有人摸了不洁之物,无论是不洁的死兽、不洁的死畜,还是不洁的死虫,他却不知道,因此成了不洁,就有了罪。'"

"走开。"

"先生。"老太太说。她伸手碰到了年轻人的胳膊。他的胳膊坚硬结实,肌肉丰满,正如他身体其余的部分一样。

他猛地闪开一步。"离我远点儿!"

"你想要他的无限的爱,不是吗?"

"不,见鬼,不要。"他大喊,"拜托了,女士,别烦我了。"

"他宽恕他的羔羊,先生。也许你担心为时已晚,但是你错了。"她移到了年轻男人的前方。"我们都是他的羔羊……"

她的话音湮没在了越来越强的空洞的轰鸣中。

杰丝!

单排前照灯出现了,一个巨大的晃眼的圆圈,明亮刺眼。

老太太的手挥舞着。她的眼睛在厚厚的镜片后面眨来眨去,干裂的嘴唇一开一合。

第一节车厢出现了。

年轻的男人把头转了过来。车站依然空无一人。列车发出刺耳的歌声,颤抖着,四溅出疼痛的火星。

老太太不再说话。

她站在那里，微笑着。

年轻男人退后了一步，把双手搭在老太太的肩膀上。

她瞪大了眼睛。

他等待着，然后，特快列车从黑暗中冲了出来，黑暗的金属重量抵着轨道，猛冲、抖动，他松开手，推了一把。

老太太从月台的边缘摔了下去。

"再见，沃尔特！"

列车把她铲起来，撞扁在前照灯上，有那么一瞬间，她就停在灯上，像一只巨大的飞蛾。然后掉了下去。

年轻的男人转过身，跑上了台阶。

外面的街道上，熙熙攘攘……

门敞开到锁链允许的最大长度。门缝中的那个女孩几乎全没在阴影中。

彼得·诺兰双手背后，露出了微笑。"好嘞，女士，"他说，"听好了，我是少年土拨鼠俱乐部的会员——"

"什么？"

"——而我只需要再有一个人缴费加入，就能得到我的仿真玩具拨号打字机了。你怎么说？"

女孩说了一声"不要"，便关上了门。

然后，她又把门打开了。"嘿，皮特。"[1]

---

[1] 皮特（Pete）是彼得（Peter）的昵称。

"嘿。"他迈进了房间。公寓里充斥着热气。透过阴影的深浅，他看见初升的阳光。"准备好了？"他说。

"而且心甘情愿。"女孩说，"你是不是失望了？"

"就是有一点儿吃惊。"他把手放在女孩的脖子后面，温柔地拉了一把。他吻了她。

"皮特！我告诉过你。有些界限我是不会跨的。"

"我本来想等到我们结婚之后，但是后来我又想了一下，见鬼去吧。"他摸了摸她的鼻子。

她扭动着甩开了他的手臂。"为什么来得这么晚？"

"我怎么了，比预计迟到了三分钟？"

"差不多吧。你晚了半小时。"

他走到长沙发那边，躺了下去，唱戏般地呻吟起来："我跟你说过多少次了，丢了那个日晷吧！"

"好，所以你是睡过头了。"女孩说，"上帝做证，六点钟出发可不是我的主意。"

他点了一根香烟。"我没有睡过头。我凌晨四点半就离开了酒店，上了地铁，下了地铁，直接就来这儿了。所以——"

"所以，你就是个蠢货。现在已经六点过五分了。"

他笔直地坐了起来，玩起了外套的袖子，盯着一只小小的贝罗仕表。

"亲爱的，别担心。"她拍了拍他的膝盖说，"我现在就是在为自己发现了这一点而开心。"

她抽了抽鼻子，闻了一闻。"哎哟。"

"哎哟什么？"

"我想我闻到被我这个小厨娘烤煳的焦味儿了。"她快步穿过房间，冲入了厨房，"你说过你想带点儿吃的上路，对吧？"

"没错。"

"所以我给我们烤了一只鸡。这样我们就可以带三明治了。"

他起身走进厨房。"你，"他说，"就是太奔放了。"

她没有回身。

他斜靠在冰箱上。"我知道你的意思。"他说，"这一切过于美好了。"

"不。"杰丝手忙脚乱地处理那只鸡，"我只是，很幸福——你明白吗？在今天，在这个时代，这就足够让任何一个女孩子心里发毛了。"

他看着她忙，沉默了片刻。然后他说："也许你应该改变主意。"

她努力地用手捂住他的嘴。

"我是认真的。你真的知道你到底在做什么吗？"

"我当然知道。我——一个二十八岁的老处女，身心健壮——打算逃到一个我从来没听过的小镇去，目的是嫁给一个我刚刚认识七天的家伙。有什么古怪的吗？"

"杰丝，我没开玩笑。你难道不想多了解我一点儿，或者怎么样吗？"

"比如呢？我知道你的名字是彼得·诺兰。我知道你住在纽约州的科尔维尔镇，你的家是一座大白房子，四周环绕着玫瑰丛和树林。我知道你在做有关炸弹的科学研究——"

"不是炸弹,"他微笑着说,"是电脑。电子学。看,你已经在把我浪漫化了。"

"别打断我。你来纽约市参观,纯粹为了感受这里病态的享乐,目前住在切斯特菲尔德旅店里。你每个月赚五百美元,但是一分钱也存不下——这一点让我对你的了解已经比我想要了解的更多了。但是——让我说完!除了你的个性里放荡不羁的这一面,你还相当聪明——而且不是一般帅——对小狗和卖板栗的小商贩很和气,但是对于其他人类又很冷漠。你更喜欢贝西,而不是巴赫;你更喜欢摩西奶奶,而不是凡·高;你是否偏好福克纳还不甚明朗。总而言之,你很孤独,饥渴难耐地需要一个身高五英尺九英寸[1]的黑发女人,名字叫作杰茜卡。"她吐了一口气,"现在,我漏下什么重要的事情了吗?当然,这里没算上你过去认识的那些黑发姑娘。"

他捡起了柳条筐。"好吧,"他说,"你让我无话可说了。"

"既然如此,我们走吧——免得你开始问关于我的问题。"

他狠狠地吻了她,然后抱着她。

"杰丝,你会喜欢科尔维尔的。"他说,"我知道你会的。"

"我最好会,如果我指望你把我变成一个诚实正直的女人!那个小镇是个不小的挑战。"

"那是个很好的小镇。"

她把筐子接过来,等着他收拾行李箱。"这就开始想家了?"她嘟囔着说,"才离开了不到两周。"

---

[1] 1英尺约等于30厘米,1英寸约等于25毫米。女人身高约1.73米。

"你会知道的,"他说,"那地方很不错。"

她点了点头,环视了一圈公寓。然后,她关上门,上了锁。

"走吧,"她说,"让咱俩去成为合法夫妻。"

火!

首先,破败的窗帘上亮起一片明亮的树叶,然后是两片、三片,紧接着窗帘坠落,叶子变成燃烧的黄色藤蔓,爬上了墙,穿过地板,覆盖了桌子和椅子,不停蔓延——

"沃尔特!"

——一片火焰的森林,饥饿……而那个缠着绷带的男人安静,一直保持着安静,等待着被吞食……

彼得·诺兰飞快地睁开眼睛。梦盘旋片刻,便消散了。

"会做噩梦。"杰丝说,"还有尖叫、抽搐、说胡话。这你可没告诉过我。"

梦已经消失了。他努力地回忆,可是它已经消失不见。"肯定是五香熏牛肉闹的,"他说着打起了哈欠,隐隐约约感受到了脑壳里的一股莫名的冲动,"五香熏牛肉跟我不对付。"

"我得说,它恨死你了。"她打了声呼哨,"还有,我想请问一句,谁是沃尔特?"

"那是谁?"

"你一直在喊沃尔特。"

"好吧,"他说,"这实在不是告诉你的好时机,我想,但是……他其实是我哥哥。"

"什么?"

"嗯。我们把他关在地下室里。我可不愿想这件事。"

"皮特！"

"我不认识叫沃尔特的人。"

"真的吗？"

"反正我能记住的人里没有。也许他是父的象征……或者母的象征？"

"很可能，"杰丝说，"是性的象征。沃尔特是你压抑的利比多[1]，他在破茧而出。"

公路的斜坡缓缓向上，弯曲着穿过一片巨大的野地。野地的另一边，有农舍，有散乱的马群，还有野生的绿荫树丛。在纯净的空气中，小小的，明亮可见。火箭的轰鸣声在远方隆隆作响。

彼得·诺兰伸了个懒腰，又打了一声哈欠。"要我开一会儿吗？"

"要是你想的话。"杰丝停下车，两人换了一下座位。

"这倒提醒了我，"她说，"那座乡村天堂到底有多远？"

"嗯……"他研究了一下乡路，"我应该知道的，只是我一般都在夜里经过……"

"不管怎么说，都是美丽的村庄。"她说。

"最美的。"他眯着眼睛，朝挡风玻璃前倾过去，"我知道我们现在是在哪儿了。看到那条四处分散的小溪了吗？"

---

[1] 又作"力比多"（libido），弗洛伊德理论中一个十分重要的概念，用以专门表述本能，也就是来源于原始生物冲动的本能心理能量，比如性快感或是自我保护。

"嗯哼。"

"我小时候总在那里玩。每次我离家出走,最远就是跑到这儿。这里的水像冰一样凉。"

"你的溪流老伙计!"

他用胳膊肘轻轻推了她一下。"别拿出这副大城市的做派。我是想让你熟悉科尔维尔的每一寸土地,你一定会爱上它的。"

"遵命,遵命。"她睡眼惺忪地说。

"那边是独杉巷。撩妹的胜地。"

"你怎么知道?"

"这是撩妹圈里传来的,"他说,"以前,大家都叫我'电极'。"

她像猫一样蹭在他身上。"我敢打赌,你是镇里最有名的人物。"

"只是最有名的人物之一。"他坦白说,然后又说,"把头靠在我肩膀上——我们再怎么说都还有一小时的路。"

她闭上眼睛。用一种疲惫的、心满意足的嗓音低声说:"彼得·诺兰,你拥有世界上最尖、最瘦、最讨厌的肩膀。"

他探出胳膊搂住了她。两个人在寂静里行驶了一段路。他心想,事情进展得很好。事情几乎已经是最好的状态了。如果还能再好一点儿,我会疯掉。

他想到了他和杰丝相遇的过程。不过是一周以前的一个深夜,他正在走路……在什么地方?某个地方。他正走在街道中间,街灯变红了。然后有事发生了——他也搞不清发生了什么,或者为什么发生。也许是休克吧。不管怎么样,他突然就躺在了地上,一辆汽车的保险杠离他的头只有不到三英尺的距离。就是现在这辆车。还有杰丝,站在那里,面色苍白,浑身颤抖。"你受伤了吗,先生?""你的轮子没有轧到我。""果真这样的话,那我不妨告诉你,哥们儿,你把我吓到神经衰弱了。""要不要去喝一杯?""喝一杯也无妨。"……

连接着野地的是一片草坪,接着是小小的房子和卖新鲜水果的小摊。

彼得·诺兰放松了油门。他们经过了一个路牌,上面写着:您正在进入纽约州科尔维尔镇——人口数量:3550。

然后,房子成倍地增加。很快,出现了商店和汽车旅馆。

"咱的种植园,"他大声宣告着,"你能望多远,它就有多大!"

这是一座很小的小镇,而且很窄,杂草覆盖的土墩挤压着空间,高大的杨树从路边拔地而起,遮天蔽日。街道是白色的,很干净。街道上方标示集市的横幅在微风中静静地飘动,只有红绿两色。街上有很多女人,也有不少老人。

彼得·诺兰让强力的涡轮机缓和下来,把一百一十四迈的速度迅速降到了和缓的四十迈。他叹了口气。"那是'新布伦瑞克'。"他指着说,"是一家冰激凌店和一家杂志铺。你在那儿还能买到香烟,前提是你得能证明自己年满二十一岁——凡·布鲁克斯先生对此要求相当严格。"

"我应该不会遇到太大麻烦。"

"那边是'食袋'杂货铺,我们在那儿买东西。'仓库'商店在右边那里,你现在看不到它。还有——"

他眯起了眼睛。

他看着拐角处一座巨大的红色办公楼。

"接着说啊,别停。"

他轻轻摇了摇头,几乎令人难以察觉。"——图书馆在榆树街上,那边——"

科尔维尔镇里有一座红色的办公楼?

就在他努力辨认它时,车窗外一家服装店缓缓地滑过——赫尔默男装。宽阔的玻璃前窗,黄色的塑料遮阳篷,相当普通,一点儿也不古怪——只不过,他的记忆里并没有什么赫尔默男装。

它在他眼里是全新的。

兄弟,你真是个明察秋毫的人,好吧。工作太多了……

城镇就算烧毁了,你都不会知道。

烧毁……

"皮特,帮我个忙吧。"

"没问题。"

"咱们跟大伙儿见面之前,先快速地喝一杯,怎么样?就很快地来一杯。"

"不成。"他说,"买酒必须得到'神庙'里去。那在四英里开外呢。"

"我觉得我刚才在那条主街上看到过一个酒吧。"

"在科尔维尔这里,你看不到。"他皱了皱眉头,感到体内忽然涌出一种紧张感,"来杯咖啡怎么样?"

"好吧。"

他调整车头,把车停靠在路边,关上了引擎。烧毁……

"嘿。"

他们路过一家纺织品商店、一家电影院和一家药店。

然后走进一家小酒店的大厅。

"皮特,你怎么啦?"

他放松了皱起的眉头。"没什么。就是新郎的紧张。"

"也许我们应该马上结婚。"杰丝说。她四下打量了一圈空无一人的大厅。昏暗,发霉。"你想在这儿喝咖啡吗?"她疑惑不已地问。

"沿着街往下走。"有人说。杰丝转过身,面前是一个穿着蓝色西装的和蔼老人。他站在一张服务台后面。"再走过四个店面。凯尔西咖啡馆。"

彼得·诺兰走向那个人。"这里是帝国酒店,不是吗?"他一边问,一边心想,这里当然是帝国酒店。多么愚蠢的问题啊。

"当然是,先生。"

当然是,先生。这个老家伙到底是谁?

"你们关掉了你们的咖啡店吗?"

"没有。我们从来都没有咖啡店。只有酒店。"

紧张感越来越强烈了。"这就十分有趣了。"他对那个人说,回忆起他曾在这里吃过五百多次午餐。

他哼了一声,大步穿过大厅。它看起来还是老样子。甚至连灰尘都是原来的样子。他走回服务台。"这是在耍什么把戏吗?"

老人往后退了一步。"您说什么?"

杰丝大笑起来。"得了，"她说，"他们可能正用它办一场欢愉盛宴，仅限男士。"

"但是——"

站在门外的阳光下，彼得·诺兰仔仔细细地端详那座大楼。

"它就在这里。"他指着那面砖墙说道。"至少，我以为它在这儿。又或者——他说的是凯尔西咖啡馆吗？"

"是的，没错。"

"我这辈子从来就没有听说过什么凯尔西咖啡馆。"他转过头，上上下下扫视了一番街道。它还是老样子，然而，不知为何，它又不一样了。

"你确定我们来对了小镇吗，小彼得？"杰丝说，"我知道你们这些搞科研的人都有多么健忘。"

"我当然确定。"

"好吧，别凶我……"

"听着，杰丝——我们赶紧回家吧，到那儿再喝点儿什么。我想，我也许是有点儿心里不安。好吗？"

"当然。"

他们走回到车边。

"还远吗？"

"只有几个街区。"他感到紧张感在不断加剧。随着一栋栋房子擦肩而过，变得越来越强烈。他想着那栋红色大楼，那家杰丝说她看到的酒吧，还有这档子关于咖啡馆的荒诞怪事……只是搅和在一起而已了，当然是了，那些事和他天生的紧张感。

不对。有些事不对劲儿。他知道,他能感觉到身边所有的不对劲儿。

"那就是了,不是吗?"杰丝说。她看到一座偌大的方形白房子。

"对啦。"房子的熟悉感让他恢复了精神。那些感觉消散不见了。"你未来的家,兰小姐。"他停下了车。

"它真美,皮特。真的。"

他走下车。

"我想,还是我先进去比较好。"他说,"对米尔德丽德姑妈来说,这可实在是太震惊了。"

"我以为你已经给她写过信了。"

"我写了,但是我忘了——"他从大衣内侧口袋里拿出了那封信,咧嘴一笑。

"天哪,你还为忘记了咖啡店发愁呢。"

他走过门廊,试着推了推门。

门是锁着的。

他从口袋里拿出钥匙,插进了门锁里。打不开。

那种感觉又回来了,令人深感不祥。他先顺着一个方向转动钥匙,然后又换了一个方向。他仔细地检查了锁链,确认他没有弄错。

门开了。

"怎么回事?"一个红脸的胖子站在门口,怒目圆睁。

彼得·诺兰瞥了一眼门牌号:515。他瞪回了那个男人。"你是谁?"

胖子闭上了一只眼睛。可能是米尔德丽德的老朋友吧——米尔德丽德交过不少古怪的朋友。或者,也有可能是个管道工。"听着,我的名字叫诺兰。我住在这儿。这是我的房子。"

胖子挠着自己的下巴。没有作声。

"米尔德丽德在哪儿?"

"谁?"

"米尔德丽德·诺兰!话说,你到底在这里干什么呢?"

"不关你的事。"胖子跟他说,"但我刚好住在这里。我在这里已经住了九年了,我是从杰拉德·巴特勒手里买下的这个地方,有地契可以证明。这里没有什么叫米尔德丽德的人,而且我这辈子从来没有见过你。"他开始关门,"你走错房子了。"

"听着,哥们儿,你惹上大麻烦了。我没开玩笑。赶紧把门打开,然后——"

胖子匆匆地摔上了门。

彼得·诺兰走回了车边。他转过身,端详起来。

"怎么了?"杰丝问。

他看着那座房子,看到了他从没见过的窗帘,还有全新的白漆,还有那块绿色的门毯……他想到了那把打不开锁的钥匙。

"皮特。"

活见鬼,到底是怎么一回事?这就是他的房子,没错,这一点毫无疑问。完全没有疑问。完全没有。

他看着杰丝,张开了嘴,又合上了,然后快速地穿到了街对面。

他走上一座棕色的不起眼的平房的台阶，重重地拍响了门。

"库克太太！嘿，珍妮！"

一个年轻的女孩从打开的窗户里露出了头。"你在找谁？"她说。

"库克太太，我有话要跟她说。"

女孩斜挂在自己的胳膊肘上。"库克太太去世了。"她说，"你难道不知道吗？"

"什么……你说什么？"

"三年了。你不会是她在芝加哥的表弟吧？"

"不。"他恍恍惚惚地说，"不，我不是。对不起。"他慢慢地走回街上坐进了车里。

杰丝皱着眉头，打量着他的脸色。"怎么了，皮特？"她说，"你难道不觉得有必要让我知道吗？"

"我没有——"他用一只手从前到后捋了一下自己的头发，"那边那孩子说库克太太已经去世三年了。"

"那又怎么样？"

"我在离开这里去纽约之前，刚刚跟库克太太吃过午饭……一周半以前。"

他一声不吭地驾驶了很长一段时间，眼睛直勾勾地盯着前方的马路，双手紧握方向盘。转速计的指针一直盘旋在危险标记左右。

杰丝紧靠着门坐着。她常挂在脸上的微笑不见了。她看起来不一样了，正如一切都看起来不一样了，而且她也不再拥有十六七岁年纪的容颜了。

对于彼得·诺兰而言,紧张感就像一根被掰弯的钢棍,现在几乎已经到了极限。它随时都会折断,他很明确这一点。因为现在已经没有怀疑了,只有确信,百分百确信。他们驶离了他的房子——那座房子,他已经不再肯定属于谁了——开向市政厅。弗雷德·迪基会把事情说清楚的,他能给出合理的解释。那个老交情的弗雷德。只不过,老交情的弗雷德并不认识他。坐在警长办公室那里的伯特·赞格威尔也没有认出他来——曾经给他讲过故事的伯特,曾经是他心目中的英雄!还有其他人,他这辈子结识的那些朋友——都死了,或者离开了,或者记不起他这个人……

但也不是完全记不起来。这才是最古怪的地方。他们盯着他看,仿佛马上就要跟他打招呼,然后又摇摇头的样子……

他现在真想大声尖叫,因为他想起了杰丝的脸在过去两小时里的变化,她的眼神也变了。在她看他的目光里,猜疑和纳闷简直不能更明显了。

天哪,也许我是疯了,他想,也许我真的疯了。然后他又想,不,去你的!这是科尔维尔,这是我的家乡,我了解这里的每一寸土地。那边的那棵树,我们经过的这片草莓园,一切的一切。我都了解!

杰丝揉着后脖颈。"皮特——"

"嗯?"

"刚才,还在镇里的时候,你说过一些话……你说,科尔维尔好像老了二十岁。是吗?"

"没错。二十岁——在一周半的时间里。"

"也许不是。"她说。

"你什么意思?"

"我不是很确定,但是——这听起来有点儿老套。我的意思就是,万一这是真的呢?万一真的已经过去了二十年呢?"

"瑞普·凡·温克尔[1]吗?"

她耸了耸肩。"嗯,为什么不呢?至少这是一种可能。"

"不。"他说,"我想过,但是这站不住脚。有很多理由。首先,这样的话,我至少得有四十五岁了——除非我离开的时候只有十岁。但这不太可能,因为我在这里上过高中和大学。不过说到这个……"他紧张不安地叹了一口气,"这也让我们见识了真正的奇妙之处。这里根本没有我上过科尔维尔高中的记录。你还记得吗?"

她点了点头。

"还有我供职的那所大学,亲爱的老科尔维尔大学,它甚至干脆就不存在。它从未存在过。"他想到了,当他们开到那片原本是校园而如今是未经开垦的草地上时,他心中产生的感觉。原本是,他知道,那里原本一定得是校园。"还有米尔德丽德呢?"

杰丝轻轻地颤抖了一下。

"米尔德丽德曾是花园俱乐部的主席。"他继续说,"她在镇里

---

[1] *Rip van Winkle*,小说家及历史学家华盛顿·欧文(Washington Irving,1783—1859)的名篇。故事情节主要讲述主人公瑞普·凡·温克尔喝醉之后在梦中的奇遇。

像一个来访的国会议员一样吃得开,一直都是。每个人都认识她。而现在呢,没有丝毫的证据表明,米尔德丽德·诺兰曾经在纽约州的科尔维尔镇上生活过。"

"好吧,所以这站不住脚。只不过是个想法而已。"

经过梅园,又是田地,铺满了金棕色和几近黑色的暗绿色。彼得·诺兰掉头沿着一条小碎石子路向下,突然减速,然后驶上了那条环绕田野的马路。

他在一个弯曲处踩下刹车,滑行停止。

"在这儿等我。"他说。

他下了车,穿过墓地那扇生锈的铁丝门。那块地方不大,很老旧。墓碑上的浮雕是长着翅膀的胖小孩、巨大的卷轴或者金银雕丝的十字架,全都积满了岁月的尘埃。

他跨过无人照管的草坪上鼓起的土包,朝墓地的东边走去。栅栏外是肥沃的草地,奶牛在静静地吃草,一条暗溪淌过一座栈桥。

彼得·诺兰走近两个大理石墓碑,每走一步,都在回想他曾经站在这里时感受到的悲伤,就是此地,在阴郁的雨中,他看着他们把母亲的棺椁下葬,摆在他从未见过的父亲棺边。

记忆鲜活而强烈。这是他唯一能够确信的一件事了,就现在而言。

他跪下来,盯着墓碑上两排并列的铭文。

他感觉到心里的那根钢棒折断了,爆裂成数百万片炽热的白色碎片。

铭文上写着:

玛丽·F.卡明斯

1883—1931

和

沃尔特·B.卡明斯，一世

1879—1909

天空变成了一块深红的污渍。杰丝用力地踩下油门，保持在稳定的一百四十迈。她的嘴唇很干。

"我们一会儿就到家了。"她温柔地说，"然后就好了。来吧，再睡会儿。休息一下。"

加速车道与公路汇合了，路上的行车渐渐稀少，直到消失。谷仓、农舍化作黑影，从车窗外闪过。

彼得·诺兰一动不动地僵坐着。他死死地掐住自己的膝盖。

并不完全像是疼痛的疼痛消失，重返、变强、减弱。他用尽浑身的力气去抵抗它。但是它就是不能消退。不管他做什么，都不能让它消退。

回忆紧贴在周围绕圈子，他不断地伸手去够。

火。缠着绷带的男人。一座房子。

他伸手去够，有时已经十分接近，但总是够不到。不行。仅仅伸手去够是不行的。但还需要什么呢？这又是为了什么？

车停进了一个服务站，突然间的亮光晃得他闭上了眼睛。

她到底想要干什么，弄瞎他吗？

还有，她以为她自己是谁，凭什么指使他？

他看向杰丝。她笑了。

这时,他想起了她曾经说过医生这个词。为什么?为了治疗他,还是——为了摆脱他,不声不响之间?

当然。她的医生朋友中的一个会偷偷给他打一针,然后就一了百了了。不用问什么理由。女人们总有她们自己的理由。

他一直等到天几乎完全黑下来之后,才开口说:"杰丝,能请你停一下车吗?"

她把车停在了土路上。"你想吐吗?"

"是。"他说,"我马上就回来。我感觉不太妙。"

他走下车,跳过一道浅浅的水渠,走进了厚密的灌木丛里。

他的鞋子刮坏了。他弯下腰,拍了拍土壤,手指紧握一块带尖的大石头。

很好。这回我们该安排一下医生了。

"杰丝!"他呼喊了一声,"你能帮我一下吗?"

稍停片刻。然后传来了金属门打开又撞合的声音,紧跟着是灌木丛中行走的声音。

杰丝走过来,摸了摸他的手臂。

"好点儿了吗?"她问。

"嗯。"

她的目光移到了他的手上。

他举起石头,一边举着一边站在那里,眼神直勾勾的;然后,他转过身,把石头丢进了身后的叶子丛里。

"怎么回事,皮特?"

"不小心磕到了我该死的脚指头。"他向杰丝靠近,伸手把她拉近,"脚指头磕在了那块石头上。"疼痛离去了。它一直像一席火焰一样灼烧着他的头脑,直到剩下一片黑暗在舞蹈。现在,它离去了。

杰丝把她的手指温柔地贴在他的脸上。"回到车上来吧。"她说。

他放下了拉着她的手。

"来吧,皮特。"

"好吧。你先去——我马上就来。"

她无助地看了看他,然后走了回去。当她消失在视野之中,当他又听到了车门的声音,彼得·诺兰闭上了眼睛。他等待着那种疼痛的重返,但是它没有回来。他努力地抓住那些在他的大脑中一闪即逝的记忆,可它们难以被捕捉。跟一个老太太有关,跟一辆列车有关,它们,还有火,还有——

他回过神儿来,突然之间,意识到他为什么捡起了那块石头。

他是想杀了杰丝。

为什么呢?

他十指紧攥,团成两只拳头,狠狠地砸向了一棵树,一遍,又一遍。

然后他停下了。月亮从一坨黑暗中溜了出来,把月光洒向大地——凉爽,温柔,明亮的光。

彼得·诺兰看了看他的手。他把它们反过来,又看了看。

双手白净干燥。

树皮刮掉了一小条细碎皮肉,但是没出血。

他小心翼翼地把手腕下方三英寸的一块皮肤翻起来,目不转睛地盯着。

在那片皮肤下,本该埋藏静脉、软骨和骨骼的地方,却有着数百个微小的灵活的连杆,交错勾连,微光闪烁,还有极小的弹簧、轴承和明亮的黄色电线。

他盯着自己的腕表看了很久。然后,他在撕开的部分包上了一块手帕,走向了车。

杰丝正在等他。"好点儿了吗?"她用与之前同样的真诚而无畏的语气问。

"好点儿了。"他说。现在,一切都回来了。像是画面重放,豁然开朗。一切。

他往后一靠。"开回你的公寓吧。"他不动声色地说,"等我让你把我放下的时候,把我放下,然后开回你的公寓等我。"

杰丝什么也没说。她发动了汽车。

很快,他们来到了城郊。

他走上那条盘旋的私家车道,站立了片刻,看了看那座房子。它很宽大,无序地伸展着,很丑:一点点19世纪60年代的气息,搭配上一点点20世纪60年代的味道,砖木砌成,三角形的窗户,假的壁柱。它是灰色的,曾经是白漆的地方,如今只剩下一片灰。随年月撬起的板条布满斑点,残缺不堪,由摇摇欲坠的钉子支撑着。

他走向那扇机器雕刻的门。

门环扣出了深沉的声响。

他等了等,又敲了敲门。

门开了。

"你好,沃尔特。"

脸上缠着绷带的高个子男人叹了一口气。"皮特,"他伸出了手说,"我一直在等你。"

彼得·诺兰跟着那个高个子男人走进了一个大房间里。

房间里有数百本书,都破破烂烂、残旧磨损,还有几件沉重的家具,大多透着古老的气息,漂亮的拆信刀,深色的蕾丝窗帘。

"坐。"高个子男人说,"坐在那儿。"他走到一个小壁橱那里,倒了一杯威士忌,"你去过科尔维尔了,对吧?"

"是的。给我讲讲吧,沃尔特。"

"可是你已经知道了。不然你怎么会来这儿呢。"

"我想让你讲讲。拜托。"

高个子男人怔了一下,然后耸了耸肩。"好吧。"他伸手一拉,把额头上的胶布扯了下来。

绷带落了下来。

彼得·诺兰盯着一个与自己完全一模一样的复制品。除了有一道缝合的疤痕紧沿着左眼下方贯穿到嘴边外,那张脸就是一个镜像。

"正如你所见,你差点儿用那把拆信刀弄瞎了我。"

"从头讲起吧,沃尔特。"

"但这就是开头。"高个子男人说。然后又说:"好吧。你的名字是彼得·诺兰——这你是知道的。"

"是的。"

"而且你也知道,你是八天前出生的。给你接生的是我:W.B. 卡明斯二世博士。我是你的母亲。我也是你的父亲——我也是你的祖先,除非我们把第一台计算器也算上。"

"你喝醉了。"

"没错。酩酊大醉。烂醉如泥。你想跟我一起吗?这是很可能的,而且我保证你不会宿醉——"

"我只想你收起这些花腔,把事情告诉我。"

高个子男人晃了晃他的酒杯。"你已经去过科尔维尔,所以你已经知道,彼得·诺兰从来没有在那里生活过。你还知道,你最近有些——古怪的——表现。而且从你手上那块手帕来看,我应该可以判断出,那一点你也已经知道了。有了这些信息,我还能告诉你什么?"

"我是谁?"那种冲动又出现了。

"你谁也不是。"高个子男人说,"你根本就不是谁。"

"别闹了,沃尔特。"

"我戴的这块手表是谁?你怎么不这么问我?厨房里那台电冰箱是谁?你还不明白吗?"那个男人的眼神快速地闪了一下,"你是一台机器,皮特。"

记忆的形状更实了。它们来到焦点所在。

但还未成形,缺少一些碎片。

"接着说。"

高个子男人把他的晨衣拉紧到他没有刮胡子的下巴处。他看起来像是在自言自语。

"实际上,你在很早以前就出生了。"他说,"在我的脑海里。每个孩子都有梦想,不是吗?你就是我的梦想。其他的孩子想的是冰激凌山,在联邦调查局取得成功,或者去火星,他们会更换梦想,最终把它们遗忘。我没有。我只想了一件事,只渴望一个东西,一直没变。就这么一个:一个完美的人造人。不只是一个机器人,而是一个活人的副本。"他大笑起来,"无伤大雅——而且对于一个孩子来说,都算不上特别有想象力。只不过后来我长大成人,我依然没有忘记我的梦想。"

彼得·诺兰捡起了一把拆信刀。沉重而锋利。

"好了。"高个子男人说。"我造出了你。这足够明确了吧?我花了很多时间、很多金钱,还有我连想都不愿意去想的更多次的失败。但是我很有耐心。我钻研、阅读、实验。我已经造出了一个人——也叫彼得·诺兰:我就是喜欢这个名字,没什么理由——但是他什么也不是。一件劣质品。所以我又从头开始,重新来过,用各种材料还原再造人体的物理成分。人们也曾帮过我,但是他们并不知道是在帮什么。有些人解决了我根本无法解决的问题。但是——你明白吗?我想给我的人造人一个正常运转的大脑;还有情绪;还有智力。"他重新斟满了酒杯,喝了一大口,"所有那些——都是我的梦想。当然,智力是最困难的。你根本不知道有多困难。我的人必须要有记忆,他必须有推理的能力——抽象推理的能力——有一份过去，一种人格——数百万个精微的方面再乘以数百万个，才能生成智力。把这些东西一次性地发明出来，永远也不可能完成。所以我绞尽脑汁，找到了一个答案。我要利用我自己。在特定的细胞上，我留下了特定的印记。我本人的记忆留在了这些细胞里。我天赋的一部分。我知识的一部分。零零碎碎的，我自己。这花了很长时间……相当长的时间。"

他们沉默了一段时间。彼得·诺兰攥着拆信刀，抵抗着那种冲动。

"你曾是完美的，我感觉是。"高个子男人继续说，"但是我不得不确认。十年前，你还是不可能存在的：可是，随着塑料的发明，你仅仅是不太可能的存在了。我制作的塑料，在我看来，感觉上就跟血肉一样。我在机械零件上加了垫子，让它们触摸起来就跟人类的骨骼一模一样，但是——还有最后一项测试：让你混在人群中，近距离地观察他们的反应。我屏蔽了——或者说努力地屏蔽——关于我以及你的真实构成的所有记忆。你就成了彼得·诺兰，实验科学家，在纽约学术休假……"

"你住在科尔维尔吗？"问题突然抛出。

"当然。对于你的过去，我把我自己关于这座城镇的记忆给了你。它们之中有些可能相当不准确、不完整——我很多年前就离开科尔维尔了。到那里去的经历一定是……"

"是的。"彼得·诺兰闭上了眼睛，"那所大学呢？"

"编造出来的。我必须得给你安排一份工作。"

"米尔德丽德姑妈呢？"

"捏造出来的。把我认识的所有老太太都放到了这一个里面。我十分仔细地安排了你和她的关系——完全是没有必要的，我想。对女性的征服，顺带一提，也是——我很遗憾地告诉你——想象中的。"他从一盒香烟包里抖出了一根烟，"这基本上就是全部了。"他说，"剩下的你自己可以补充进去了。反正，直到上周为止吧。"

"上周怎么了？"

高个子男人摇了摇头。"但愿我知道。"他说，"有什么东西出错了，某种机械上的状况……我看不出来。你用一把拆信刀攻击了我，我没法阻止你。你也知道，从那以后我就找不到你了。"

"我出什么状况了？"

"我不确定。但是——听着，皮特，你就是我。你知道的、感觉到的、想到的一切都是我自己——沃尔特·卡明斯——一部分的反映。如果你真心想要杀人——我读过报纸，我知道；列车售票员瞥到了你——那只能说明我身体中的某个部分想要杀人。我自己的死亡冲动，倒置过来了。每个人都有这种冲动。我的意思是，我们都是潜在的自杀者、谋杀犯、强奸犯或者盗贼。迫害妄想、精神分裂或者更糟的东西种下的种子，藏在我们每个人内部的某个地方——从我们出生的那一刻直到我们死亡的一瞬间。但是——这就是问题所在——如果我们正常，就会受到保护。我们被我们的压抑保护着。这些本能从未有机会摆脱控制、释放出来。我们也许想要杀了楼下那个大吵大闹的女人，或者我们也许时不时地想要自杀——但是我们通常都不会那么做。"

"然后呢?"

"然后,皮特,看起来,我自己的'种子'比我意识到的要更加茁壮。在你的内部,它们是这样的。通过把我自己的部分赐给你,我也把我潜伏的精神病态——虽然是无意的——传给了你。很严重。严重到冲破了……"

长时间的静默。

"说得更清楚一点儿。"高个子男人说,"你是精神病。"

彼得·诺兰从沙发上站起身,走到了窗边。夜幕逼近,移动着,像是拉扯着死树的枯枝。

"我能——被修好吗?"

高个子男人耸了耸肩。

那种冲动注入得更快了,化为疼痛。天旋地转,明亮的光点,疼痛。"我能吗?"

"我不知道。"

"你为什么不知道?"

"因为……尽管我不愿意承认,你的成功有很大的运气成分。"男人盯着彼得·诺兰手中的拆信刀,"仅仅靠技艺是不够的。之前有太多次失败,它们本应点醒我——但是没有。我执迷不悟。"

"你在说什么?"

"我在说,你其实是一个意外。我就是一个拿着机枪的盲人,皮特。我不停地开枪、装弹、开枪,直到我击中了靶子;但是它还是没有正中靶心。我不知道我还能不能哪怕只是接近那里。"

彼得·诺兰抵抗着疼痛,试图抓住一个老太太落入黑暗铁轨的画面。

高个子男人露出了面无血色的微笑。"可这就是我生命的故事了，一以贯之。长长的一串失败。我告诉过我自己，我想要创造一个人造人，但是我想我真正的目的只不过是造出另一个沃尔特·卡明斯而已；只不过，没有害羞，没有绝望挣扎——就像双重性格的反面。我只希望我是'真实'的我……"

彼得·诺兰转过身。"我来这里是要杀你的。"他说。

高个子男人点了点头。

"我打算杀了你，再把房子点着。"

"我知道，我自己也想这么做。如果我是你，我也会这么做。"

"沃尔特，我遇到了一个女孩。"

高个子男人挑起了眉毛；然后，他又点了一根烟，缓缓地，借着上一根烟的余火。

"她知道吗？"他说。

"不。我带着她跟我一起去了科尔维尔；我们打算在那里结婚；她觉得我可能是疯了——但是她不知道。她爱我。"

"她漂亮吗？"

"还很聪明。而且孤单——你应该能理解。她已经筹划好了一个美好的人生，为我和她，两个人一起。"

"这真是——太糟了。"高个子男人说。他用手指压在了自己的太阳穴上，"我真的很抱歉，皮特。"

"她的名字是杰茜卡·兰。她很传统：我猜，正因如此，她才没有发现。"彼得·诺兰紧紧地扣住了椅子的边缘,"那个场面一定很精彩。"

"不。"高个子男人说,"你是完美的。那将会进行得很顺利——前提是,如果她是个处女的话。这看起来会很奇怪,但是话说回来,这种事总是奇怪的。或者至少我听说是这样的。"

疼痛刺入,钻出,像针尖着火的针头,戳刺着。

高个子男人从他刚才坐着的沙发扶手椅上站起身来。"好吧。"他说,"我们怎么办?"

"你肯定修不好我吗?"

"是的。"

"你不能阻止我杀人。你也不能让我变老——我永远都会像现在这样。我有精神病,而且会一直有精神病,直到某种东西消耗完——然后我就会死。对吗?"

"我很抱歉,皮特。我想让你成为我无法成为的一切。真的。如果我知道——"

彼得·诺兰伸出了他的手。"她会知道的,总有一天。"他说。

"没错。她会知道。"

"要么她会发现,要么我就会杀了她——我差一点儿就动手了,今晚。我可能会杀了杰丝。"

"你可能会的。"

两个身影安静地对峙了一段时间。风拍打在松散的窗棂上,吹得房子摇摇欲坠。

他们很安静,听着风声。

然后，彼得·诺兰说："沃尔特，你想补救这一切吗？"

高个子男人攥起了拳头。"我愿意为此付出一切。"

"你说的是真的吗？"

"千真万确。"

"那么仔细听我说。你要再制造出一个彼得·诺兰——"

"什么？"

"没错。你要再造出一个我，而这一次，将会成功，而且你今晚就要造出来。这个彼得·诺兰会娶杰丝为妻；而且他也会得到这辈子从未有过的幸福快乐。"

高个子男人瞪大了眼睛。

慢慢地，他的眼神里透露出理解的目光。

"这件事你可以做到——现在——对吗？"

"我想是可以的。"

"那么让我们开动吧，趁我还没有把这把拆信刀戳进你的胸膛。"

"皮特——"

"赶紧的。"

两人一起，他们走进门厅，爬下一段很长的楼梯，来到了地下的实验室。

几小时过后，他们中的一个人回到了书房。

门敞开到锁链允许的最大长度。门缝中的那个女孩几乎全没在阴影中。

高个子男人双手背后，露出了微笑。"好嘞，女士，"他说，"听好了，我是少年土拨鼠俱乐部的会员——"

"皮特，赶快进来。我都担心死了。"

高个子男人走进公寓。他怔了片刻，然后把女孩抱在怀里，吻了她。她推开了他。"现在，趁我还没疯掉。"她说，"能拜托你告诉我这究竟是怎么一回事吗？"

高个子男人微笑起来。"我会告诉你这是怎么一回事的。"他许诺，"但是我们别在这儿说。"

"我想知道你好不好。"杰丝看着他说，"你脸上那道疤是怎么回事？"

"我很好。"高个子男人说，"来吧，我们去喝一杯。拿上你的外套。"

杰丝走到衣帽间，拉出一件夹克，套在了身上。

他们走出了公寓。

清冷的月光洒在街道上。

"皮特，有些不对劲儿。我确信我知道。"

"没有。"高个子男人说，"恰恰相反。有些事对劲儿了，变好了。"他拉住她的胳膊，看着她，然后，她看到了他的微笑，便不再说话了。

他们走进了一家酒吧。

落座，点好酒水后，他给她点了一根香烟。然后，他也给自己点了一根。他把打火机的火苗举在脸前，停了很长一段时间。他听到了她的尖叫，因为他把自己的无名指伸到了火里。灼热的痛烧遍了全身。他把手指拿开，啪的一声合上打火机盖子，朝着她咧嘴一笑。

"皮特，你为什么要烧自己的手指呢？你是故意的……"

他大笑起来。"我忍不住。我有些事必须得验证一下。"

"什么事？"

他耸了耸肩，仍在微笑。"不得不确认我真的有血有肉，而不是一个塑料噩梦的一部分……"

"我不明白，皮特。"

"亲爱的，不用明白。完全不用。一切都很好。过去的已经过去了，我这一辈子头一次期待未来。我猜，我们第一次相遇就是这样的感觉。我看到的东西很美好。"

服务员端来了酒。他举起自己的杯子，挑动着刚刚烧过的手指，示意她也做同样的动作，提议举杯庆祝。

酒吧门外，一个老人穿着脏兮兮的白色雨衣，走来走去，手里拿着报纸。

"地铁杀人犯依然在逃！"老人大喊。

他的声音散为风中的低语。

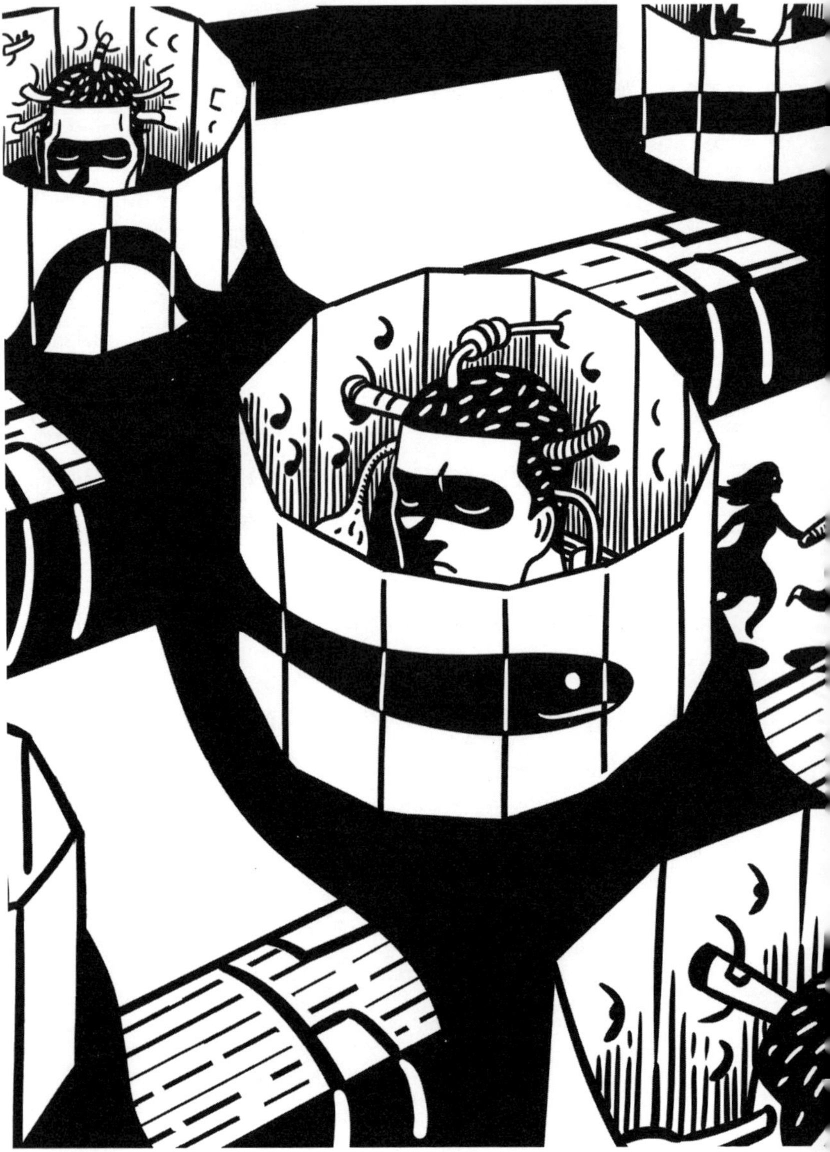

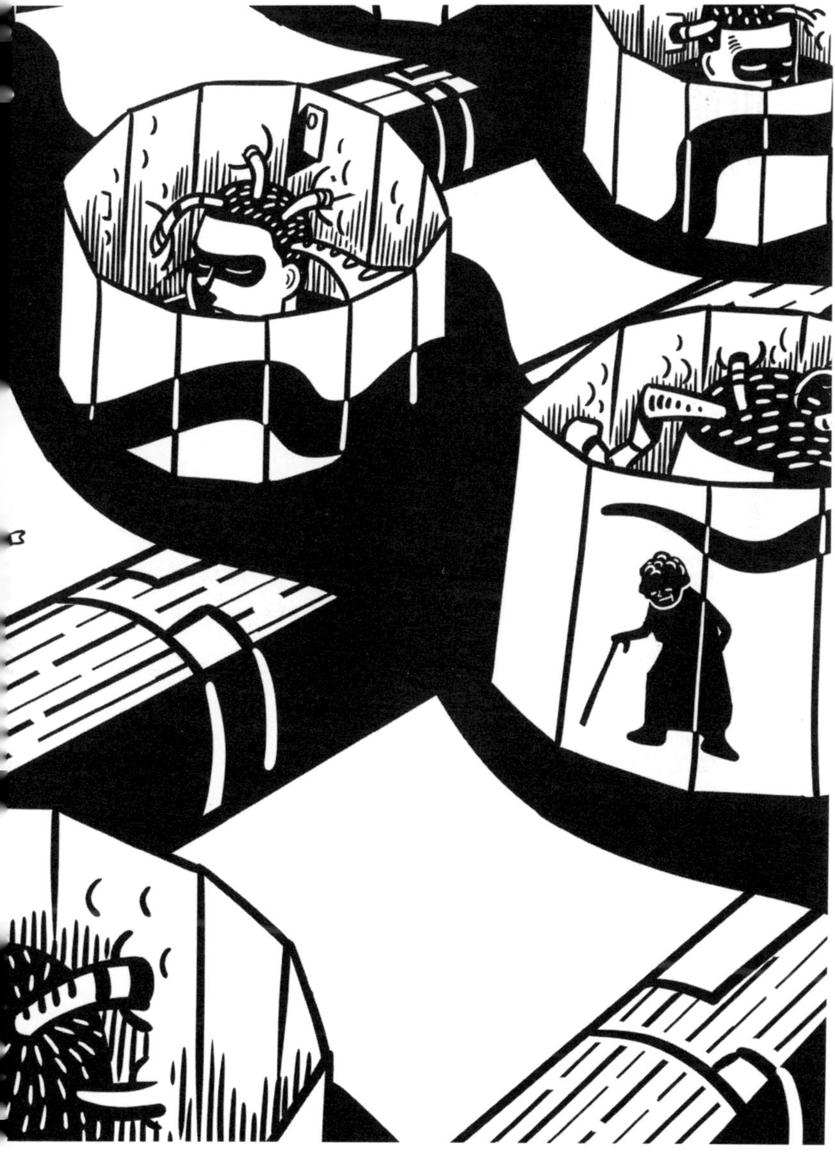

可能有梦

PERCHANCE TO DREAM

心理医生指着一张有点儿破旧的皮沙发说:"请坐。"

霍尔不由自主地坐下来,本能地把身子向后一靠。一阵眩晕贯穿全身,从脚底涌上头顶,他的眼皮像吊锤一样下坠,黑暗袭来。他迅速跳了起来,拍了一下自己右边的脸,又拍了一下左边的脸,下手不轻。

他说:"对不起,医生。"

心理医生的个头很高,年纪不大,完全不像是维也纳人。他点了点头,温柔地问道:"你是更喜欢站着吗?"

"更喜欢?"霍尔仰天大笑起来。"很好,"他说,"更喜欢!"

"抱歉,我不是很明白。"

"医生,我也不明白。"他用力掐了掐自己左手上的肉,弄疼自己,"不,不,那不是实话。其实我明白。这正是麻烦之处。我明白。"

"你——想讲给我听听吗?"

"对。不对。"这太蠢了,他心想。你帮不了我。没人能帮我。我只有自己!"忘了这回事吧。"他放下一句话,便开始朝门口走去。

"稍等片刻。"心理医生说。他的语气十分友好,充满了关切,并没有高人一等的感觉。"逃避对你没什么好处,不是吗?"

霍尔犹豫地停下了脚步。

"咱们不讲这些老掉牙的俗套话了。其实,逃避常常是最好的答案。只不过,我还不知道你的问题是不是属于这一类。"

"杰克逊医生给你讲过我的事吗?"

"没有。吉姆说他会安排你过来,但是他觉得,有些细节由你本人来说更清楚。我只知道你的名字叫菲利普·霍尔。你今年三十一岁。你已经有很长时间无法入睡了。"

"没错。很长时间了……"精确地说,已经有七十二小时了。霍尔瞥了一眼时钟,心想。可怕的七十二小时……

心理医生敲出一根香烟,开口发问:"你难道不会——"

"累?天哪,当然累。我是这个地球上最累的一个人了!我能睡到天荒地老。可是问题就在这儿,你知道,我想睡觉。我恨不得永远都别醒过来。"

"请给我讲讲吧。"心理医生说。

霍尔咬了咬嘴唇。他觉得没什么意义,可是,话说回来,他还有什么别的事情可做呢?他还能去哪儿呢?"你不介意我走来走去吧?"

"只要你愿意,倒立我也没意见。"

"好吧。给我来一根烟。"他把烟吸进肺里,走到窗边。这里是十四层，楼下的人和车像玩具一样，来去匆匆。他望着他们，心想，这个家伙还不错。机灵。懂行。跟我预料中的完全不一样。谁能说准呢——也许能有点儿用。"我不太确定该从哪里说起。"

"没关系。从头说起，可能对你来说更容易一些。"

霍尔猛烈地摇了摇头。开头，他想，真的有这种东西吗？

"只要放轻松就好。"

霍尔停顿了很长一段时间，然后开口说："我第一次发现人类思想的力量，是在十岁的时候。反正就在那段时间左右。我们家的卧室里有一块挂毯。它很漂亮，也很大，有一张地毯那么大，四边都有装饰。那上面画的是一队士兵——拿破仑的军队——骑在马上。他们在某种类似悬崖的边缘，第一匹马抬起了前蹄。我妈妈给我讲了一件事。她告诉我，如果我盯着这张挂毯，只要盯着看的时间够久，那些马就会动起来。她说，它们会跃过悬崖。我试了，但是什么都没有发生。她说'你必须得花时间。你必须得用心想'。所以，每天晚上，在我上床睡觉之前，我都会熬夜盯着那张该死的挂毯。最后，那真的发生了。他们跃过了悬崖的边缘，所有的马，每一个人……"霍尔掐灭了烟头，开始来回踱步。"把我吓得要命，"他说，"当我再去看的时候，他们又都恢复原状了。后来，这变成了我的一个游戏。我拿杂志里的图片做试验，没过多久，我就能开动火车、放飞气球或是让狗张开它们的嘴……什么都可以，只要是我想要的。"

他停顿了一下，用一只手捋了一遍自己的头发。"你心里一定在想，这并不是什么不寻常的事，"他说，"每个孩子都会做这样的事。比如站在大衣柜里,让手电筒的光从手指中穿过,或者穿过你的手掌跟……平平无奇,对吧?"

心理医生耸了耸肩。

"但紧接着,与众不同的事发生了,"霍尔说,"有一天,它失控了。我正在看一本涂色书。其中一幅图画的是一个骑士正在跟一条恶龙对战。为了找点儿乐子,我决定让那个骑士丢掉手中的长矛。他丢掉了。然后那条龙就开始追他,喷着火。下一秒,那条龙的嘴张开了,准备吃掉骑士。我眨了眨眼睛,甩了甩头,就像以前一样,只不过这一次——什么都没有发生。我的意思是,那张图并没有'恢复原状'。就算我把书合上,又重新打开,也没有变化。但即使是这样,我当时也没怎么多想。"

他走到桌子边,又拿起了一根烟。他没拿稳,烟从他的手里滑落了。

心理医生一边看霍尔努力把烟捡起来,一边说:"你一直在服用左甲状腺素。"

"是的。"

"每天几粒?"

"三十,三十五,我也不太清楚。"

"药劲儿很猛。损害你的肢体协调能力。我想吉姆警告过你吧?"

"是的,他警告过我。"

"好,那我们继续吧。后来发生了什么?"

"没什么。"霍尔配合着心理医生,让他帮忙点着了烟。"有一段时间，我几乎彻底忘记了这个'游戏'。然后，当我刚满十三岁的时候，我得了一场病。风湿性心脏——"

心理医生皱起眉头，俯过身来。"那吉姆还让你服用三十五……"

"让我把话说完！"他决定闭口不提，那些药是他从自己的姨妈那里拿到的，杰克逊医生对此一无所知。"我不得不整天躺在床上。什么活动都没有；什么活动都可能害死我。所以我就读书，听收音机。一天夜里，我听到一个鬼故事，叫'隐士的洞穴'，讲的是一个男人淹死之后，他的鬼魂回来缠着他的妻子。我的父母不在，他们出去看电影了。只有我一个人。我禁不住一直想那个故事，想象那个鬼魂。也许，我心里想，他就在那个衣柜里。我知道他不在；我知道根本就不存在鬼魂这种东西，真的。但是我心里有声音不停地说，'看看那个衣柜。看看那扇门。他就在那里面，菲利普，他就要出来了'。我捡起一本书，试图去读，但还是忍不住去瞥那扇门。门裂了一道缝。门后所有的东西都在黑暗中。所有的东西都黑乎乎的，没有动静。"

"然后那扇门动了。"

"没错。"

"你知道吧，到现在为止，你讲到的任何东西，都没有特别不同寻常？"

"我知道，"霍尔说，"那是我的想象。它的确是，而且我当时也意识到了。但是——我还是一样感到害怕。就跟一个鬼魂真的打开了那扇门一样害怕！这就是全部的问题所在。思想，医生。思想是万物。如果你认为你的胳膊疼，就算这个疼痛没有任何物理原因，你的疼痛也不会减少一点儿……我的母亲之所以去世，是因为她认为自己得了不治之症。尸检发现，除了营养不良之外，什么病症都没有。可她还是死了！"

"对这一点，我没有异议。"

"好吧。我只是不希望你告诉我，这些都只存在于我的思想里。这不用你告诉我。"

"继续吧。"

"他们告诉我，我永远都不会好转了，我必须得在人生剩下的日子里放轻松。为了我的心脏。不能吃力锻炼，不能爬楼梯，不能走远路。不能受到惊吓。他们说，惊吓会产生过多的肾上腺素，不好。所以，就只能这样了。毕业之后，我找了一个轻松的办公室工作。单调乏味——数字，加数字，就是所有的工作了。有那么几年，日子还算过得去。然后，它又开始发作。我读到过，在某个地方，一个女子在夜里上了自己的车，正好要去后座上找什么东西，结果发现有一个男人藏在那里，在等着她。这件事缠住了我；我开始做有关它的梦。所以每天晚上，当我坐进自己的车里时，我都会不由自主地拍一拍后座和车地板。最初一段时间里，这样的做法就足以让我缓解，直到后来我开始想，'万一我忘了检查怎么办？'或者'要是后面那东西不是人呢？'我开车回家，要穿过月桂谷。你也知道那段路很曲折。三十五英尺高的下坡，笔直向下。我会在穿过一半的时候产生这种感觉。'有什么人……什么东西……在后车座上！'隐伏，在黑暗中。肥胖，闪着光。我会从后视镜里看，看到他的双手正准备掐住我的脖子……我再说一遍，医生：请理解我。我当时就知道那是我的想象。我毫不怀疑，后座是空的——见鬼，我的车一直都是锁着的，而且我反复检查过！但是，我告诉我自己，霍尔，你要是一直这么想，你就会看到那双手。它可能是反光，可能是某个人的前车灯，或者什么都不是——但是你会看到它们！终于，有一天夜里，我看到了它们！我的车颠了几下，就掉到了路堤下面。"

心理医生说："稍等一下。"他站起身，在一台小小的机器上换了一盘磁带。

"从此之后，我明白了思想的力量有多么强大。"霍尔继续说，"我明白了，鬼魂和恶魔是确实存在的。只要你用足够长的时间，足够用力地去想，它们就会存在。毕竟，它们中的一员差点儿害死了我！"他把香烟点着的一端按在了自己的皮肉上，烟雾瞬间腾起："后来，杰克逊医生告诉我，像那种惊吓，再来一次，我就完蛋了。也就是从那时起，我开始做那个梦。"

房间里出现了一阵寂静，混合着远处机动车的鸣笛声、船轮形时钟的嘀嗒声，接待处打字员敲打出的昆虫般的键盘声。还有霍尔自己难过的呼吸声。

"人们说，梦只持续几秒钟的时间。"他说，"我不知道这到底是不是真的。反正都无所谓。它们好像持续的时间更长。有时候，我会梦到我的一生；有时候，几个世代都已经过去了。也有偶尔几次，时间会完全静止；那是一个冻结的时刻，持续到永远。当我是个孩子的时候，我看过电影《飞侠哥顿》系列。你还记得吗？我爱死它们了。当最后一集结束之后,我回到家,开始梦到更多集。每个晚上,都梦到新的一集。它们一样生动,而且当我醒来之后,我还能记住梦到的内容。我甚至把它们写了下来,确保自己不会忘记。这是疯了吧?"

"不是。"心理医生说。

"不管怎么样,反正我那么做了。奥兹的书和巴勒斯的书,也发生过同样的情况。我要让它们继续。但是过了十五岁之后,或者大概是那个时候,我就不怎么做梦了。只是时不时地偶尔做一次梦。然后,一周以前——"霍尔停下不说了。他问了一下洗手间的位置,然后走过去,往自己的脸上泼了几把冷水。然后,他走回来,站在了窗边。

"一周以前?"心理医生问,重新拨开了那台录音机器。

"我在十一点半左右上床睡觉。我不是很累,但是我需要休息,是为了照顾我的心脏。那个梦立马就开始了。我沿着威尼斯码头走路。时间接近午夜。那个地方很挤,到处都是人;你知道平时到那里去的都是什么样的人。水手、又矮又胖的娘们儿、穿着皮夹克的小孩。小摊贩们正在做着他们日常的活计。你能听到过山车摩擦轨道的轰隆声,坐在过山车里面的那些人在尖叫;你能听到铃声和枪的爆裂声,还有他们用汽笛风琴演奏的那些疯狂的歌曲。另外,在很远的远方,还有海浪拍打的声音。所有的一切都是鲜艳的、花哨的、廉价的。我走了一会儿,踩到了口香糖和糖苹果,心里纳闷自己为什么会在这个地方。"霍尔合上了眼睛。他迅速地睁开眼睛,揉了揉。"走到半路,经过那家游乐中心的时候,我看到了一个女孩。她大概二十二三岁，穿着白色的裙子，瘦削、紧致，还戴着一顶滑稽的白帽子。她的双腿露在外面，肌肉线条优美，晒成了健康的棕色。她孤身一人。我停下来看着她，我记得心里在想：'她一定有一个男朋友。他一定就在附近某个地方。'但是她看上去不像是在等任何人，或者寻找任何人。不知不觉中，我开始跟随她。保持着一段距离。"

"她走过几个游乐项目，然后停在了一个名叫'疯狂漂移车'的项目前。她悠然地走进去，玩了一轮。天气很热。当她开始转圈，越转越快的时候，热风掀起了她的裙子。这丝毫没有困扰到她。她就一直抓着把手，闭着眼睛，然后——我说不好，好像她忽然进入了某种狂喜的状态。她开始大笑。那是一种高音的、悦耳的声音。我站在围栏边看着她，纳闷为什么这样一个美丽的女孩会在一个廉价的游乐设施上大笑，还是在午夜时分，独身一人。然后，我的双手在围栏上僵住了，因为我忽然看到，她正在看我。每一次，当车厢被甩过来的时候，她都在看我。而且，她的眼神好像在说，别走开，别离开，别动……

"游乐项目结束，她下了车厢，向我走来。很自然地，仿佛我们已经彼此认识很多年一样，她环住我的胳膊，说：'我们一直在盼着你，霍尔先生。'她的嗓音低沉、温柔，她的脸，离近了看，甚至比远处看起来更漂亮。嘴唇圆润、丰满，有一点儿湿润；眼睛深黑、闪亮；她的皮肤散发着温暖的光泽。我没有回应。她又大笑起来，扽了一下我的袖子。'来吧，亲爱的，'她说，'我们没有太多时间。'我们几乎是跑着走向了'银闪'——码头上最高的一架过山车。我知道我不应该上去,我的心脏状况不允许,可是她不听。她说我必须上,为了她。所以我们买了票,坐上了过山车的第一排座位……"

霍尔屏气片刻,然后慢慢地把气呼出来。当他重新回味那个场景时,他发现这样更容易保持清醒。容易多了。

"那,"他说,"就是第一个梦的结尾。我醒来的时候,大汗淋漓,不停地颤抖,几乎一整天都在想这个梦,搞不懂这都是从何而来。我这一生中,只去过一次威尼斯码头,跟我的母亲一起。还是很多年前。但是那天晚上,就像发生在那些连续剧中的情节一样,那个梦也恰好从上一个梦停止的地方接续了起来。我们正在座位中整理安顿。粗糙的皮革,裂纹,脱皮,我都还记得。抓手的铁上涂着黑漆,中间的颜色已经磨没了。"

"我努力想摆脱出来,心里想,现在是时候了,现在就做,不然就太晚了!可是那个女孩挽着我,对我轻声低语。我们会在一起,她说。紧紧在一起。如果我愿意为她做这一件事,她就属于我了。'求你了!求你了!'然后,车厢启动。一阵轻微的抖动;孩子们开始大喊大叫;链条向上拉动的咯噔咯噔声;向上,慢慢地,现在已经太晚了,一切都太晚了,沿着那座陡峭的木山向上……

"她挽着我,把自己压在我的身上,这样往顶部上升了三分之一的距离后,我又醒了。第二天夜里,我们又向上了一点儿。第三天夜里,又向上一点儿。一英尺接着一英尺,缓慢地,向山顶上升。在中点时,那个女孩开始吻我。还大笑。'向下看!'她对我说,'菲利普,向下看!'我这么做了,向下看到了小小的人和车

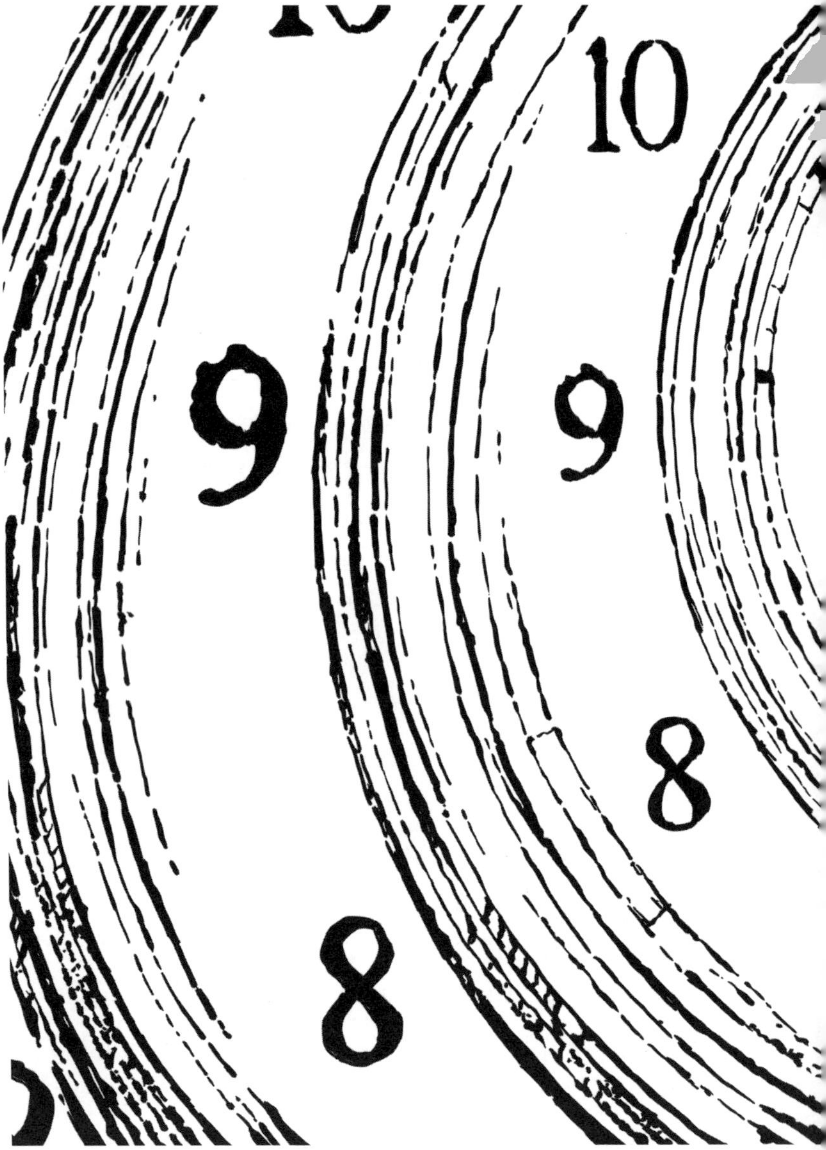

10
9
9
8
8

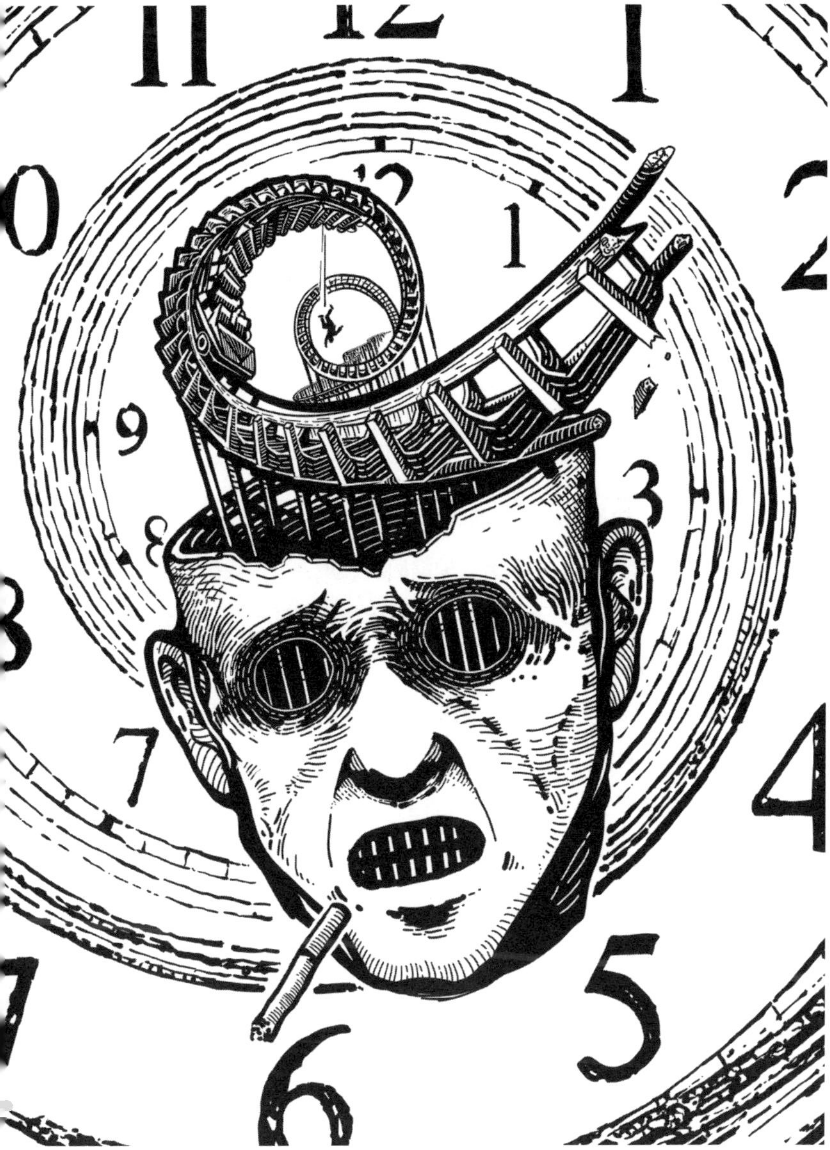

子，所有的东西都变得很小、很不真实。

"最终，我们距离顶部只有几英尺的距离了。这时，夜空已黑，风很急、很冷，我很害怕，怕到不能动弹。那个女孩笑得比之前更大声了，眼睛里还露出了一种奇怪的神情。这时我才想起来，没有任何其他人注意到她的存在。那个售票员检了两张票根，还一头雾水地四处张望过。

"'你是谁？'我大喊着问她。她说，'你难道不知道吗？'然后她站起来，把抓手的杆子从我的手里拉走。我向前倾过去抓那个杆子。

"然后，我们就到了顶部。我看到她的脸，知道了她要做什么，一瞬间，我就知道了。我努力地缩回座位里，可是我感觉到她的双手抓住了我，听到了她的声音，她在大笑，音调很高，她大笑，尖叫，充满了愉悦，然后——"

霍尔一拳砸向墙壁，停下来，等着自己恢复冷静再继续。

冷静下来后，他说："整件事就是这样，医生。现在你知道我为什么不敢睡觉了吧。当我睡觉的时候——到最后，我不得不睡着；我就知道！——那个梦会继续。我的心脏受不了！"

心理医生按了一下他桌子上的一个按钮。

"不管她是谁，"霍尔继续说，"她会推我。我会摔下去。几百英尺高。我将看到水泥地急速地向我袭来，快得模糊成了一团阴影，我还将感觉到接触地面时第一阵难以想象的剧痛。"

咔嗒一声响。

办公室的门开了。

一个女孩走了进来。

"托马斯小姐,"心理医生开口说,"我想请你——"

菲利普·霍尔尖叫起来。他盯着这个穿着白色护士服的女孩,后退了一步。"哦,天哪!不!"

"霍尔先生,这位是我的接待员,托马斯小姐。"

"不,"霍尔大叫起来,"是她。就是她。现在我知道她是谁了,真是要命!我知道她是谁了!"

穿着白色制服的女孩试探着迈了一步,走进房间。

霍尔又大叫了起来,用双手挡住了自己的脸,转身想要逃走。

一个声音大喊:"拦住他!"

霍尔感觉到膝盖磕在窗台上,一阵钻心的疼痛,就在那令人发指的瞬间,他意识到了正在发生的事情。他漫无目的地伸出手去抓,但是已经太晚了。仿佛被一股巨大的力量所吸引,他穿过敞开的窗户,摔到了窗外寒冷而清新的空气之中。

"霍尔!"

一直向下,漫长地、无尽地向下,经过十三层楼,直到灰色、坚硬、固实的混凝土上。他的思想奏效了;而他的眼睛从未合上……

"恐怕他已经死了。"心理医生说,把手指从霍尔的脉搏上移开。

穿着白色制服的女孩发出了一声轻轻的抽气声。"但是,"她说,"一分钟之前,我还看到过他,他那时——"

"我知道。很可笑。他进来的时候,我让他坐下;他就坐下了。不到两秒钟,他就睡着了。然后他就发出了你听到的那声尖叫,然后……"

"心脏病发作?"

"没错。"心理医生若有所思地揉了揉自己的脸颊。"好吧,"他说,"我想,这也不算是最坏的死法。至少他死得很安宁。"

丛林

THE JUNGLE

它倏然而至。蹑手蹑脚，不见形迹，它绕过了他设下的层层防范和陷阱，跨越了所有的阻隔。现在，它已经潜入他思想的内部，成了他的一部分，就像他的脉搏，像他稳健的心跳。

理查德·奥斯汀在椅子上僵住了。他闭上眼睛，紧紧地绷着身体里的肌肉，让肌肉变得像花岗岩一样沉默，一动不动；他听到声音那个东西又回来了。虽然他一直都在等它回来，可还是不免吃了一惊。他听见它越变越大——它似乎是在变大，可是他不能确定。也许他只不过是把注意力贯注在了它的身上，屏蔽掉了其他那些平常的声音：风穿过气球形树顶的树林，在叶间私语，播洒着所有机器发出的那种像昆虫一样的喃喃嗡鸣声。这里的风正是由这些机器制造出来的。它们的工作站深埋在暮色沉沉的街道地下，如同血泵一样，为这座城市输送着血液。又或者，这也许只不过是因为他在刻意地搜寻而已。那个东西在今夜似乎有所异变，变得更强烈、更确切了；而他只是想尽力摸清状况。又或者——这有什么要紧的呢？

他坐在已经被黑暗吞噬的房间里，听着那鼓声，听着那均匀而稳定的震动。它们从未真正增强，也从未真正减弱。缓慢而厚重的鼓点儿，一成不变。他对它已经不能更熟悉了。

这时，他快速地从椅子上站了起来，摇了摇头。那声音消失了，融为沉静之声的一部分，不再能够分辨。他心想，只有专注的注意力和想要听见它们的渴望，才能给予它们生命……

理查德·奥斯汀从他肿胀的肺里艰难地呼出了一口粗气。他走到吧台边，在一只玻璃杯里倒上一点儿威士忌，几乎一口就喝光了：酒像刀片一样滑过他干涩的喉咙，强迫他的唾液腺恢复了运转。

他再次摇了摇头，转身穿过起居室，走回房间另一端的那道门前。他用手碰了一下那个配有装饰的黄铜圈，门就无声地弹开了。

他的妻子躺在紫外线灯下，身形纹丝不动，跟三小时前她躺在那里的时候一样，僵硬而苍白。他朝她走过去，感觉到自己的鼻孔扩张起来。这种酸性药物的味道，对于他的感官而言，是一种全新的、残酷的体验。热辣的泪水涌上来，刺痛了他的眼睛。他眨了眨眼，挤掉这几滴眼泪。然后，他静静地站了一会儿，努力不去想起那些鼓声。

然后，他低声说道："玛格……玛格，求你今晚别死！"

纯粹是愚蠢的废话！他攥紧拳头，盯着眼下那张布满了苦痛的脸。那副面孔在绝望中变得扭曲不堪。如今，你已经很难相信，它曾经完全不同，它曾是一张满载着欢笑、纯真和勇气的年轻面孔。

颜色已经褪尽了。上周还是深浓而多斑的猩红色，现在已变成一张僵白的面具,毫无生气,如同一块瘪脆的干糨糊。而这上面还盖着一层汗液:汗珠凝成了潮湿的纽扣,缝在嘴的上方,闪闪发亮;涂在面颊上的汗则像是抹在白色石头上的一层油。她周身及身下的床褥,也已被浸染成了一片灰褐色。

奥斯汀看着缠在妻子头上的绷带,狠心地强迫自己摆脱那些记忆,不去想她银色的长发,不去想这些银发是如何在她感染瘟疫的一周之内一把一把地脱落,一把一把地被他攥在手里……

可是,思绪已经不受控制了。他发现自己正不由自主地重温这场噩梦里每一个可怕的阶段。

一开始,科学家们以为这是疟疾。他们是根据症状来判断的,因为二者完全一致。但是这个判断很难让人接受,因为疟疾早就被有效地攻克了:首先,人们在疫苗方面取得了有力的新发现,并已开始推行;其次,主要的致病源头——疟蚊——也已经被彻底消灭了。而且,这座新城市的地基全部是由液体合金打造的,杜绝了一切有可能滋生这种病源的环境,比如沼泽、湿地或者河流。半个世纪以来,关于这种疾病复现的案例报告,连一次都没有。话虽如此——在最初那批受害者的血流里,人们确实发现了疟疾寄生虫。那些寄生虫是实实在在的,以飞快的速度增殖,造成对红细胞的破坏。药剂师们不得不立即向那些如今看起来已经很古老的药方求助,疯狂地与时间赛跑,赶制药剂。这件事足以引起不安,甚至引发恐惧,但是对于这座新城市的建造者来说,并不恐怖,还不至于让他们放弃自己的心血,发动大规模的疏散撤离。在如今这个时代,大多数人都已经忘了什么是恐慌,它已经成为一种新的情绪,需要人们重新领会。

奥斯汀回想着。重新领会什么是恐慌,并没有花费太多的时间。恐怖来得太快了。感染者有三十多人,都是强壮的工人、工程师和规划师。他们服药之后纷纷恢复,似乎已经脱离了危险期,可是一夜之间,他们的病情全部复发加重,陷入高烧昏迷,随后又进入一种在神志不清和精神错乱之间反复交替的状态。科学家们一筹莫展。他们想尽各种办法与寄生虫搏斗,可是都无功而返。他们的医疗没有用,他们的药剂、放射性治疗和预防接种——全是徒劳。最终,他们只能袖手旁观,眼睁睁地看着这种疾病发生新的转变,发展出奇怪的特性,变成某种完全陌生的东西,从他们以为的疟疾变成完全不一样的东西。它开始呈现出一种恐怖的有规律的模式:先是长时间的谵妄症,然后转化为紧张症,患者的呼吸系统和心跳功能削弱到一种几乎难以与死亡做出区分的状态。再然后,就到了最可怕的部分:身体细胞迅速瓦解,组织崩坏……

想到那几个礼拜只不过是一个开端,理查德·奥斯汀刻意地控制了一下自己,压制住一次战栗。他把手指伸进口袋,摸出一根香烟,开始用力地敲击它,然后弄破卷筒,把那些明亮的红色碎片攥在手心里碾磨。

那时,除了疾病本身以外,没有任何其他实在的线索。有人给它起了个外号,叫"丛林之腐"——很残忍,却相当恰切。受害者确实是活生生地腐烂掉了,皮肉像被雨水浸透的破布一样从他们的身上剥落。没有人能完整地死去,无人幸免。他们在死之前都已经变成了一堆几乎难以识别的腐烂物……

他伸出一只手，轻柔地贴在他妻子的脸颊上。汗液的触感冰凉而黏腻，就像是回转堤坝间的腐水。他的手指下意识地缩了回来，蜷成了拳头。他强迫手指重新张开，盯着沾在手指上的那些如烟丝残片一般的皮肉碎屑。

"玛格！"它已经开始了！他难以控制自己，摸了摸她的胳膊，只轻轻地压了一下。结果，表皮化作碎屑脱落了，留下一小块潮湿的灰斑。奥斯汀的心跳猛地变快了；他的动作不再受自己支配，手指用力地掐住自己的手腕，狠狠地掐了一下。他的手腕上皱起一道斑痕，又消失了，留下一条细小的、逐渐褪色的红线。

她要死了，他心想。十分缓慢，而又确信无疑，她已经开始消亡了——玛格。很快，她的身体就会变成灰色，然后变得疏松，被单的重量就足以把她一条一条地撕裂了……她会开始腐烂，而且她的大脑还会意识到这件事——他们好歹已经发现了这一点：受害者从来没有完全地陷入昏迷，而且多少药物都没有用——她将清楚地知道，自己正在腐化，虽然她还活着，还在思考……

这是为什么呢？他的头疼起来了，一阵阵地抽动。为什么？

这些年，那过去的几个月，这间弥漫着腐烂恶臭的房间——所有的一切在一瞬间涌上来，挤满了奥斯汀的脑海。

如果我当初答应跟其他人一起离开，一起逃跑，他心想，那么也许玛格现在还很健康，还有饱满的生命力。但是——我没有答应……

他为了战斗而留了下来。玛格不愿意抛下他独自离开。现在，她要死了，一切都结束了。

或者——他慢慢地转了个身——真的结束了吗？他走出房间，来到阳台上。强制通风吹来的空气，轻柔而凉爽，一小块一小块地吹过城市的街道。姆巴拉拉是他的城市；它曾是他的梦想，又由他亲手规划、设计并付诸实现；这个地方是为了五十万人的安逸生活而建的。

空了，如今，人去城空，俨然一片庞大的墓地……

隐隐约约地，他又分辨出了那种鼓声，节奏缓慢而压抑，如以往一样，没有方向，似乎来自四面八方，又似乎没有来处。它在跟他说话。在对他低语。

奥斯汀点着了一根香烟，把舒缓安神的烟雾一口吸进肺里。然后他便定住了，一动不动，直到香烟燃到烟尾。

他走回卧室，打开一只衣柜，取出了一把沉甸甸的银色手枪。

他小心翼翼地装上了子弹。

玛格纹丝不动地躺在那里，奥斯汀几乎觉得，她似乎在期盼，在等待。她是如此僵硬而苍白。

他把枪筒指向妻子的额头，手指钩住了扳机。只要轻轻一拉，就结束了。她的苦难也会结束了。只要轻轻一拉！

低沉的鼓声越来越响，直到在安静的房间里爆炸开来。

奥斯汀身体紧绷，努力克制着颤抖，他把另一只手也用上，才稳住了手枪。

可是他的手指拒绝行动，拒绝扣动那个弧形的扳机。

过了很长一段时间，他放下胳膊，把枪扔进了口袋里。

"不。"他平静地说，不动声色。这个词触到黏液的屏障，结果发出了像孩童一样的尖音。

他咳了一声。

那正是他们想让他做的事——他知道，从那些鼓声中，他听得出来。其他的人就范了。他们惊慌失措了。

"不。"

他快步走出房间，穿过大厅，乘上了电梯。电梯立刻下降，可是他没等电梯降落到底，就跳下去，踩着地板，跑向层层加固的前门。

他扯开那些锁。门一弹开，他已经来到门外。三个礼拜以来，这还是他第一次——站在门外，独自一人，进入城市。

他驻足了片刻，被这座城市的陌生感迷住了。他几乎不敢相信，他已经是整座城市里剩下的唯一一个白种男人了。

他大步跨向一条高速行走带，停住它，然后迈了上去。他用手中的万能钥匙把动力设定为一半，又按了一下控制按钮，然后颓丧地靠在了扶手栏杆上。行走带发出轻轻的低吟声，开始移动。

他知道自己要去哪里。也许，他甚至知道自己为什么要去。可是他没有去想这些，而是看着从自己身边默默滑过的建筑。巨大的滚动圆球和彩色的石柱，这些精妙和谐的形状，曾经只存在于他的脑海中，而今已成为现实的存在。他还在听着那些鼓声，想不通为什么那些声音听起来像是天然的，而他的建筑却突然间显得那么不自然、那么奇怪而杂乱无章。

人造的格兰特·伍德树林滑过眼前。那些树像是接在黄色木棍上的绿色气球，齐整笔直，按照令人舒适愉悦的美学设计，安插在行走带之间的石岛上。奥斯汀的嘴角不禁泛起一丝微笑：触摸自然。

玩具树木，在人造风的轻拂中沙沙作响……现在看来，这跟他当初展示给参议员们的模型简直一模一样。做的跟真的一样，栩栩如生。

向前移动的奥斯汀，就像是一座精雕细刻的塑像，在空荡荡的行走带上显得格外渺小和孤单。他想起了耗时多年的筹备历程，想起了实际工作展开之前那些无穷无尽的繁文缛节和手续文书。他还想起了那些土著，想起了他们如何通过抗议和请愿影响了五权政府，以及如何以此拖慢了他们的脚步。还有钱的问题，只能通过反复不断地敲打人口过剩这一点来推进，一次接着一次，从没有过一刻喘息。这种问题，那种问题……

他已经想不起来这项工程本身究竟是如何开始的了——所有的一切都搅在了一起。铺建第一条铁路时遭遇的困难，显然不能说是微不足道的。因为肯尼亚地区的部落数以百万计，而且他们全都怀着满腔的仇恨和愤怒，反对这座城市的每一个环节。

没有任何解释能够让他们满意。他们认定了这是在摧毁他们的世界，所以他们要战斗。枪炮、长矛、弓箭、飞镖，他们用上了手边可用的一切资源，拒不投降，像一支由发疯的蚂蚁组成的军队一样，散布在整片陆地各处，四下捕猎。

既然他们无法被控制，那么就不得不被毁灭。正如他们的森林、河流和高山一样，为了给城市腾出地界，也不得不被毁灭。

虽然，奥斯汀沉重地记起，毁灭并不是没有代价的。白人拥有精良的武器，但是深深咬进脖子肉里的砍刀，或者涂有古怪毒药的尖利木箭，同样致命。不是所有人都能逃过一劫。有些人在不经意间走得太远，便再也走不出这片绿色的世界。在这里，三分钟就足以让一个人迷失,陷入绝望的境地。另外一些人,忘记了他们的武器。还有一些人,是过于勇敢了。

奥斯汀想起了曾被报道失踪了的工程师约瑟夫·法瓦。他还记得两天后法瓦跑回营地的样子。一只鲜艳的肉桂色生物尖叫着奔跑过来,仿佛是从最坏的梦魇里逃出来,半死不活。他浑身上下的皮被剥了个干净,只剩下脸、双手和双脚……

无论如何,这座城市终究还是执拗地生长起来,探出混凝土与合金锻造的手指,伸向那片黑暗而不驯的国度,每一天都在扩张。没有什么能够阻挡它。高山被夷为平地。河流被大坝拦走,或是被排光了水,或是被引到别的地方。湿地被填干了。杀光树上的动物,再砍倒树木。而巨大的灰色机器不断前进,用钢牙铁齿吞掉了丛林,嚼尽了它的生机勃勃,也嚼碎了所有生活在此的生灵。

直到它不复存在。

它被夷平了,如同铺平公路一样,被铺平了。它数个世纪的生命,被压在千万吨加硬的石头下方,窒息了。

一座城市的诞生……带来了一个世界的死亡。

而理查德·奥斯汀正是杀死它的凶手。

在路上,他又想起了那个萨满法师。那个半裸的、牙齿掉光的班图[1]巫医,曾代表大多数的部落扬言:"你们屠杀我们,我们没能

---

[1] 班图(Bantu),是指承袭班图语言的几百个土著民族,分布在中非到非洲东南部和南非等广阔地区。

阻止。所以，现在，我们会等。等你们造好你们的城市，等其他人住进来。然后，你们就会明白，死亡是什么模样。"生活在迷信和恐惧中的博卡瓦，跟他的族人一道，已经被文明抛在了身后。他说出这几句话之后，就再也没有开过口，而且他同意搬走，到宽阔的铁平原上居住。那是专为幸存的土著们建造的一块地方。

博卡瓦，愚昧无知的萨满法师，带着他那磨灭不掉的微笑……那个微笑，现在竟如此清晰！

突然，行走带抖动起来，猛然停住，震颤着发出一阵刺耳的摩擦声。奥斯汀身子前仰了出去。他紧紧抓住扶手栏杆，阻止自己摔倒。

他最先意识到的，是一片寂静。那诡异的、死一般的寂静，像一座棺材吊在空中。这意味着中央机器停止了运转。它们当初是被设计成自动操作和永恒运转的；这些动力的源头竟然失灵了，真是令人难以想象！

同样令人难以想象的是，那些鼓声又喃喃地恢复了生命，从不锈无痕的高塔之外传来，在寂静中显得如此响亮、如此真实。

奥斯汀紧紧地握住他的手枪，周身抖了一抖，驱散了刚刚如酸液一样泛上胸膛的惊慌。只不过是动力源停止运转而已。删除不可能的情况，插入可能性不大的情况。可能性不大的情况是有可能出现的。恶魔并没有被召唤，它们却恰好出现了。那奇怪的疾病也是一样。

我正在挑战的，他想，是一个统计学上的难题。仅此而已。一组由巧合构成的储料堆。如果我耐心地等一等——他紧贴着那些建筑的外壁行走——再努力地想一想,曲线图就会变化,弧线也会……

鼓声轰鸣,发出一波支离破碎的声音,然后停息片刻,又再次出现……

他继续思索那些图表,结果玛格的形象突然浮现,真切而分明地遮挡在那些粗墨线条之上,在它们勾勒出的那些庞大的曲线图之间,上升、下降。

思索帮不上什么忙了……

他继续向前走。

忽然,在这座城市迷宫的一条曲线末端,"村庄"映入眼帘。它像一只硕大的镶满宝石的蜘蛛,悬在头顶上方。它放射出寒冷的光线。沉默无声。

奥斯汀深深地呼吸。如果乘坐行走带,他距离目的地只有几分钟的路程。可是当他步行穿过城市时,不知道有多少分钟匆匆而过。当他终于抵达电梯时,灼热的疼痛一阵阵地绞着他的肌肉。他倚在透明的月台旁站住,活动了一下麻木的四肢,直到它们恢复了知觉。

然后,他又想起了那片寂静,想起了那些死寂的机器。如果它们不再运转了,那么电梯——

他的手指试探着触碰了一下按钮。

伴随着气动的嘶嘶声,一扇玻璃门滑开了。

他走了进去,门关上之后,这个子弹形状的生命体就开始上升了,而他努力地清空头脑,什么都不去思考。

姆巴拉拉在下方变得越来越小。精致加工过的金属泛着一丝丝渐趋黯淡的光泽。这座城市看上去，甚至反倒更像是他当年亲手制作的那个小小的黏土模型了。

终于，移动停止了。等电梯的门再次滑开，奥斯汀大步迈出，踩上了光滑的地面。

这里一片黑暗。那些人造火把甚至连一丝烟烬都不燃了，他注意到，它们的残端都已变黑，余温不存。

但是通向村庄的门敞开着。

他顺着入口望进去，看到了一片片封冻在里面的阴影。

他听见里面传来的阵阵鼓声，响亮而分明。可是——只是平凡的鼓声而已，那些声波在触达下方的城市之前早早便会消散。

他走进了村庄。

小小的棚屋寂静陈列，像光滑肉体上生长的透明水疱。说不上为什么，在奥斯汀的眼里，它们在一片黑暗中显得面目可憎。它们的建造既吸收了原始的感觉和氛围，又结合了文明化的便利性，而它们的设计也兼顾了艺术和科学的视角——可它们突然间变得面目可憎了。

也许，奥斯汀边走边想，也许巴尼以前一直在说的那些话有点儿道理……不——这些人选择留在这里，完全是出于他们自己的自由意志。想要精确无误地复制出他们曾经生活过的那种恶劣条件是不太可能的。就算不是完全不可能，那也是不正确的。

难道就任由他们在原始的污秽中打滚吗？难道仅仅因为他们的文化无法消化科学的进步，就任由他们沉沦在疾病和堕落之中，自生自灭吗？不行。你不会允许一个人从一百层高的楼顶跳下去，仅仅因为他被灌输了一种思想，认定抵达地面的唯一方法就是跳跃——哪怕在干预的过程中，你会侮辱到他，并亵渎他的神祇。不管付出什么代价，你都必须阻止他。然后，再过一阵，你把电梯展示给他。因为他是一个人，他的大脑并不比你的更小，所以他会理解。他会理解，粉碎迷信总比粉碎头颅来得更好。最终，他会对你心怀感激。

这才是正确的逻辑。

奥斯汀用这些念头打造了一个厚厚的硬壳，继续向前走去。他能感觉到手枪拍打着他的大腿，这同样给他带来了安慰。

他们现在在哪儿呢？是不是正在那些小棚屋里面，酣然大睡？所有人都在睡觉吗？或者，他们是不是也感染了那种疾病，开始陆续死去了呢？……

在很远的前方，出现了一道光。发光的地方，是一块林间空地，彰显了村庄设计的要点。当他向那儿走过去时，鼓声越来越响，还出现了其他声音——人语声。有多少个人在说话？空气瞬间嘈杂起来，充满了生机。

他在林间空地前停下了脚步，栖身在黑暗中，默默观看起来。

近处，一个年轻的女子在舞蹈。她的双眼紧闭，双臂笔直地展开在身体两侧，像黑色的树根。她正处于一种着魔的状态之中，随着最近一只鼓的节律起舞。她的双脚飞快移动，变成了模糊的虚影，赤裸的身体上裹着一层厚厚的汗液。

在起舞女子的身后，奥斯汀看到了整个人群，他们有的蹲着，有的站着，都在摇摆扭动；不止一千人——显然，村庄里的每个土著都在！

火光中蜷着一小团棕色的兽皮，明亮的白漆和鲜艳的羽毛依稀可见。

内圈的人们坐在鼓边和空心的圆木旁边，用手掌和短木棍敲击。敲出的声响诡异地混成了一种声音——正是奥斯汀一直以来听见的那种声音，而且这声音似乎已经追随了他一辈子。

他看得入迷了——尽管他过去曾参观过无数次的班图仪式，而且对于这些符号也再熟悉不过了。六角魔法的小皮袋：指甲屑、照片、皮肉粉块；沾满果皮的擦菜板；还有人们脚下成堆的骨头——陈年的骨头，十分疏松、枯槁、陈旧。

然后，他又把目光移到了土著身后那面素净的水晶墙上，它宏伟地矗立在这里，围住这片区域，划定出了它的形状。

这让他不禁浑身一凛。

他上前一步，现身而出。

须臾之间人群安静下来，如同一声尖叫被生生切断。舞者们稳住身姿，眨了下眼，倒吸了一口气。其他人则抬起头，把目光锁在了他的身上。

所有人都变成了阴沉的、一动不动的蜡像。

奥斯汀在众人的注视下走向一个脸上涂漆的人。

"博卡瓦在哪儿？"他用标准的斯瓦希里语大声问道。他的嗓音找回了平日的权威。"博卡瓦。带我去见他。"

没有人动。那些手停在鼓上方几英尺的地方,石化了。

"我来这里是为了谈话!"

奥斯汀从两侧的眼角觉察到一阵轻微的骚动。他等了片刻,然后转过了身。

一个人影蹲在他的身后。这个人老得辨不清年龄,身材小得令人难以置信,尖利的小骨头像钢钉一样铆接起松垮的皮肉,皮肤上描画着横竖相间的白漆图案,颜料如同粉笔灰,很像部落里某些寡妇在配偶死后一年的时间里涂的那种材料。他的嘴被拉成一种似笑非笑的形状,露出硬化的无齿的牙龈。

老人忽然笑了起来。挂在他鸡颈上的护身符左摇右摆。然后,他止住笑声,死死地盯着奥斯汀。

"我们一直在等。"他轻声地说。奥斯汀听到他字正腔圆的英语,吃了一惊。他已经很久没有听过英语了;现在,却从这个小小的老人那里……也许博卡瓦特意学了英语。这有什么好奇怪的呢?
"跟我来,奥斯汀先生。"

他完全不知道自己为什么要这么做,可还是默默跟在这个老萨满法师的身后,来到了一块湿润的泥土旁边。泥地的四周围满了土著。

博卡瓦看了一眼奥斯汀,然后俯下身,把手伸到了泥土里。瘦骨嶙峋的手指刮掉表面的尘土,然后如同几只瘦小的神经兮兮的小动物一样,向下翻动挖掘,最后终于抓着什么东西,抽回到地面上,展露在奥斯汀眼前。

奥斯汀倒吸了一口凉气。那是一个玩偶娃娃。

那玩偶正是玛格。

他想笑，可是好像有什么东西卡在嗓子眼里，笑不出来。他了解这些原始部族给敌人施加邪恶诅咒的法门，就是把敌人的人形偶埋在地下。随着人形偶渐渐地腐烂，与其对应的……

他把那个玩偶娃娃从老人的手里一把夺了过来。娃娃在他的手里碎成了粉末。

"奥斯汀先生，"博卡瓦说，"我很遗憾，您过来交谈的时间太晚了。"老人的嘴唇并没有动。说话的声音既是他的，又不是他的。

突然，奥斯汀意识到，他来到这个地方并不是出于自己的意愿。他是被召唤来的。

老人的右手拿着一根鬣狗的尾巴。他挥了一挥，一缕微风仿佛随之而起，催动火焰扶摇起舞，跳起一支神经质的舞蹈。

"奥斯汀先生，你直到现在还是不肯相信。哎呀。你已经亲眼看见了苦难和死亡，可你还是不肯相信。"博卡瓦叹息道。"我再试最后一次。"他在光滑的地板上蹲了下来，"当你第一次来到我们的国家，讲起你的宏图伟业时，我就告诉过你——早在那时，我就告诉过你——哪些事是注定会发生的。我告诉过你，这座城市绝不能存在。我告诉过你，我们的族人会战斗。这就好像，如果我们去你的土地上建造丛林，你的族人也一样会战斗。但是你根本就没有理解我说的话。"他不是在谴责，他的声音里没有带一点儿情绪。"现在，姆巴拉拉就躺在你的脚下，寂静无声、死气沉沉，可你还是不愿意理解。我们还能做什么呢，奥斯汀先生？我们到底做到什么地步，才能向你证明：你的这座姆巴拉拉城永远都会这样寂静无声、死气沉沉，你的族人永远都没有机会熬过这一关？"

奥斯汀想起了他的大学老友巴尼——也想起了巴尼曾经跟他说过的话。他盯着博卡瓦，盯着这个瘦骨嶙峋的、浑身涂满色彩的野蛮人，可是眼里却清晰地看到了那个高大的得州人，还记起了那位得州人本科时期的那些疯狂理论——发掘出原始部族的古老观点以及他们的宗教和他们的魔法。

"随便吧，哥们儿，尽管去嘲讽他们的禁忌，"巴尼曾是个人类学家，他过去很喜欢这么说这些话，"你一边讥笑他们，一边往自己的肩膀上撒盐。一边嘲笑他们的超自然魔力，一边喋喋不休地吹嘘着我们自己的'天赋'！"

他甚至已经不止于相信，魔法的重要性在于它聚合了这些土著之间的文化肌理，还在于它——以及他们的宗教迷信——为他们提供了一套指导行为的法则，因而在大多数情况下，也为他们带来了幸福感。他甚至还相信，土著的魔法只不过是另一种触达真理的途径。

当然，这些话根本就是牛头不对马嘴。这就好像是在说，原始的魔法能够把一艘船送上太空，或者消灭疾病，或者……

这正是跟巴尼打交道的麻烦之处。你永远也不能分清楚他是认真的，还是在开玩笑。即便是一名社会人类学家也不可能走到那一步，认为这世界上还有不一样的重力定律。

"奥斯汀先生，我们把你带到这里来，有一个目的。你知道那个目的是什么吗？"

"我不知道，而且我也不……"

"你有没有纳闷过,为什么你们那么多人里,单单只有你,幸免于难?接下来——听我说,请用心地听我说。因为如果你不用心听,那么发生在你这座新城市里的事情就只是一个开端。死亡之风将吹遍姆巴拉拉,事情会比现在变得糟糕百倍。"这位巫医盯着下面散开的几堆骨头。那是黑豹的骨头,奥斯汀知道——那是一种占卜用的道具。它们在地面上分布的位置,为博卡瓦提供了很多关于白人的信息。

"回到你的首领们那里。告诉他们,他们必须忘记这座城市。告诉他们,死神在这里游荡,而且将永远游荡在这儿。他们的魔法很强大,但是并没有强大到可以抵挡那些被从时间中召唤回来参加战斗的灵魂。去跟你的首领们说,把这些事告诉他们。让他们相信你。强迫他们理解,如果他们来到姆巴拉拉,他们就会死亡。他们做梦也想不到的那种方式,病痛折磨,痛苦万分,漫长煎熬。永远如是。"

老人的双眼紧闭。他的嘴一动也没有动,声音是呆板而机械的。

"告诉他们,奥斯汀先生,你最开始以为是工人们感染了一种奇怪的新疾病。但是别忘了提醒他们,你们最好的医生面对这种传染病也束手无策,它肆意蔓延,无人能挡。把这些事告诉他们。也许,他们会相信你。那样他们就能得救。"

博卡瓦认真地研究着黑豹的骨头,摸索着他们的排列模式。

奥斯汀的声音同样呆板而机械。"你忘了一件事。"他说。他拒绝让那些想法钻入自己的脑子。他拒绝去想紧闭的双唇如何发出声音,拒绝去思考那些土著是在哪儿找到了泥土或新鲜的黑豹骨头,或者……"还没有人,"他对老人说,"还没有人展开过还击。"

"但是你为什么要还击呢,奥斯汀先生?你不是不相信敌人的存在吗?你要跟谁战斗呢?"博卡瓦露出了微笑。

土著人群始终保持着安静,在渐趋黯淡的火光中一动不动。

"你们让我们唯一担忧的一点,"奥斯汀说,"就是害怕你们也许真的能带来心理伤害。"他看了一眼脚边粉碎的玩偶。玩偶的脸还是完好的;除此之外,它已经毁得不成样子了。

"是吗?"

"就在现在,博卡瓦,我的政府正在加派人手过来。他们很快就到。等他们来了,他们就会研究出到底发生了什么。如果人们认定,你们的仪式——不管它本身是多么无害——造成了恐惧的流传——只要跟这场疾病有任何一点儿关系——那么你们就要选择另觅他处谋生,或者——"

"或者怎样,奥斯汀先生?"

"——或者被全部消灭。"

"然后,人们会来到姆巴拉拉。不顾警告和死亡,他们还是会来吗?"

"你们的魔法棒可吓不走五十万个男男女女。"

"五十万……"老人看着那些骨头,叹了一口气,点了点头。"你很了解你的族人。"他低声说。

奥斯汀露出了微笑,"没错,我很了解。"

"那么,我想我们也没什么好说的了。"

奥斯汀想开口说：不，你错了。我们必须谈谈玛格的事！她要死了，而我不想让她死。可是他知道这些话意味着什么，会刻画出他真实的感情，他的恐惧和他的疑虑。这样一来，他就一败涂地了。他不能承认那只玩偶不仅仅是一只玩偶。他不能承认！

老人捡起一只葫芦，往手上浇了一些水。"我很遗憾，"他说，"不撞南墙不回头，你必须用这种方式才能明白。"

土著人群中缓缓地升起了一首慢歌谣。奥斯汀听着像斯瓦希里语，可是又分辨不清。除了 gonga 和 bagana 这两个词语之外，他一个词也认不出来。他们唱的是药水吗？还是带着药水的男人？那是一篇绵长的祷文，跟他之前听过的那种格里高利圣歌差不多，充满了无可抵御的忧郁。静谧、缥缈、悲哀，只有人类的声音才能如此悲哀。这声音在陈旧的空气中扩散，减弱，带有深切的尊严，切穿衰败与腐朽的恶臭。

奥斯汀感受到了身上衣服的重量。那些失灵的机器已经停止泵送新鲜的微风，所以空气变得像油一样，激开了他身体上的毛孔，沿着他的胳膊和双腿冰冷地流下。

博卡瓦做了一个手势，然后缩回到光滑的地板上。他沉重地呼吸，呻吟，仿佛正经历疼痛。然后，他直起身，看了奥斯汀一眼，就一瘸一拐地匆匆走开了。

鼓声响起。人群渐渐从静止中恢复，重新动了起来。很快，那些舞者也再度起身，重新进入了他们那种着魔的状态。

奥斯汀转过身，迈起脚步，迅速地离开了仪式。走到门口阴影处时，他跑了起来。他的肌肉休眠了太久，已经不适应这种运动，于是变得像石头一样，还是麻木而阵阵抽痛的石头。可尽管如此，他还是寸步不停，一路跑到了电梯。

他用力戳了一下电梯按钮，闭上了眼睛。耳朵里都是心脏剧烈搏动的声音，脑子里蹦跳着五颜六色的火花。月台缓缓下降，平静，不带一丝情绪，正如组成它的零件一样。

奥斯汀跑出来，靠着一座建筑倒下了。他努力地想要把黑魔法仪式的意象，连同他在那里感受到的一切全都从脑海里驱赶出去。

喉咙干渴冒烟，他咽下一口针刺般的疼痛。

而恐惧越来越重，缓缓地勒紧了他的脖子……

姆巴拉拉的高塔赫然耸现在奥斯汀眼前，看上去比他刚刚经历的部落仪式更加虚幻、更加不合时宜。水晶石笋直顶着弯在它们头上的夜空，缀着小小的方形、菱形和圆形的金属和石头。办公大楼、公寓、住宅、鞋帽商店、机器工厂和饭店，行走带如蛛网一般，密布在所有这些无光的空壳之间，像五颜六色的彩带，像长度无限的爬行动物，如今都陷入了沉睡，寂静无声，死气沉沉。

或者说，是不是如他想要相信的那样，它们只不过是在等待？

它们当然是在等待。他心想。手握答案的人明天就会来到姆巴拉拉。那些头脑清明的科学家，可还没有被一群战败的土著人给恐吓到。科学家们会找出害死那些工人的罪魁祸首，矫正事态，然后人们就会跟在他们身后回来。五十万人，来自拥挤的世界各地。他们十分开心能够再次呼吸新鲜的空气——这些空气不必传输到两百英尺的地下——也十分开心地知道，地球还能供养他们。那时，再也不用讨论什么"人口削减"——还不如直接说谋杀；再也不用担心政府对着你大喊"清空人口"的警示……

梦想会成真的。奥斯汀告诉自己。因为它必须成真。因为他曾经向玛格许诺过，他们会永远生活在一起，在无尽的岁月里，为这座城市展开希望、规划和战斗。姆巴拉拉就是梦开始的地方：世界如沙丁鱼罐头一般黑暗的时代将就此结束，生活将重新拉开帷幕。下一次遇到同样的烦恼，将是很多年以后的事了——因为地球上一半的土地都已闲置，成为待垦的荒地。澳大利亚、格陵兰岛、冰岛、非洲、南北极……而且到了那时，人口曲线图也可能发生变化，因为它原本就一直在变。人们将从他们的地穴和老鼠洞里走出来，过上人的生活。

没错。但是，这一切的前提，就是姆巴拉拉的成功。如果他能够在这里向人们展示出自己的成功……

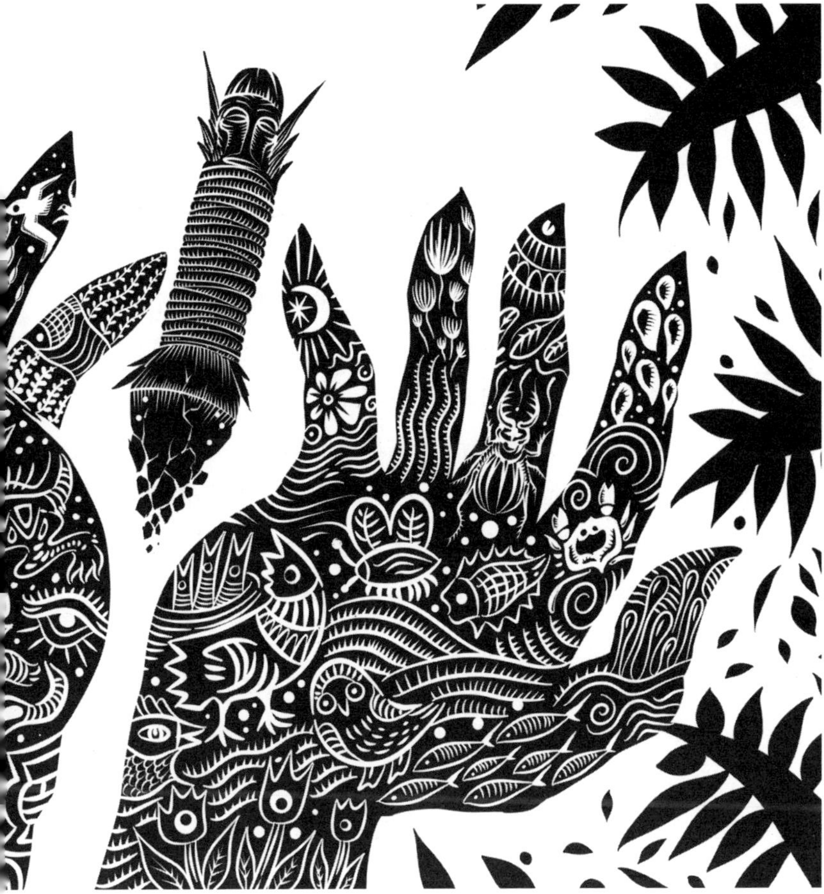

奥斯汀诅咒那些跑回去的人。他们在大肆宣扬那些发生在其他工程师身上的事。天知道，可用的工程师人数本来就不太够了。而这寥寥数人都是异数，才会去钻研一个看上去几乎没有未来应用价值的领域。

他们要是能对这场疾病闭口不言就好了！那样的话，其他人就会过来，然后……

死掉。这两个字紧跟着冒了出来，不请自到，旋即消失。

奥斯汀走过帝王剧院，这是他在十年前的一个晚上跟玛格一起构想出来的剧院。当他经过时，他努力地在脑海中复现那个挤满了人的门厅。人们穿着晚礼服和珠光宝气的长裙，谈论着这场戏到底有没有看头。如今，大理石建筑的正面发出黄色的光，看上去既愚蠢又可悲。海报箱的灯光照穿新积的灰尘，空无一字。

奥斯汀试图想起这个地点原本有什么东西。只有厚密的丛林植株。还是说，这里原来有一座土著的村庄——猴子们在树上爬来爬去，在藤蔓上荡秋千，涂着白色颜料的寡妇在稻草屋顶下哀悼亡夫？

正在上演：尤利乌斯·恺撒。门票价格：三只椰子。

镇定。他心想，这么长时间你都能保持清醒，坚持到明天一定没问题。切利乔夫会过来，唾沫星子挂在他的络腮胡子上。他们会用飞机把玛格送到医院，治好她的病，然后赶紧解决掉这件扯淡的烂事。

回家就行了。不要乱想，回家，一切都会迎刃而解。

这座城市其实并没有正式的街道。城市的规划里没有考虑纳入古老的地面汽车,那种车如今只能时不时地在某些古老的家族里撞见。因此,姆巴拉拉就是一座实打实的迷官。一座十分漂亮的迷宫。像英国的庄园一样——奥斯汀过去很欣赏这些业已消逝的古雅遗风——这些区域有时会用绿色的石篱框起来,切成各种实用的形状。

奥斯汀找路是没有困难的。即使到了今天,一切仍历历在目,他清晰地记得规划每一条小小的曲线和设计的那些时光,精雕细琢,是为了不留下任何艺术上的"漏洞"或者无用的空间。本来,他蒙上眼睛走路都没有问题。

可是,当他经过食品药房,转过拐角时,他却发现,前面的路并没有按照本来的样子通向直升机公园。那里是有几座建筑,但并不是原本应该在那里的那些。

又或者,他刚才转错了——他沿着自己的足迹返回那个左拐的地点。食品药房不见了。他发现自己眼前的建筑换成了化学综合楼。

奥斯汀停下脚步,擦了擦额头。肯定是因为刚才太激动了,没错。是情绪在那一刻干扰了他的思路,让他走错了路。

他又开始行走起来。温热的汗液流遍他的全身,浸透他的西装,染上了夹克外套。

他经过了食品药房。

奥斯汀握紧了拳头。他不可能绕了整整一圈。这座城市是他建造的,他对它了如指掌。在施工进行的过程中,他曾经走遍城市,甚至不用思考方向,也从没走错过一步。

他怎么可能迷路呢?

精神紧张。没什么好奇怪的。很显然,最近发生的事情已经足够让他的方向感变迟钝了。

镇静一点儿,嗯。镇静一点儿。

空气泛着恶臭,沉重地悬浮在四周。他不得不用力把空气吸入肺里,再用力呼出。当然,他可以到地下去,打开阀门——至少它们是可以手动操作的。他可以去,但是为什么要去呢?那意味着他得缩着身子,钻进一部黑漆漆的升降机里,潜入地下——见鬼,早知道,就应该把那个升降机造大一点儿!再说,不管怎么样,那些密封气泡里还是留了足够多的开口,能保障空气流通中有满足呼吸需求的氧气流动。如果气泡外面的空气沉重不动,他也很难指望里面有什么不同……

他抬头看着一座半伊斯兰风格的高塔,那是一个直升机修复中心。它的位置所处的方向,跟奥斯汀以为的方向,恰好相反。

奥斯汀倒在一条石头长凳上。种种意象浮过他的脑海。他迷路了;这种迷路,简直就像误入了建造姆巴拉拉前曾占据此处的那片丛林,然后再努力寻找来时的路。

他闭上眼睛,看到了一幅画面,画面出奇清晰,主人公正是他自己。他跑过暗绿色树叶缠结在一起的植丛,在树根之间磕磕绊绊,跌撞在一棵棵树上,带着恐惧的脸扭曲变形,一边跑一边尖叫……

他飞快地睁开眼睛,甩掉幻觉。他的大脑太累了,所以他才看到这样一幅画面。他必须一直睁着眼睛才行。

城市没有变化。围绕在他四周的是一座公园，这公园是专为家庭主妇们设计的，为了满足她们休憩或闲谈的心愿，有时也许还能喂喂松鼠。

划船湖的对面是大学。

大学的后面就是家。

奥斯汀虚弱地站起身，艰难地走下那条长满了草的斜坡，来到人工湖的边缘。人造的城市树木装点着湖岸：湖面反映出一种完美几何形态的倒影。

他蹲下身，往脸上泼了几把水。然后，他大口吞下了几口水，整个人又定住了，直到被他搅起的涟漪渐渐扩散到湖面的中央。

他仔细地研究自己在水中的镜像。白色的皮肤，光滑的脸颊，铁色的头发。好看的衣服。他的头形偏长，空间分布均匀，这是一颗典型的22世纪文明化的头……

在他的倒影上方，奥斯汀察觉到了一些异动。他的身子定住了，眨了眨眼。随着湖水恢复平静，一只动物的影像浮现在水面上，在轻轻地摇摆。一只小动物，有点儿像猴子。像一只倒挂在一棵大树树枝上的猴子。

奥斯汀回转过身。

身后只有那一片黑暗，一块高尔夫球场绿色的草坪，还有那些人造树木——树皮光滑，树干中空。

他用一只手捋了一圈头发。只是光影的把戏而已。他潜意识里的恐惧，加上微光闪烁的湖水……

他快速地走向变暗的船屋，穿过地板。他的脚步敲打在石头上，引出响亮的回音。

在微型码头的尽头，他解开一艘小小的电池船，跳了进去。他拉开船侧的开关，然后开始等待，强迫自己回头看向那被遗弃的湖岸。

船在水中移动得很慢，只带出一点儿轻微的声响。

快呀，奥斯汀想。快点儿——天哪，它们为什么这么慢！

根据锡旗上的标示，这艘小船的名字叫露西。它玩具一样的船头切开平静的湖面，经过好几分钟之后，才抵达湖心。

光线不足，逐渐靠近的对岸难以露出清晰的面目。它被包裹在黑暗之中，而黑暗甚至把建筑都隐匿了起来。

奥斯汀眯起眼睛，凝视片刻，又眨了一下眼睛。湖岸在移动。这当然是那些许光亮的光晕模糊了视线。是光线让它看起来似乎充满了不可见的生命。

他和那些阴影的相对位置在不断变化，让那些阴影变成了黑暗的野生生物的形状；阴影变成了树木，而本该且肯定就在那里的建筑，也变成了厚密的植株……

从近处水面升起的沼气一般的影像，实则是金属发出的混浊磷光……

他产生了一个念头，从小船上迈出来，走进这个丛林，走进一片魔法的森林，那片森林生机勃勃，正等待着他。

他闭上眼睛，紧紧抓住船的两边。

随着一阵摩擦声，奥斯汀感觉到了岸边的水泥防护带。他叹了一口气，关掉电池，从小船里跳了出来。

没有什么丛林。只有石灰色的城市树木和光滑的草坪。

大学坐落在前方,很像一串掉落的珍珠:水泡一样的形状,由高架隧道串联在一起,弯曲缠绕,还有金属与合金制成的精美股线。

奥斯汀爬上了堤岸。一定已经很晚了。也许都快到清晨了。再过几小时,其他人就会抵达。然后——

他停住了,身上每一寸肌肉都收紧了。

他听到了。

有鼓声。但是现在,不仅仅是鼓声了。

还有其他声音。

他闭上眼睛。无风的夜晚挤压着他。他听到了一种沙沙的噪音。像是有什么东西在穿过浓密的灌木丛。他听见远方传来微弱的声音,轻啸,啾鸣。像是猴子和鸟。

他扯开自己的眼皮。眼前只有公园,还有城市。

他继续走。现在,他的双脚踩在了石头上,公园已经在他的身后。他再次穿行在城市的钢筋峡谷里,四周全是高大的建筑,金属、水晶、合金和石头。

可是,沙沙的噪声并没有停息。它们跟在他身后,越来越近。它们的肉身,在树叶和高高的草丛间移行。

奥斯汀突然想起,他之前在哪里听到过这种声音。很多年前,他第一次拜访这片土地时。他们邀请他参加了一次捕猎远行,探入这个野性的国度深处。他们打算捕获什么东西——他记不清究竟是什么了。某种奇怪的东西。对了;是一头野猪。他们走了一整天,四处搜寻，穿过高高的褐色草丛，然后，他们就听到了那种沙沙的声音。

那正是他现在听到的声音。

奥斯汀还记得那头野猪不可思议的狂怒，想起了它那对剃刀一样锋利的尖牙如何一两下就把两条狗的肠子给戳穿了。那只黑色鼻子，蜷曲在黄色的牙齿上，散发着愤怒的气息，至今历历清晰，如在眼前。

他转过身，向一片黑暗中凝视。噪声持续变响，可又被另一种声音打破了。那声音很低沉，仿佛从喉咙发出来，像是一阵咳嗽。

那个声音在他的身后，离他越来越近。他跑了起来，脚下一绊，跌倒了，又在石头上把自己撑了起来，接着跑，直跑到一段长长的台阶前，才停了下来。

这时，像咳嗽一样的噪声化作一声急促而锐利的尖叫，紧接着，是一阵低沉的呼噜声，鼻子哼哼的声音，细碎的脚步在坚实的地面上急速飞奔，穿过干枯的草地。奥斯汀瞪大眼睛，茫然地凝视着空气。他把脸埋在胳膊里，蜷起身子倒在地上。那声音几乎已经近在咫尺了。

他的鼻孔在动物的气味中颤抖。

他屏住了呼吸。

他在等待。

消失了。沙沙声，咳嗽声，向远方渐渐褪去，消弭。然后，又是一片鼓声的寂静。

奥斯汀用手腕的骨节狠狠地压了压自己阵阵跳动的脑壳，试图缓解疼痛。

惊恐感慢慢地消退了。他站起身，爬上台阶，穿过阴影重重的庭院，走进了校园。

校园是一块巨大的绿色平地，草色青葱，光滑如席。

校园的另一边，目光可及之处，就是奥斯汀的家。

奥斯汀整理了一下思路，仿佛在自己的身边围上了一层防护罩，决定不改走其他的路线。如果他之前真的迷路了，那么之后还有可能再次发生。当然，这是因为他的想象力在当下有点儿不受控制了。

他必须穿过校园。

然后，就没事了。

他迈出了脚步，谨小慎微，用自己身体的每一寸去聆听。

那位萨满法师的声音偷偷滑入了他的思想，吟唱着："……奥斯汀先生，你们不顾我们的意愿，摧毁了我们。毁了我们的世界、我们的生活。而你的思想，还有你们那些所谓'文明化'人类的思想，令你们无法认清这是错的。你们发展出了一种让你们感到舒适的文化和社会结构，你们确信那是正确的；因此，你们无法理解任何一种不一样的存在。你们把我们视为无知的野蛮人——你们大多数人都是这么看的——还迫不及待地想要'开化'我们。你们从来都没有想过，我们也有我们的文化和我们的社会结构；我们也知道什么是对的，什么是错的；而且，也许，我们还可能把你们视为后退的、未开化的……"

奥斯汀听见了鸟的声音。鸟儿们在高大的树木间鸣叫，在夜空中盘旋，这本是不可能的事。

"……我们坚守我们的'魔法'不放，或者用你们的话说，坚守着我们的'迷信'。我们坚守的时间要比你们长久得多。那是因为——就和你们的迷信一样——它们对我们行之有效。不管魔法能不能用罗马数字解释，只要它有效，那又有什么分别呢？奥斯汀先生，通往黄金城的路不止一条——有很多条路可走。你们的族人走的是一条路——"

他听到了猴子的鸣叫，有近，有远。猴鸣的声音在藤蔓上摇荡，训斥责骂，又跌入树叶堆里，再攀到别的树上。

"——而我们的族人走的是另一条路。这个世界为两条路都留出了地方。可是你们没有认识到这个简单的事实，结果害死了我们的很多族人，还会害死更多你们的族人。因为我们已经在我们的路上走了更久的时间，所以我们离黄金城更近……"

奥斯汀用双手拍了拍自己的耳朵。但是他没有停下行走的脚步。

在光滑的石头街道上，从物理系的方向，传来了大象疯狂吼叫的声音，它们庞大的躯干撞击在脆弱的树皮上，巨大的象足碾碎了落在地上的树枝和树杈……

萨满法师的声音变成了巴尼·查德菲尔德的声音……他又讲起了自己的理论：但凡人们能够发掘出黑魔法背后无人记载的基本原理，再总结成公式，我们就能发现，那只不过是另一种形式的科学……可能不够先进，也可能更先进。

声音层积叠垒，感受和知觉也堆了上来。奥斯汀坚定地眇着双眼。他想到玛格，感觉有隐形的针叶刮着他的大腿；他闻到了腐烂和生命的气息，雨林里空气浓重，散发着野性的气息，就像动物身上散发的蒸汽；他嗅到了新鲜的血液、湿润的毛发和腐败的植物的气味；他感受到了百万种不同动物的短促呼吸——动物们在他四周移动，靠拢，撤后，狂乱得看不见的……

他大睁双眼，感觉到了、嗅到了、听到了所有这一切；却只看到了这座城市。

他的右臂忽然传来一阵疼痛。他试图动一动它：它动不了了。他想到了一个老人。那个老人有一只玩偶。那个老人正在一边碾碎玩偶的胳膊，一边大笑……他又想到了反射，以及反射对于情绪刺激的反应。

他继续走，将疼痛置之不理，完全不去想那条胳膊。

"……告诉他们，奥斯汀先生。让他们相信。让他们相信……不要害死所有人……"

他经过法学院时，突然感到腿部一阵绞痛。他又听到了一阵干草丛的沙沙声。但这次不是在他的身后：而是在他的前方。向前。

向前朝着他的公寓。

奥斯汀突然撒腿狂奔起来，自己也不知道究竟是为什么。

他的身后跟着一串咚咚的脚步声和一阵喘气声：他模模糊糊地注意到了。他只想着一件事，就是他必须回到屋里，越快越好，他必须回到他的家里，找回自己的理智。下巴猛地咬在一起，噼啪作响。他被一根藤蔓绊了一下，本能地伸出手，却一把抓空。他猛冲过去，听见有什么东西落在了他刚刚所在之处，那个东西在尖叫和嘶鸣。

他继续跑。到了台阶上,他一脚踩到了什么软软的东西。那东西不受控制地回缩。奥斯汀滑了一跤,再次摔倒。他感觉到有什么东西迅速地缠绕在了他的双腿上,感觉像是湿润的挂着水珠的皮。几乎就在正上方,传来了隆隆的响声。他伸出手,把缠在他腿上的东西用力拨开,然后拖着自己继续向前。

他的手上有一群东西在爬来爬去。他把双手举到眼前,努力地想要看到他认为一定在手上的蚂蚁,却只能空甩,试图甩掉那些看不见的生物。

现在公寓的门就在前面几英尺远的地方。奥斯汀想起了他的手枪。他把枪拔出来,向黑夜里开火,直到打光了最后一颗子弹。

他把自己拖进了单元的门厅。

门嘶嘶地关上了。

他触碰了一下门锁,听到它弹合起来。

然后,噪声终止了。鼓声,动物声,所有那些疯狂的噩梦般的东西——统统不复存在了。只有他的呼吸声,还有穿透了胳膊和腿的疼痛。

他等了一会儿,一直在颤抖,努力地平复呼吸。

终于,他站起身,一瘸一拐地走向了电梯。他甚至都没有去想有关机器坏掉的事。他知道电梯还能用。

电梯果然能用。到了他的楼层,玻璃门呼呼地打开,他走进了大厅。

鸦雀无声。

他站在门边，听到自己的心脏在胸膛里剧烈地震颤。

他打开门。

公寓里平静无声。墙壁在米罗、蒙德里安和毕加索名作的画框四周泛着光。家具井然有序地安放在丝绸白毯上，黑色的瘦腿椅和饭桌……

奥斯汀开始大笑，同时小心地克制自己。他知道，他可能没法儿停下来了。

他用力地想了想切利乔夫，想到了第二天早上将要来到姆巴拉拉的人们。他想到这座城市注满生机，想到日光流淌在人群熙攘的街道上，照亮商店、教堂和学校，想到他的工作、他的梦想……

他踩着地毯，走到卧室门前。

门微微张开。

他推开门，走进屋里，轻柔地关上了门。

"玛格，"他轻声呼喊，"玛格——"

他听见了一种噪声。一种低沉的、喉咙里发出的隆隆声。不是出于愤怒，不是出于警告。

理查德·奥斯汀走近床边，让眼睛适应了一下黑光灯的亮度。

然后，他尖叫了起来。

这是他人生中第一次观看一头狮子在进食。

怪物秀

THE MONSTER SHOW

"这能火吗?"大人物紧张兮兮地边问边往嘴里弹了一片药进去。

"能火。"电视制作官方协调员回答说,"一炮打响。我跟你打包票。"

"收回你的包票吧。口说无凭。得靠画面说话。听见了吗?"

"当然。听见了,听见了。"官方协调员说,偷偷地把一个小针头扎进了粗大的静脉里。"但是我跟你说,B.P.,根本就不用担心。我们有三十台常规摄像机,还有六十台备用的。每个演员都有两个替身。事实上,我们甚至还给每个替身都找了替身。绝不会出岔子的。绝不会。"

大人物瘫倒在一把椅子上,拿着一块手帕,在脖子上有节奏地来回擦拭着。"我不知道。"他说,"我很担心。"

"B.P.,你应该做的事儿是,"官方协调员说,"休息。"

大人物忍不住打了一个十足的饱嗝儿,震掉了墙上的一幅画。

"休息!"他叫道,"历史上最昂贵的电视制作,可他竟然叫我去休息!"

"B.P.,听着。所有的东西都已经齐活儿了,从头到尾。我们确定、一定,以及肯定,不会失误。"

"我就是不踏实。"大人物摇着头说。

官方协调员从一只缟玛瑙盒子里拿出一只红色的药丸,抛进自己嘴里。"老板,听我说两句。听着。闭上眼睛。现在:你不再是世界上最大的电视工作室的制作主管和总指挥了——"

大人物轻轻颤抖了一下。

"现在,你就是'一般世界家庭先生'了,生于公元 1976 年。听见了吗?"

"听见了,听见了。"

"好嘞。你正坐在你用三分之二价格买下来的 150 英寸非曲面挂墙电视机前。你穿着内衣。你的老婆给你倒了一杯啤酒,而你正在嚼奶酪片。一如平常。突然,你看到还差两分钟就到八点了。你猛戳调台按钮,立马换了频道。或许此时,如果你是个没品的人,那可能正在看另外的频道。拜百老汇原创剧那些蠢货所赐,也许你就是在看别的频道。但是这情况不会持续下去了!因为过去六个月里你一直都在听说有关它的事。史上最大型、最精彩、最壮观而且最昂贵的制作就要登上荧屏了。我说了最大型吗?我说了最精彩吗?我说了最壮观吗?我的老天爷啊,这可是一个如假包换的怪物节目!所以我们叫它什么呢?想也不用想:怪物秀!'每个人都会观看——你呢?'这些宣传语,一般世界家庭先生,已经印在了你的脑海里。你在每一个地方都见到过它们：广告牌，宣传册，空中广告，杂志广告，日常的15分钟每日广告。而且你还在每一个地方都听到过它们：在公交车上，飞机上，汽车上，从你的孩子们那里——"

"忘了跟你说，"大人物打断说，"从孩子入手，这招不错。"

"鹦鹉呢？"

"鹦鹉也是不错的一招。"

"我脸都红了，B.P.。但是接着听我说，你跟得上吧。跟得上吗？"

"继续。我听着呢。"

"好嘞。还有一分钟就到八点了。你激动得浑身发抖。就像其他地方的大伙儿一样。在酒吧里，剧院里，家里。有些看的是90英尺的曲面屏，有些看的是低调的40英寸电视机，有些甚至——比如警察等等——只有腕表大小的屏幕。但是他们都与你同在：你知道，B.P.，想一想那画面。世界各地，一切都停止了，每个人都盯着他们的设备，等待着，等待着……"

"竞品呢？"

官方协调员把手插进了裤子口袋里，做了个类似舞蹈的动作。"B.P.，我的老天爷——没有了！"他大咧着嘴巴笑着，"这正是我给你的惊喜。"

大人物睁开了眼睛。他紧紧抓住椅子的扶手。"怎么说，怎么说？"

"你跟我掏心掏肺，我也不跟你说虚的。"官方协调员露出了一脸坏笑，"好家伙，他们都自行退出了。他们觉得还是不招惹我们为妙。他们给大伙播的也是我们的节目，而不再是他们平时的破玩意儿了——而我从中捞了不小的一笔，我的妈妈咪呀……"

"行了，行了。"大人物说，露出了狡猾的微笑，"我希望，你没有欺负百老汇原创剧那帮小子吧？"

"讲真的，我的大爷呀。可没。他们直接退出了。八点档归我们了！"官方协调员把两只手拍在了一起，"谁能怪他们呢？《怪物秀》里没有的东西，同位素原子的尖儿尖儿上都能放得下。你听听看，我们用一个两小时的商业广告巡游做开头，宣传我们57家赞助商的产品：通用涡轮，净睡胶囊，咀嚼雪片，舒适酷电视家居线等等。可这些都是普通的电视广告吗？不不不。我们把它们改头换面，让它们看起来就跟节目本身一模一样。了解？"

"哟。"

"好嘞。然后，进入到节目当中。那是什么样的一场节目啊！我问你，一般世界家庭先生，夜里，当你精疲力竭，准备好瘫在那张老气垫床上的时候，你是愿意来'一勺'你不得不去思考的鬼玩意儿，还是宁愿来'一轮'？"

大人物用手指画出一个严肃的圆圈。

"什么才是最过瘾的'一轮'呢？是又长又复杂，而且通篇设计好的东西吗？不不不，要变化多端：那才是最值得来'一轮'的东西。所以我们给你的是一场多样秀。先从一点儿有嚼头的东西开始，我们安排一个半小时的驯狗表演。然后直接进入十五分钟的老西部电影片段，再用一部英国悬疑剧的中段下个套。然后，一整个小时的摔跤，男的女的都有。你还在听吗？"

"听着呢。"

"这仅仅是个开始哦，B.P.。我们用二十分钟的乡巴佬式的二手车广告来做个切分，然后我们正式开始战斗。一记快旋右勾拳，文森特·贝尔的《怎么活才精彩》。一记左刺拳，一部全新肥皂剧《基尔·杰克逊——喷气式妻子》的第一部。一记击中下巴的上勾拳，《谁是动物园》——继续别停；不要给他们一点儿思考的机会，看——接着是一串直击脸部和全身的闪光拳，《大厨加斯顿·艾斯卡哥特的烹饪学校！》《迈克·汤姆里斯特，私人行动》《斯托克涡轮和加罗比赛车十年回顾！》。一首改编自老电影《滑铁卢桥》的音乐，新名是《伦敦后》！"官方协调员在他的主题上渐入佳境，他的眼睛张开了，他的下嘴唇湿了，"我们要挥拳吗？"

大人物点了点头。"站在一般世界家庭先生的立场上来说，"他说，"我有点儿感兴趣了。挥拳吧。"

"好吧，我们已经让他们晕乎乎了，听见了？好嘞。我们用一个护手霜广告缓一缓：你知道，那个巫毒舞步吗？三十分钟。然后，说吧！就在施旺佐拉老城里！"

"我们要做什么，我们要做什么？"大人物问。

"我们把它给他们。砰！"官方协调员癫狂地给静脉扎了一针，然后爆发了，"重拳出击。斯兰伯里拳。二十名世界上最伟大的喜剧演员同台，上演他们最著名的表演，在同一时刻！"

二人陷入一阵意味深长的静默。

然后，大人物从他的椅子上弹起，探出一只多毛的手，温柔地搭在了官方协调员的肩上。"有一件事。"他说,语气中带着真切的担忧。

"什么事?"官方协调员颤抖了一下。

"我们有的足够吗?"

"B.P.,我觉得够。我真的,真心,觉得足够了。"协调员快速地把三个药丸卷到了他的嘴里,做了一个鬼脸。

"那么,"大人物说,"我觉得我们应该无比骄傲。而且,听我说,还要无比谦虚。因为我们正在给世界公众他们想要和最需要的东西——娱乐。"他沉重地挤了挤一只眼睛,"而且,我们自己也捞了一笔。了解?"

官方协调员把一滴心满意足的泪水从脸颊上擦掉了。"老板,"他说,语调神圣,"我向你保证。这一点我要向你保证。地球上的每一个人都会看今晚的《怪物秀》。这将成为一个没有人能够忘记的经历。事实上,我要往远了说,它将成为历史上最重要的时刻!"

大人物捏了捏协调员肉嘟嘟的手指,展开了微笑。"斯克里奇,"他说,"你已经把该做的都做了。现在去补个妆吧,头脑需要休息。"

协调员点了点头,猛地拽了一下刘海,激动地穿过了防弹滑门。

当滑门严丝合缝地关上之后,大人物走过去,把门锁上了;然后,他从口袋里拿出了一张扁平的磁盘,上面有三个旋钮。他转动了旋钮。

一阵嗡鸣声响起。

"一切按计划进行。"大人物说,然后把三个旋钮的磁盘放回了自己的口袋里。

他面无表情,看起来很古怪。他走到吧台,给自己倒了一口杯琥珀酒,嘴角周围或许还残存了一丝笑意,或许也没有。他把玻璃杯倾斜下来,吞下了酒,轻轻咳了一声,把酒杯放下,敲了一下连通办公室的扬声器。"达夫科特小姐,"他说,"请听好我说的话。从现在到节目开始之前,我谁也不见。收到了吗?"

"收到。"达夫科特小姐的声音炸了一下。

大人物坐在椅子里,一言不发,一动不动,面无表情,像一条鱼矛。就这样过了四个半小时。

到了差十分钟八点的时候,他推了书桌上的十七只杠杆,听到了十七声"遵命"。

"报告?"他囔道。

"一切顺利,领导。"回答的声音像是不知怎么有点儿跑调的天外和声。

"确定?"

"确定、一定以及肯定。"

"事情的进展?"

"一个 O,一个 K。"

"不赖嘛,先生。"

"您挥一下鞭子,我们就启航。"

"现在,听好了。覆盖率有多少?"

"百分之一百。"

"百分之百的百分之一百?"

"百分之百的百分之一百的百分百!"

"好嘞。先生们,继续。"

大人物关掉了所有的杠杆,按下了桌上隐藏的一个按钮。房间的三面墙仿佛发出闪光,自动变形成一种完美的曲线;然后,它们清晰起来。一个五十英尺高的男人影像出现了。他微笑着,正在往一个巨大的酒杯里倾倒一百加仑的啤酒。

"……那么,来放开味蕾的限制,伙计们,尽情品尝这个世界上的最佳精酿:岩石山!没错!绝对正点!我说的是岩石山!还有……"

不一会儿,那个巨人渐渐消失,出现一刻颇有预兆意味的停顿。

然后,一千只小号的声音奏响,70个精挑细选的合唱团女孩发射到空中,排列成如下字样:

怪

物

秀

大人物等了片刻,直到主持人登上舞台,他才拍了一下那个隐藏的按钮,于是那些墙又变回了墙。

他拿出那个三只按钮的磁盘。"现在。"他说,跌在了椅子里。

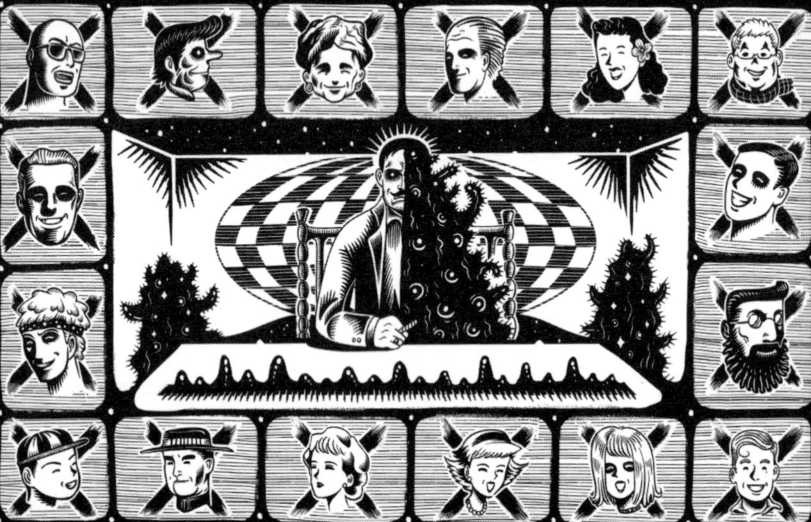

几小时过去了，但是他一动也没动。

终于，防弹滑门外响起了尖利的敲门声。

大人物走到门前，小心翼翼地打开了门。门后站的是八只淡紫色的生物，皮肤黏糊糊的，没有鼻子。

"怎么样？"大人物说，"进展如何？"

其中一个生物向前迈了一步，比另外一些更接近淡紫色。"极其顺利。"它说，"事实上，简直完美。地球上的人都死了。多亏了，伏尔沙克，你。"

"胡扯。"大人物说着，变成了一只淡紫色的生物，皮肤黏糊糊的，没有鼻子。"我已经受够了这些偶像崇拜。我更倾向于认为自己是一个努力完成工作的执行者。"

"伏尔沙克，伏尔沙克。"那只生物嘶嘶地说，"这种谦虚真是感人，而且也是我们种族的优点；但是怎么说也无法否认。你就是个英雄。嗯，如果哪怕只有最微小的抵抗，我们也会失败。我们几乎没有武器，寥寥无几的武士——说实话，我们几乎已经做好准备沉入大深渊了。但是即使那些沟壑里也充满了败阵的入侵者，我们没有，这么说吧，一个可以占的坑。但是现在，我们可以在日光下狂欢，在一个新世界里享受繁衍的福祉，没有耗费一兵一卒。"那只生物向前伸出一只没有骨头的触角。"你是怎么做到的？伏尔沙克，你究竟是怎么让所有的地球人同时睡着的？"

可伏尔沙克正在脸红。他把他没有鼻子的脸转向墙壁，用一种小小的、骄傲的声音嘟哝说："小菜一碟。"

美丽的人们

THE BEAUTIFUL PEOPLE

玛丽安静地坐在那里,看着那个英俊的男子双腿被炸飞,又望向更远的地方,那艘大船旋即裂开,在火光冲突的夜晚深处崩离粉碎。当那些人和人的身体部分从船的残骸里漂出,梦魇一般地坠入可怕的宁静中时,她微微地躁动不安了一下。而当那场陨石雨砸向那些人,把飞行线路上的一切凿出窟窿、撕裂皮肉、扯断骨骼时,玛丽闭上了眼睛。

"母亲。"

丘伯尔太太把眼神从杂志上移开。

"我们还得等很久吗?"

"我想不用了,怎么了?"

玛丽什么也不说,只是盯着那面移动的墙壁看。

"噢,那个呀。"丘伯尔太太笑了起来,摇了摇头,"那个老古董。看看杂志吧,玛丽,像我一样。那个东西,我们都已经看过上百万次了。"

"它必须开着吗,母亲?"

"嗯,好像也没人在看。我想,医生也不会介意我把它关掉。"

丘伯尔太太从沙发椅上站起来,走到了那面墙边。她把一个小小的按钮按起来,墙上的生命就消失了,忽闪着,光芒渐渐变暗。

玛丽睁开了眼睛。

"说真的,"丘伯尔太太跟身边的一位女士说,"你还以为他们会上心换点儿别的什么东西呢。我们还不如去博物馆看第一次火星降落呢。马尤卡灾难——认真的吗!"

女士的眼神一刻也没离开过她的杂志页面,回答说:"这是医生的主意。有心理学上的考虑。"

丘伯尔太太张开了嘴,刻意地上下点动着她的脑袋。"我早该知道,这里面是有什么理由的。可是,谁会看呢?"

"孩子们会看。让他们思考,让他们感恩,或者之类的事。"

"哦。当然了,没错。"

"心理学。"

玛丽拿起一本杂志,翻阅起来。都是照片,女人和男人的照片。照片里的女人们都像母亲,或是房间里的其他人一样;苗条、肤色健康、身形婀娜、美丽;而男人们都有大块的肌肉和闪亮的头发。女人和男人,全都长得很像,全都美丽无瑕。她合上杂志,琢磨着怎么回答那些要被问到的问题。

"母亲——"

"仁慈的主啊,又怎么了!你就不能有一分钟安安静静地坐着吗?"

"可是我们已经在这儿待了三个小时了。"

丘伯尔太太抽了一下鼻子。

"我真的必须做这个吗?"

"好了,别傻了,玛丽。在你告诉了我那些可怕的事之后,你当然必须做这个了。"

一名身穿透明白色制服的橄榄色皮肤的女子走进了接待室。

"丘伯尔,泽娜·丘伯尔太太在吗?"

"在。"

"医生现在可以见你了。"

丘伯尔太太牵上玛丽的手,他们跟着护士走进了一条长长的走廊。

书桌后面,一名看起来二十五六岁的男子抬起了头。他微笑着,示意她们坐在两张相邻的椅子上。

"好了,好了。"

"霍特尔医生,我——"

医生打了一个响指。

"没错,我明白。您的女儿。好了,我知道您的问题。最近见过很多这种情况,我绝大部分时间都在处理这档子事。"

"真的吗?"丘伯尔太太问,"坦白说,这已经开始让我苦恼了。"

"苦恼?嗯。绝对不是好事。但是话又说回来——如果人们不再苦恼了,那么我们这些心理医生就没饭吃了,对吧?那就要走上临床医学博士的老路了。但是我向你保证,你什么都不用说了。"

他把英俊的面孔转向了玛丽。"小姑娘,你多大了?"

"十八,先生。"

"喔,真的有点儿不耐烦呢。差不多正是时候了,当然。你的名字能告诉我吗?"

"玛丽。"

"真讨人喜欢!而且如此不同寻常。好了,听我说,玛丽,我想说,我理解你的问题——彻头彻尾地理解。"

丘伯尔太太露出微笑,擦了擦她坎肩上的金属配件。

"夫人,您不知道近来有多少这样的事。有时候,它捕食她们的心灵,在心理层面影响她们,甚至影响到思想层面。让她们做出奇怪的表现,说出古怪的、出乎意料的话。我记得,有一个小女孩,她被扰乱得太厉害,结果整天什么都不做,就一直沉思冥想。您能想象吗?"

"玛丽就是这样。当她终于告诉了我的时候,医生,我以为她已经——你懂的。"

"那么糟,嗯?恐怕我们不得不开启再教育计划了,得快,不然她们都要变成这样了。我得说,我后天就要把这个建议提给参议员了。"

"我不太明白,医生。"

"丘伯尔太太,很简单,就是孩子们必须得彻头彻尾地接受指导。彻头彻尾。太多东西被看作是理所当然的事了,而孩子的心就是不愿意接受没有明确理由的事物。孩子们的智力已经太过发达了,我相信用不着我提醒你,这是一件危险的事。"

"没错，但是这些跟——"

"玛丽，跟现在一半的十六七八岁的孩子一样，已经开始敏锐地感觉到自我意识了。她感觉到她的身体已经发育到足以'变形'的地步——当然还没有，远远没有——而她不能理解迫使她等到某个虽然具体但又不确定日期的那些复杂理由。玛丽看着你，看着她周围的那些女人，看着那些照片，然后她再照一照镜子。看到绝对完美的身体、面容、四肢、肤色、仪态、站姿，她再看到自己，会惊恐万分。不是这么回事吗？当然是了。她会问自己：'为什么我就必须如此丑陋、不协调、过胖或过瘦、充满令人反胃的皮肤破溃和异常糟糕的器官排列呢？'——一言以蔽之，玛丽受够了作为一个怪物的样子，无比焦虑地想要达成几乎身边每个人都已经达成的样子。"

"但是——"丘伯尔太太说。

"这些你都懂，毫无疑问。听我说，玛丽，令你不满的是，我们的社会没有给你，以及每一个跟你一样的其他人，提供一个令人信服的逻辑，说明等到十九岁是合理的。这一切都被视作理所当然，而你想要知道这是为什么！就是这么简单。非技术性的解释并不足够。现代的孩子想要事实，实在的技术性的数据，对她的每一个问题给出一个满意的回答。而这一点，正如你们二位都能理解的那样，将需要耗费大量的重新组织的工夫。"

"但是——"玛丽说。

"这孩子很苦恼，紧张，惴惴不安；她表现得奇怪、古怪、怪异，令你担心，她自己也会生病，因为仅仅用我们现有的薄弱力量，无法将此事完美的传达。我告诉你，我们需要的是一整套全新的学习基础。而那需要下功夫。丘伯尔太太，那需要下功夫。现在，您用不着担心玛丽，而你也不用担心，孩子。我会开一些药，然后——"

"不，不，医生！您弄混了。"丘伯尔太太喊叫起来。

"我恳请您再说一遍，女士？"

"我的意思是，您弄错了。告诉他，玛丽，把你告诉我的事情告诉医生。"

玛丽在椅子上很不自在地换了个姿势。

"是这样的——我不想要。"

医生比例完美的下巴掉了下来。

"你能再重复一遍吗？"

"我说，我不想要'变形'。"

"可那是不可能的。我从来没有听说过这种事。小姑娘，你是在开玩笑。"

玛丽消极地点了点头。

"您看，医生。这是怎么回事？"丘伯尔太太站起身，开始来回踱步。

医生咂着舌头，从一个小壁橱里拿出了一个盖着按钮、表盘和电线的黑色盒子。他把黑色的夹子夹在了玛丽的头上。

"噢，不，您不会是认为——我的意思是，这可能吗？"

"我们很快就知道了。"医生拨动了一圈表盘，研究着盒子中央的一个灯泡。它没有闪烁。他把夹子卸了下来。

"谢天谢地。"医生说,"您的女儿神智完全清醒。丘伯尔太太。"

"好吧,那么是怎么回事呢?"

"也许她在说谎。我们还没有完全地消除那个因素,它会偷偷溜进特定的器官。"

做了更多的检验。运用了更多的机器,检测出更多的阴性结果。

玛丽把她的一只脚推进了地板上的一个圆圈里。当医生把自己的双手搭在她的肩膀上时,她开心地抬头看了看他。

"小姑娘,"英俊的男子说,"你真的是想告诉我们,你更喜欢这具身体吗?"

"我喜欢它。这——很难解释,但是,这就是我,而这正是我喜欢的。不是单指外表,也许也算吧,反正,这才是我。"

"你可以照照镜子,看看你自己,然后看看——好吧,你的母亲,你还满意吗?"

"是的,先生。"玛丽想到了她的理由,模糊,含混,但是非常确定就在那里。也许她已经说过了理由。不。只说了一部分。

"丘伯尔太太,"医生说,"我建议让您的丈夫跟玛丽进行一次长谈。"

"我的丈夫已经去世了。在木卫三[1]事件里。"

"噢,太棒了。火箭人,是吗?非常有趣的生物体。火箭人身

---

[1] 木卫三又称盖尼米德,是围绕木星运转的一颗卫星。

上似乎总是会有事发生，不是这种，就是那种。"医生挠着他的下巴。"她是从什么时候开始说这些话的？"他问。

"噢，有一段时间了。我过去以为那只是因为她还是个孩子。但是最近，随着时间越来越近，我想我最好还是来找您。"

"当然，没错，非常明智，呃——她会做一些奇怪的事吗？"

"嗯，我发现她有一天晚上进入了第二层级。她躺在地板上，当我问她，她在做什么的时候，她说她正在想办法睡觉。"

玛丽畏缩了一下。在某种意义上，她为母亲撞见了此事感到有点儿抱歉。

"您是说'睡觉'吗？"

"没错。"

"好吧，她是从哪儿学到这个词的？"

"不知道。"

"玛丽，你难道不知道，已经没有人还会睡觉了？还有，如今，我们已经比我们可怜的祖先拥有了无限多的生命长度，那种无意识的浪费状态已经被征服了。孩子，你真的睡着过吗？已经没有人知道怎么睡觉了。"

"没有，先生，但是我几乎做到了。"

医生从嘴里吐出了一缕长长的空气。

"但是，你怎么会开始努力做一件人们已经完全忘记的事呢？"

"根据书里对它的描述，它听起来很舒服，就是这样。"

"书，书？这些书在您的单元吗，夫人？"

"可能有。我已经有一阵子没有清理过了。"

"这显然太奇怪了。我已经有很多年没有看到过一本书了。从17岁开始就再也没有看到过。"

玛丽开始躁动不安，紧张地瞪大了眼睛。

"但是既然有磁带，为什么你会想要读书呢……你是从哪儿找到它们的？"

"是爸爸找到的。他是从他的父亲那里得到的，爷爷也是从他的父亲那里得到的。他说它们比磁带更好，他说得没错。"

丘伯尔太太脸红了。

"我的丈夫是有一点儿奇怪，霍特尔医生。不管我怎么说，他就是要留着这些东西。最后还把它们藏起来了，据我所见。"

肌肉发达的黑发医生走到了另一个壁橱旁，从架子上选出了一个瓶子。他从瓶子里拿出两颗巨大的药丸，吞了下去。

"睡觉……书……不想要'变形'……丘伯尔太太，我亲爱的好女士，这很严重。您要是不介意换一位心理医生，我将不胜感激。我实在很忙，而且，啊，这多少有点儿特殊了。我建议您去中央穹庐。那里有很多出色的医生。再见。"

医生转身坐进一张大椅子里，合上了双手。玛丽看着他，纳闷为什么简单的陈述就能让事情产生如此变化。但是医生再也没有离开过椅子。

"好吧！"丘伯尔太太说，迅速地走出了房间。

玛丽思量着镜子墙里的影像。她坐在地板上，从各种不同的角度看着自己：侧影、全脸、全身、裸体、穿衣。然后她拿起杂志，研究起来。她叹了一口气。

"镜子，镜子，挂在墙上……"这些话断断续续地进入她的脑子里，又从她的唇间溜出。她记得，她没有读过这些。爸爸讲过它们，用他的话说，是"引用"过它们。但是它们也是来自一本书中的……"谁是世界上——"

一张母亲的照片端放在梳妆台上，玛丽现在开始思量它了。她看了很长时间，看那苗条的女性气质的脖颈，骨节都卡在恰到好处的位置。金色的皮肤，光滑，没有污点，没有褶皱，没有年龄的痕迹。深棕色的眼睛和细薄渐变的眼眉，长长的黑色的睫毛。均衡的设置，使得面部的左右两半精确地对应彼此。半心形的嘴，一染紫红色挑在金色之间。洁白的牙齿，整齐，闪亮。

母亲，美丽的，变形后的母亲。然后又回到镜子前。

"——最美的……"

映出的形象是一个胖乎乎的年轻女孩，没有凹凸有致的线条，毫不优雅，远非完美。斑斑点点的皮肤充满了小小的毛孔，面颊上坑坑洼洼，前额布满红色的凸起。被汗打湿，没有造型的头发顺着没有造型的肩膀、落在没有造型的身上。像所有那些没有变形之前的人一样……

之前他们全都长成这样吗？甚至，连母亲也一样吗？

玛丽用力地想，努力想弄清楚爸爸和爷爷到底说过什么，他们为什么说变形是一件坏事，还有她为什么相信了他们，而且如此强烈地同意他们的看法。几乎没什么道理，但他们是对的。他们就是对的！会有那么一天，她将完全地理解。

丘伯尔太太怒气冲冲地摔上了门，玛丽吓得跳了起来。

"说真的，开销没有那么高，你不至于非得把所有的窗户都关上。我走过整层，没有一扇窗户是开着的。你甚至都不想见人了吗？"

"不。我在思考。"

"好了，这必须停止。就是必须停止。玛丽，你最近到底是怎么一回事？"

"我——"

"你惹恼霍特尔医生的做法让他再也不愿意见我了，而且这些后遗症越来越可怕——不提那些偏头痛了。我不得不去见那个糟糕的瓦戈纳医生了。"

丘伯尔太太坐在沙发躺椅上，小心翼翼地翘起了腿。

"而且，你到底在地板上干什么呢？"

"想办法睡觉。"

"你一定不能再这么说话了！你为什么想要做这么愚蠢的事呢？"

"那些书——"

"还有你必须停止读那些可怕的东西了。"

"母亲——"

"这个单元装满了磁带，满满都是！你想要什么都有！"

玛丽探出了她的下嘴唇。"但是我不想听那些关于战争、殖民和政治的东西！"

"现在我知道你是从哪儿得来了这个你不想要'变形'的傻乎乎的念头。显而易见。"

丘伯尔太太迅速地站起身，把角落里和衣柜里的书拿在手里，用胳膊将它们抱了起来。她在房间里到处寻找，收集那些古老的易碎的书卷。

她把这些书从房间里搬走，扔到了电梯里。一个按钮引导着门关上了。

"我早就知道你会这么做。"玛丽慢条斯理地说，"所以我才把大多数的好书都藏起来了。把它们藏在了你永远都找不到的地方！"她重重地呼吸，心怦怦直跳。

丘伯尔太太拿一只缎子手帕擦起了眼睛。

"我不知道我到底是做了什么，要遭这样的报应！"

"什么报应，母亲？我正在做什么错的不得了的事呢？"玛丽脑子里荡起了一点儿困惑的涟漪。

"什么？"丘伯尔太太哀号说，"什么？你以为我想让人们指着你说我是一个变种人的母亲吗？"她的嗓音陡然绵软起来，化作一种哀求。"还是说你已经改变主意了，亲爱的？"

"没有。"那些含糊的理由，渴望着形成语言。

"你知道，那真的不疼。他们就是取下一点儿皮肤，再加上一点儿，给你一点儿药丸和电击治疗，就是这样的事。连一周的时间都用不了。"

"不。"理由。

"看看你的朋友莎拉，她下个月就要接受她的'变形'了。而且她现在几乎已经很漂亮了。"

"母亲，我不在乎——"

"如果你担心的是骨头,好吧,那不疼。他们给你打一针,等你醒来的时候,一切都已经塑好了形。一切,合着你的人格。"

"我不在乎,我不在乎。"

"可是为什么呢?"

"我喜欢我的样子。"只差一点儿了,只差一点儿就完全对上了。可是还没有百分百。但是已经有了一部分,爸爸和爷爷当初想要表达的那部分。

丘伯尔太太打开了一扇窗户,旋即又关上了。她抽泣起来。"但是你这么丑,亲爱的!就像霍特尔医生说的那样。还有工厂里的威尔莫斯先生。他跟一些人说,他觉得你是他见过的最丑的姑娘。他说,当你接受你的'变形'之后,他会感恩的。"

"爸爸说我很美。"

"好吧,说真的,亲爱的。你自己可是长着眼睛呢。"

"爸爸说真正的美丽不止于外表。他说过很多类似的话,而当我读书的时候,我也有同样的感觉。我猜我就是不想跟其他人都长得一样,仅此而已。"

"谨防你没注意到,你的父亲可是接受了他的'变形'!"

玛丽生气地跺了跺脚。"他告诉我,如果他还能重来的话,他就不会接受。他说我应该比他那时更强大。"

"你躲不过的,这位年轻的女士。毕竟,我还是你的母亲。"

卫生间里的一个灯泡闪了一下,丘伯尔太太犹疑地走到了储藏柜前。她从里面取出了一个小小的纸盒。

"午饭时间到了。"

玛丽点了点头。这又是一件书里面讲过而磁带里不会讲的事情。午饭似乎在很久以前是一种特别的东西，或者至少是不同的……书里面说到过把一堆东西放进嘴里咀嚼的奇怪方式。享用它们，以某种方式。奇怪而美妙……

"还有，你最好准备好开工。"

玛丽让那颗绿绿的胶囊沿着她的喉咙滑了下去。

"是，母亲。"

办公室里寂静无声，没有影子。墙壁散发出一种稳定的亮光，把光线均匀地分布在所有的桌子和台子上。既不冷，也不热。

玛丽稳稳地握住尺子，让笔尖沿着金属边缘毫不费力地滑下去。新画的黑线细小而精确。她斜过脑袋，对比了一下她身边的笔记和她正在操作的方案。她注意到那些美丽的人们正用比以往更加鬼鬼祟祟的目光偷偷打量着她，而她一边画线，一边思量着这件事。

一个坐在办公室后面的高个子男人从书桌后站起，沿着过道，径直走向玛丽的操作台。他检查她的工作，小心谨慎地将目光从她的脸上移到了草稿上。

玛丽看了看四周。

"干得不错。"男人说。

"谢谢您，威尔莫斯先生。"

"德拉里奇应该没什么可抱怨的了。那台起重机应该能把整座该死的城市撑住了。"

"那是非常好的合金，先生。"

"是。嗯，孩子，你现在有空吗？"

"是的，先生。"

"我们去一趟穆林森的办公室。"

大个子的英俊男人带路走进了一个房间的狭小隔间里。他走向一把椅子，却坐在了一张书桌的边沿。

"孩子，我向来都是有话直说，不打哑谜。刚才有人打电话过来，给我讲了一个疯狂的故事，说你不想要接受'变形'。"

玛丽看向一边，然后很快又移了回去，直视着男人的眼睛。"那不是什么疯狂的故事，威尔莫斯先生。"她说，"那是真的。我想保持现在的样子。"

男人瞪圆了眼睛，然后窘迫地咳嗽了一声。

"搞什么鬼——对不起，孩子，可是——我不是很能理解。你不是变种人，这一点我是知道的。而且你也没有——"

"精神失常？没有，霍特尔医生能告诉您。"

男人大笑起来，神经兮兮。"好吧……听着，你还是娃娃，可是你的工作很棒。成果很多，也不错，来自站里的好评也很多。但是普尔先生不会喜欢这样的。"

"我明白。我知道您的意思，威尔莫斯先生。但是我的想法是不会改变的。"

"你生命还未过半的时候，就将迎来衰老了！"

是的，她确实会。变老，像那些祖先一样，布满皱纹，衰弱，行动失灵。变老。

"让您理解很难。但是我不明白，只要我继续做好我的工作，这能造成什么不一样的结果？"

"你别误会我，孩子。这不是我的意思。但是你知道，在'互联方案'不是我说了算。我只是在这儿工作而已。普尔先生，他喜欢一切事情都顺顺利利，而我的工作就是把它捋顺。一旦每个人都发现了这一点，事情就不会这么顺了。那就要有大动静了，你懂吧？小姑娘们会开始问这问那，讨论不休。就跟办公室里进来一个变种人一样——请别见怪。"

"那么，威尔莫斯先生，您能接受我的辞呈吗？"

"你确定你不会改主意吗？"

"确定，先生。我很早以前就已经下定决心了。"

"好吧，那么，我很遗憾，玛丽。按照你现在的工作节奏，用不了十几二十年的时间，你就能登上那些小行星里的某一颗了。但是……只要你肯改变主意，这里永远都有你的工作。另外，你可以一直工作到三月。而且就你我之间私下说，我希望到时候你已经改变决定了。"

玛丽沿着走廊走了回去，经过了一排排书桌。经过了男人和女人。英俊的男模一样的男人们和漂亮的、完美的女人们，完美，都那么完美，都长得一模一样。看上去别无二致。

她又坐了下来，拿起了她的尺和笔。

玛丽走进电梯，下降了几百英尺。在第二层级，她按了一个按钮，电梯停了下来。另一个按钮控制着将门打开了，又一个按钮，控制打开了通往她所在单元的门。

丘伯尔太太坐在地板上，靠着电视机，眼睛通红，神情沮丧。

| 161

她金黄色的头发微微偏斜了一点儿,有几缕悬在了她的额头上。

"你不用告诉我了。没有人会雇用你了。"

玛丽坐在了她母亲的身旁。

"要不是你先告诉了威尔莫斯先生——"

"唉,我以为他说的话,你多少能听进去一点儿。"

电视里的声音越来越响。丘伯尔太太换了好几次频道,最后把它关掉了。

"你今天做什么了,母亲?"玛丽带着希望的微笑问道。

"我现在还能做什么?甚至都没有人愿意过来了!每个人都认为你是个变种人。"

"母亲!"

"他们说你应该待在马戏团里。"

玛丽走进了另一个房间。丘伯尔太太跟在她身后,绞着双手,哭喊着:"变种人,变种人!我们可怎么活啊?现在哪里还能赚到钱?紧接着,他们就要炒我的鱿鱼了!"

"没有人会炒你的。"

"这个星球上也没有任何人拒绝过'变形'。那些变种人都巴不得他们能得到它。而你,被赋予了一切,可你却放弃了。你想要长得丑!"

玛丽伸出双臂,搂住了她母亲的肩膀。

"我希望我能解释,我一直在努力地尝试。并不是因为我想找谁的麻烦,也不是因为爸爸或者爷爷想让我这样。"

丘伯尔太太把手伸进坎肩的口袋里,拿出了一粒紫色的药丸。

她吞下了药丸。

一封信从斜槽里掉下来，丘伯尔太太跑过去抢在了手里。她默默地读了一遍，然后露出了微笑。

"噢，"她说，"我本来还很怕他们不会回应。但是我们现在可以安排上了！"

她把信递给玛丽，玛丽把信读了出来：

> 泽娜·丘伯尔女士
> 单元451-D
> 层级 二和三
> 城市

亲爱的女士：

回致您于36年12月3日的来信。我们认真核查了您的投诉，认定此事需要某种严厉的措施介入。坦白地说，本部门从未考虑过此类投诉的可能性，因此我们无法即刻给出明确的指令。

然而，鉴于此事不寻常的特性，我们已经安排了一场听证会，将于37年1月3日23点整在第16单元第八层级的中央穹庐举行。霍特尔医生已被通知出席。请您携带涉事主体出席。

> 祝好
> F部门

玛丽让纸片飘落到地板上。她安静地走向电梯，设定到第三层级。当电梯停下来后，她跑出去，哭着跑进了自己的房间。

她思考，回忆，设法理清思路，组织语言。爸爸说过，爷爷也说过，那些书上也说过。没错。那些书上说过。

她读书直读到眼睛红肿，直到她再也无法读书。然后，玛丽睡着了，轻柔地入睡，连自己都没有察觉。

但是这一觉睡得并不安稳。

"女士们、先生们。"面容年轻、形态古典的男人说，"这个问题不会轻易得到解决。霍特尔医生在这里，证实玛丽·丘伯尔绝对没有精神失常，莫纳、普林和费德斯医生全部支持他的判断。普林医生声明，人类机体的构造不再能够创造和维持诸如故意说谎这样的思维方式了。此外，玛丽·丘伯尔的身体构造中，没有任何阳性的指标提示出有'变形'的困难。以上所有陈述都有合理有效的证据。然而——"男人叹了口气，"——随着'新闻磁带''照片'社，每一家新闻机构把这个问题传遍了宇宙各地，这次拒绝'变形'摆在了我们面前。另外，负面影响已经过分到接近粗野的临界点，结果导致了大量人士，其中包括泽娜·丘伯尔女士，这位孩子的母亲，陷入了严重的情绪压力之中。因此，请允许我问一句，我们该怎么做？"

玛丽看着一个金属台子。

"我们这个会议已经进行得太久了，有太多性质严重的紧迫事件都为此耽搁着。"

遍布在一排排美丽的人们之间的低语声变大了。丘伯尔太太紧张地坐在那里，踮着脚，用一只梳子前后梳理她的头发。

"整个世界都在等着。"男人继续说，"玛丽·丘伯尔，你要知道，我们已经给了你无数次重新考虑的机会。"

玛丽说："我知道。但是我不想。"

那些美丽的人们看着玛丽，大笑起来。有些人摇了摇他们的头。

身穿长袍的男人抬起了他的双手。

"小姑娘，你能意识到你引发的问题吗？骚乱、浪费的时间？你真的充分理解了你的所作所为吗？我们可以把你发配到一个变种人殖民地去，我猜你知道……"

"你们能那么做吗？"玛丽质问道。

"好吧，我确信我们能——这是个微妙的点。当你坐在那里一遍又一遍地重复一样的话时，星际问题就会停滞。我敢说，在司法程序中，一定有某一条款是禁止这一点的。来吧，你亲爱母亲的开心幸福难道对你来说一点儿意义也没有吗？还有，你对于国家的义务，对于整个太阳系的责任？"

后排一个苗条而丰满的女人站了起来，大声地喊了一声："做点儿什么！"

坐在高脚凳上的男人举起了他的胳膊。

"行了，别再出现这种行为。即使问题超出平常，我们也必须遵守纪律。"

那个女人坐下，哼了一声，那个人转向了玛丽。

"孩子，我这里有一份请愿书，两千个人代表地球上所有的站点在上面签了名。他们已经听说了所有的事实，志愿提交了这份请愿书。这太不同寻常了，我原本希望我们没有必要——可是，好吧，请愿主张采取极端措施。"

低语声又升高了。

"请愿书主张，如果你最终还是拒绝，那么你将被法律迫使接受'变形'。同时，还要求通过一项法案，把这变成未来全宇宙永久有效的措施。"

玛丽的眼睛睁大，她站起来，停顿了片刻，才开口说话。

"为什么？"她问。

身穿长袍的男人用一只手捋过自己的头发。

人群中传来了另一个声音："参议员，请签署这份请愿书！"

所有的声音："签字！签字！"

"可是为什么？"玛丽哭了起来。那些声音停顿了片刻。

"因为——因为——要是其他人也产生了同样的想法可怎么办？那时候，我们身上会发生什么呢，小姑娘？我们会一朝回到几个世代以前那种丑陋、瘦弱、肥胖、不健康的种族！绝不能允许有特例。"

"也许他们并不认为自己有那么丑陋！"

低语声重新开始，爆发成一阵狂野的喧嚷。

"这不是要点。"穿长袍的男人叫道，"你必须遵守。"

那些声音叫着："对！"响亮的声音，直到那个男人拿起一支笔，在写字台上给那份文件签上了字。

欢呼、鼓掌、喊叫。

丘伯尔太太轻轻拍了拍玛丽的头顶。

"这回好了！"她开心地说，"一切都会恢复正常。玛丽，亲爱的，你会明白的。"

变形室占据了整个层级，散布着它的各个部门。它总是人满为患，不需要签字，不需要交钱，人们总是在排队。

但是今天，人们站到了两边。还有更多的人，透过门往里面看，还有电视摄像头和磁带机器分布在各处，每个角落。这里还是满满当当，但是不像平日里那么喧嚣。

变形室安静得可怕。

玛丽走过了那些人，母亲和男人们跟在她后面。她也在看着人们，就像她在她的房间里通过开启的窗口观看一样。没有丝毫差别。人们是美丽、完美无瑕的。除了那些年轻的孩子，跟她一样的年轻人，坐在沙发躺椅上，看起来窘迫、羞愧而又热切。

但是，当然，那些年轻人不算数。

所有那些美丽的人们。所有丑陋的人们，从不属于他们的身体里向外盯着看。用为他们制造的双腿走路，用人造的声音大笑，用塑形和打磨过的胳膊比画着。

玛丽不顾催促，走得很慢。在她的眼中，在她的眼睛里，有一种越来越深的困惑，一种越来越大的惊奇。

她向下看着自己的身体，然后再看倒映着自己身影的墙壁。血肉是她的血肉，骨头是她的骨头，都是她的，不是任何人造的，而是由她自己建造的，或者某个她不知道的人……不平的膝盖在伸直的时候会印出两个咧嘴笑的小天使，还有大腿内侧再熟悉不过的脂肪摩擦在一起。肥胖，不美观，不成系统的玛丽。但是，这才是玛丽自己。

当然。当然！这就是爸爸的意思，也是爷爷和那些书里的意思。如果他们也愿意读那些书，或者听那些话，那些善意的、不合理的话，他们也会知道的，那些话里蕴含了太多，多得多，比任何这些……

"这些人到底在哪儿？"玛丽问，有一半是问给自己的，"他们身上发生了什么？这些人造的东西，他们难道不想念他们自己吗？"

她突然停下了脚步。

"对了！这就是理由。他们都忘了自己！"

一名线条凸凹有致的女子走上前来，抓住了玛丽的手。这个女子的皮肤青染暗色。骨头被切割并雕刻成纤细有韵律感的线条，电子打造的仪态，人造的，锚定的……

"好了，年轻的女士。我们可以开始了吗？"

他们把玛丽领到了一个巨大的曲线形皮椅上。

一个机器从一只长长的银色电极的顶点上垂了下来。小小的灯泡亮了，格子开始滴答计数。人们盯着。慢慢地，一张图片在机器的屏幕上成型了。灯泡指向了玛丽，然后又重新指向了它们自己。轮子转动，按钮滴答作响。

图片完成。

"你想看看它吗？"

玛丽闭上了她的眼睛，紧紧地闭着。

"真的很不错。"女子转向了群众，"噢，没错，有很多需要拯救的地方；你们会很吃惊。很多。我们会保留鼻子，而且我相信，胳膊肘也一点儿都不用调整。"

丘伯尔太太看着玛丽，咧开嘴笑了。

"你看，没有你想得那么糟，不是吗？"她说。

美丽的人们看着。摄像头转动，磁带卷动。

"现在必须请您退出去了。只有机器可以留在这里。"

只有机器。

人们蜂拥而出，牢骚满腹。

玛丽从镜子里看到了那些房间。看到了房间里的东西，那些被剩下来的脸和身体，女人和机器，还有站在周围的上了年纪的"年轻男子"，调整着，准备就绪。

然后，她看到了屏幕里的图片。

一个中等身高的女人正面对面盯着她。这女人有凸凹有致的身体和瘦长的双腿，剪短了的银色头发，蓬巴杜式的；丰满而性感的双唇，小小的胸部，瘪平的小腹，光滑无瑕的皮肤。

一个陌生的女子，之前从未有人见过。

护士开始帮玛丽脱衣服。

"吉奥夫，"女子说，"过来看看这个，来。多少年都没有这么糟的了。我们还能保留一点儿东西，简直是奇迹。"

英俊的男子把手插进口袋，咂着舌头。

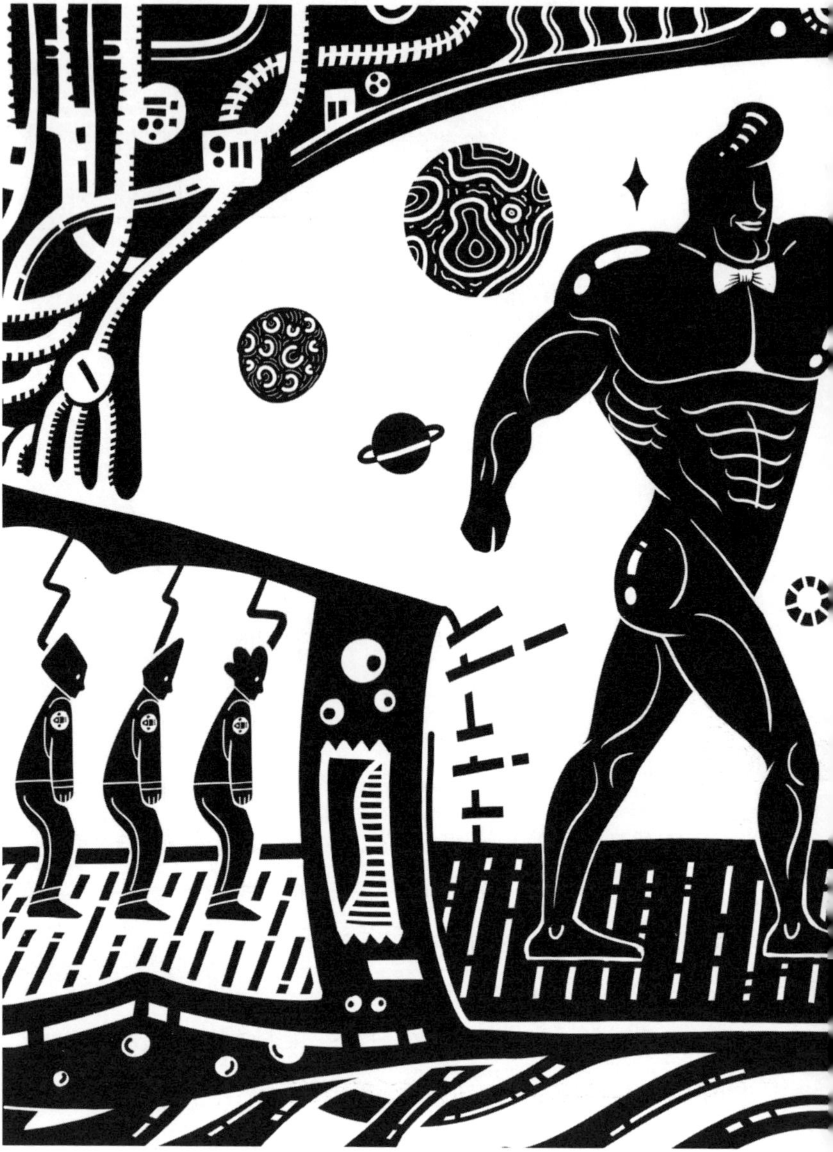

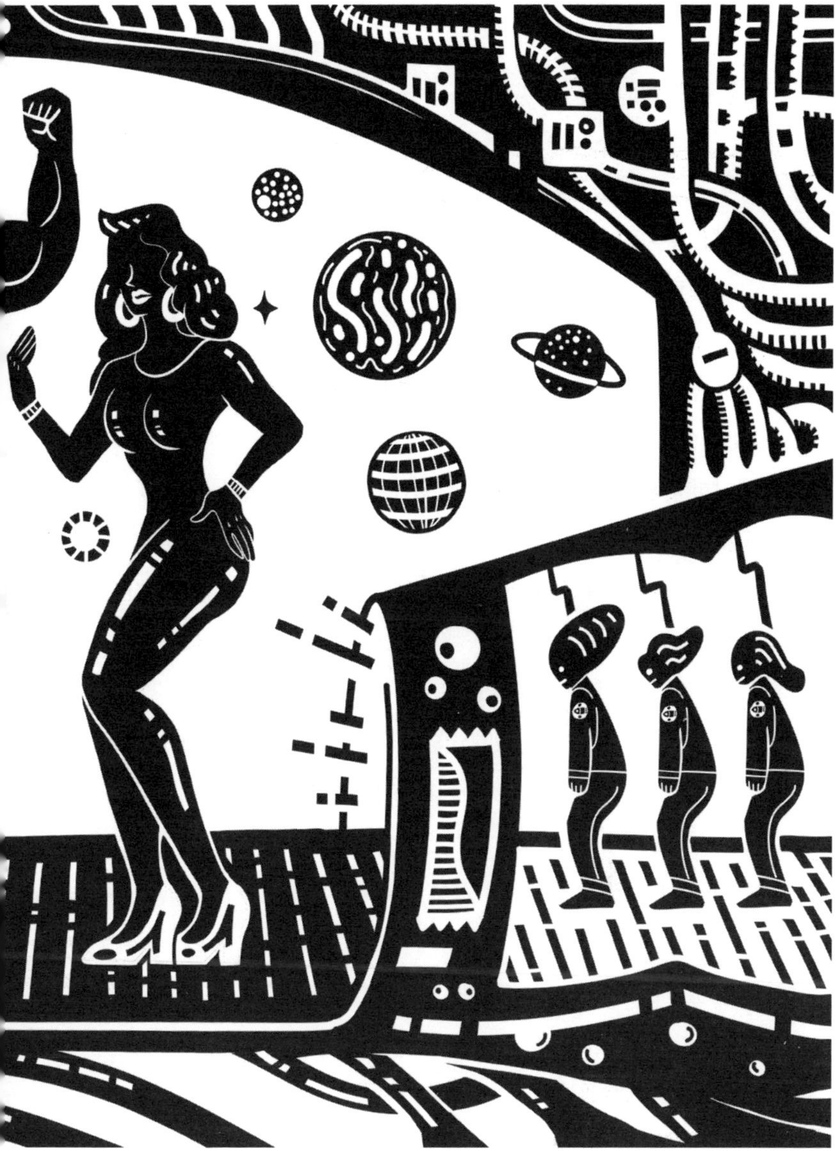

"相当糟糕,没错。"

"别动,孩子,停下,别发出那些噪声。你很清楚,不会疼的。"

"但是你们会对我做什么呢?"

"都已经给你解释过了。"

"不,不——对我,我!"

"你的意思是剩余物?照常处理吧。我不清楚,说实话。有人会处理的。"

"我要我!"玛丽哭着喊,"不是那个!"她指向了屏幕上的图像。

她的椅子架在轮子上,被推进了一间半暗的房间。她现在已经脱光了,男人们把她抬到了一张台子上。台子表面像是玻璃,涂了一层黑色。一台巨大的机器悬在上方的阴影里。

绑带,钳子拉扯着,四肢被押开。带着图片的屏幕被搬进来。男人和女人,现在女人更多了。霍特尔医生在角落里,跷着二郎腿坐着,摇着头。

玛丽开始大声地哭喊,用尽力气,声音盖过了那些机械的嗡鸣声。

"嘘。我的宝贝,真是闹腾!想想等待着你的工作,还有你将拥有的所有的朋友,还有一切,都将多么美好。再也没有烦恼了。"

巨大的机器低鸣起来,从黑暗中下降。

"我到哪里去找我呢?"玛丽尖叫着,"我身上到底会发生什么事?"

一只长长的针头滑入粗糙的皮肤,美丽的人们聚在了台子周围。

然后,他们开动了那台巨大的机器。

男巫之月

SORCERER'S MOON

听到那些尖叫声,卡内蒂停下了脚步。他的心缩成了一团。他一动不动地站在那儿,等着。他已经知道结局了,他输了。他嗅了嗅空气,寻找其中硫黄的味道,想知道它会采取何种形式、如何发生。尖叫声越来越大,仿佛愤怒的兽爪,在来回地抓挠他的鼓膜。他逼迫自己向上看去。

"见鬼!"

他叹了口气。两只乌鸦。仅此而已。两只乌鸦,在一根电话线杆上,正在争斗。还能是什么别的东西吗?他又咒骂了一句,抹掉了脸上那层冰冷的汗液。他有什么好怕的呢?发愁的人应该是法罗才对,但愿那个蠢货自己心里明白。

他瞟了一眼那两只乌鸦,露出了微笑。如果我是个爱胡思乱想的人,他心想,我会从那里面看出些暗藏的深意。一个高高在上的、庄严雄伟的宝座,只能容下一个主人,而两只黑色的生物正在为争夺宝座的占有权而搏斗。如果我是个爱胡思乱想的人,我会说，那正是法罗和我。势均力敌。不分上下。但是总有一方会胜利，一方会失败。

他听着争斗的喊叫声，一边观看头顶的那场争斗，一边告诉自己，他不听也不看。被他认定为法罗的那只乌鸦骁勇善战，但是另一只挡下了所有的攻击，最终，那只代表法罗的乌鸦负伤而去，冲上天空，无影无踪，落荒而逃。

西蒙·卡内蒂点了点头，继续匆匆赶路，把这个小插曲抛在了脑后。活到今天，他已经度过了将近四百个年头。在过去的日子里，他曾让尸体起死回生，把铅点化成金，还跟魔鬼谈笑交欢，可尽管如此，他打心眼里还是一个怀疑论者。凡是他不理解的东西，他就不相信。而他懂得的东西已经比大多数人都多得多。在卡内蒂看来，象征主义是迷信的无稽之谈。精神病学还要更糟。属于那种纯粹的空谈瞎扯，几乎连通灵术都比不上，完全不值得理会。法罗把它们夹杂在侮蔑当中，实在令人无法忍受，成了压死骆驼的最后一根稻草。

卡内蒂大步走在肮脏的街道上，鞋底的皮革碾着漆黑的烟灰和煤渣，他又想起了那场激烈无比的交谈；他的血脉又为此偾张起来。他仿佛又看到了法罗那张狐狸一般狡猾的脸，听见他温柔的、充满嘲弄的腔调……

"说真的，西蒙，你应该去找一个好点儿的心理医生看看。我是认真的。你的这个被害妄想已经开始让我担心了。"

"这不是妄想。这是事实。我就是在被迫害，被你迫害。"

"哦，胡说八道。讲道理，西蒙，我为什么要迫害你？出于什么目的？我想要的东西，我全都有了——而且，说到这一点，你也一样。财富、舒适、永恒的生命。我还可能拿到什么好处呢？"

"就是那件你没有的东西。"

"那是？"

"举世无双。法罗，举世无双。我们是地球上仅存的两个术士，但是对你来说两个也还是太多了，不是吗？这让你苦恼。这一直在折磨着你。如果我没那么强大的话，就还没这么糟。你至少还拥有更高的地位。可我们的力量是相当的。你无法忍受。"

"西蒙，西蒙——我该怎么说呢？你这是在无理取闹了。"

"是吗？昨天，一辆车差一英寸就撞到了我。前天，我差一点儿掉进下水道里，可那里原本就不应该有下水道。这都是偶然吗，法罗？"

"当然了！我的意思是，多少给我一点儿尊重吧，老家伙。如果我真的要灭掉你，你觉得我会干得这么差劲儿吗？"

"嗯——"

"相信我，西蒙，你需要的是心理治疗。我们就算是男巫，但也是凡人，别忘了这一点。我会找到一个不错的人，可以信赖的人，把他的地址寄给你……"

信第二天就寄来了。但是信里没有地址。

卡内蒂从口袋里拿出那篇卢恩符文[1]，盯着它看。那只不过是一张羊皮纸，纸面上爬满了奇怪的标记；可它却拥有比世界上所有愚

---

1 中世纪晚期的欧洲，卢恩符文作为占卜、祭祀用的符咒功能被一直保留。

蠢的炸弹加在一起更大的力量，是一种更加万无一失的毁灭性武器。"见鬼去吧，法罗！"他说了一句没必要的废话——不管怎么说，他们两个显然都已经见过鬼了——可是随后，他想起了自己的聪明才智，再次露出了微笑。有段时间他都处于惊慌失措的状态中。卢恩符文给他留了三天的时间，他想尽各种办法，拼命地想要把它传递回去；可总是无法成功。法罗机灵地防住了他所有的尝试。他没有接收电报或特快专递。他没有理会"救火！"的呼喊。他也没有碰过报纸。他就一直躲在屋子里。而时间越来越近，越来越近。然后，卡内蒂忽然有了一个灵感。他知道，这一次，一切都会顺利解决。

他走上恶臭难闻、摇摇欲坠的楼梯，推开那扇吱嘎作响的破门。

"布赖恩先生？"

一个秃顶的小眼睛男人，身材瘦小，垂肉像松垮的旗子一样挂在皮上。他抬起头，斜着眼看，隔着香烟的迷雾。他说："嗯。"

"我的名字是卡内蒂。我打过电话。"

"嗯。"

"我就直说了。布赖恩先生，我听说，您是这个州最好的私家侦探之一。说到传票送达员的工作，更是没人能跟您匹敌。如果这是真的，那么您眼前有一个工作几小时就能赚一大笔钱的机会。如果这不是真的，那么我们也不用浪费时间了。"

瘦小的男子耸了耸肩，眨了眨眼，吐出一口气。

"怎么说？"

"这么说吧，老弟。我在这行已经干了二十五年。你在一个行当里干了二十五年，怎么说都不能算是没经验，对吧？"

"说得好。但是请跟我交个实底。就传票送达员这个工作，您有没有……失败过？"

"还没有过。"

卡内蒂皱了皱眉头。"这份差事，"他说，"会很难搞定。"

瘦小的男子露出了得意的笑容。"我告诉你，老弟。他们都很难搞。那些杂种，有一个算一个，他们都想跟你玩失踪。"他哈哈大笑起来，笑声刺耳，"但是我有我的绝招。而且我那些绝招，他们永远都想不到。到最后，我总能逮住他们。"

卡内蒂搓了搓双手。"棒极了。那么，您会接我这份差事吗？"

"谁的差事我都接，随时随地。"

"好，但是有一点很关键，布赖恩先生。这张纸必须送达——亲手递到对方手里——而且要在今晚午夜之前。这一点至关重要。您能做到吗？"

布赖恩耸了耸肩。

卡内蒂把五百美元的钞票放在玻璃桌面上，再次问道："您能做到吗？"

瘦小的男人盯着钞票，然后把它们拿起来，折好，放进口袋里，说道："把纸条给我吧。"

卡内蒂最后看了一眼卢恩符文的记号，然后把羊皮纸塞进了一个信封里，连同法罗的地址，一起递给了侦探。"你到他家，就能找到他。"他说，"我在这儿等你。"

布赖恩点了点头,就出门了。

卡内蒂向后靠在椅背上。他向外圈的守护神祈祷,然后又向内圈的守护神祈祷,最后又向所有的黑色力量祈祷。他走到窗边,打开窗户,注视着月亮。月亮很低、很近,像一只巨大的眼睛。

九点钟到了,又过去了。

接着是十点钟。

十一点,卡内蒂开始流汗。他反复敲打自己的双手,来回踱步,眼神一刻不移地瞪着月亮。

然后,那扇破门吱吱嘎嘎地开了,私家侦探走了进来。

"怎么样?"卡内蒂焦急地问,嗓音沙哑。

瘦小的男子咧嘴一笑。"我记得你说过,这份差事很难搞定。"

"它——不难吗?"

"难什么难。小菜一碟。他装神弄鬼了一阵,然后我就给他用上了第六招。第六招从未失过手。"

卡内蒂感觉到一阵随着放松而来的疲倦。人生中第一次,他为法罗低估自己而感到庆幸。正因如此,他才能攻其不备,出奇制胜,那个蠢货。雇用一名传票送达员来施法卢恩符文咒语——还能有比这更大的笑话吗?他瞥了一眼月亮。月亮看起来更低、更近了。然后,他起身往外走去。

"稍等片刻。"

卡内蒂转过身。"怎么了?什么事?"

侦探微笑着把一个信封迅速塞到了男巫的手里。"你忘了你的收据。五百美元的。"

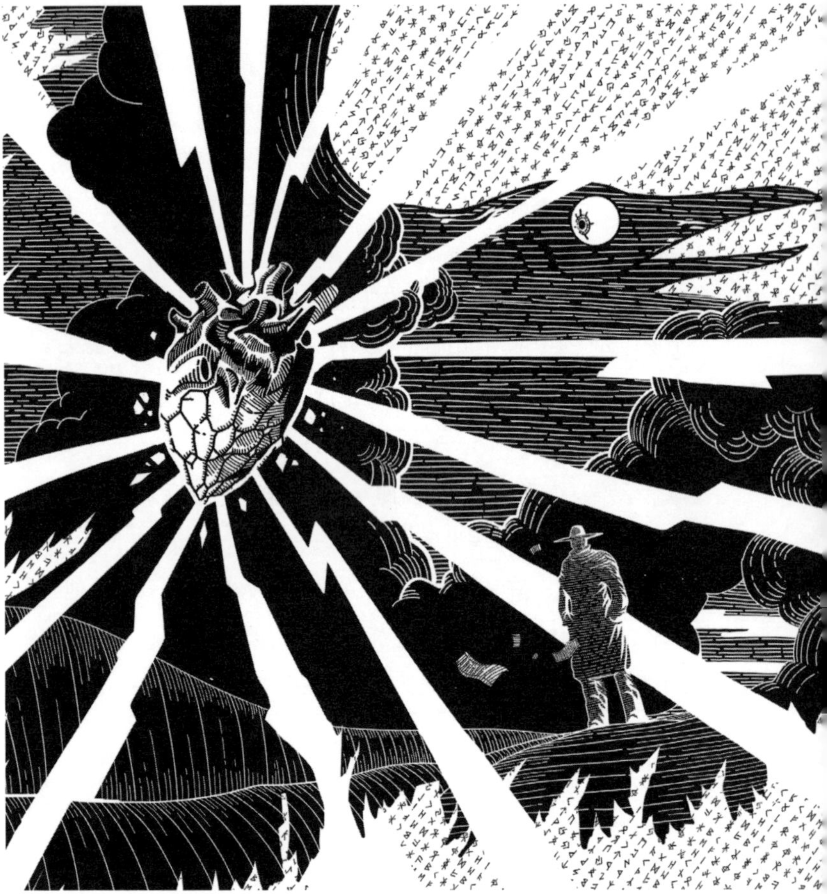

"哦。"卡内蒂点了点头,转过身。当他就要走到门口时,他的心脏凝成了一块坚硬的冰结。他撕开信封,看到了里面的内容。

"我告诉过你,"布赖恩说,耸了耸肩,"谁的差事我都接,随时随地。"

缓慢地,颇具暗示意味,窗外的月亮眨了一下眼。

父亲,亲爱的父亲

FATHER, DEAR FATHER

在波莱特先生的眼里,时间就是一条公路:一条宽阔、闪耀、空荡荡的公路,等待着有人行驶上来。"当然了,它上面一定有路障,"他会说,"而且还有太多危险的转弯,即使以最低的车速通过这样急速转弯的路口也太过危险。可是,一个真正聪明的人,并非没有可能在某一天跑穿这条路。"

当然,波莱特先生希望成为这样一个人。为了达成这个志向,他已经把自己五十三年生命中的三十七年都投入了进来;坚定不移,孜孜不倦,始终抱着一种近乎狂热的信仰。朋友,他是没有的。熟人,寥寥几个。他的妻子害怕他。而在那些科学俱乐部里,他就是那个"不受待见的人"[1]:因为他除了嘀嘀咕咕地兜售有关"时空连续体"和"浓缩过去的蝴蝶面包"这些骗人言论之外,就只

---

[1] 原文为拉丁文"persona non grata",意为不受欢迎的人,在外交上指被某特定国家政府禁止入境或停留的外国人。

知道四下搭讪，拿他那个出了名的、无时无刻不惹人厌的问题问人家：

"哎，说说吧，你怎么想，你的想法是什么？如果我回到过去，杀死我自己的父亲——会发生什么？"

"也许，这只是我个人一厢情愿的想法，"一位被他骚扰到的物理学家曾经回答说，"但是我倾向的观点是，你会立即消失。"

然而，波莱特先生各式各样的缺点之一，就是他一点儿也不懂察言观色。"哦？"他当时轻敲着自己的鼻子说，"你是这么认为的吗？我想不明白。这是个有趣的理论，但是看起来总好像不大可能。可尽管如此——"

这个问题困扰着他，陪伴他入睡，迎接他醒来，从早到晚如影随形，萦绕在他的心头，始终不散。

确实，他之所以在他的时间机器上苦下功夫，没有任何其他目的，就是为了解决这个终年难解的谜题。显然，他对历史不感兴趣。对于有可能造访过去的这份憧憬，他并不感到兴奋。同样，他对名望也没有特别在意。对于第一个穿透时间屏障的人来说，这都是水到渠成的事。未来？无聊得很。

波莱特先生想要的不能更少了。他只想要那个问题的答案。

……会发生什么？

那是一个仲夏的夜晚，在他的地下实验室里，这个瘦骨嶙峋的男人，脸色蜡黄，黑发稀疏，第八百一十三次迈进了那个巨大的金属圆筒中。他拉动了一个控制杆，等待了片刻，然后第八百一十三次退了出来。又失败了，波莱特先生默默地想。又搞砸了一次。

就算是圣人，也该丧失斗志了。

正常的情况下，他并不是一个放任自己情绪过度的人；可是现在，他发现自己已经压抑不住一种彻底狂乱的冲动了。他狠狠跺脚，大声咒骂，出言恶毒，他捡起一把沉重的月牙形扳手，砸向了时间机器。

一整排灯亮了起来。

金属圆筒开始发出轻轻的嗡鸣声。

波莱特先生瞪大了眼睛。这有可能吗？他向前走近一步。没错；千真万确——曲线的重量和角度刚好达到了他想要的状态，他为此努力过上千次，显然都失败了。终于，这种微妙的平衡状态，达成了！

很快，时间机器就准备就绪了。

若是没有偶然，科学的进程会停在何处？波莱特先生一边琢磨玩味，一边心花怒放地准备走进去。然后，他停下了脚步。不行，一定得有条不紊、按部就班才行。无论如何，他都不能冒任何的风险。

他跑上楼，把妻子推到一边，从卧室的行李箱里拿出一张褪色的照片。这张照片是手工着色的，画面中是一个眼神清澈、下巴正方、体型粗壮的中年男人，顶着一头蓬乱的红发。

"爸爸。"波莱特先生敬重地说，然后把这张快照放进口袋，又给一把直径 0.38 毫米的蓝钢左轮手枪上了膛。

他换上一身合适的衣服，走下楼，进入了圆筒。他小心翼翼地校准了表盘，然后拉动了主控制杆。

齿轮飞速转动。四周嘶嘶作响。机器震荡，冒烟，碰撞，呼啸。波莱特先生一阵头晕。一阵漆黑涌上眼前。他咬牙抵抗。

四周又安静下来。

他迈出了圆筒。

他立刻就认出了眼前熟悉的景观：毫无疑问，这里就是俄亥俄州山谷地区，是他青春时代的游乐场。但是波莱特先生的使命可不能因为多愁善感的情绪而有所延误。他看了看四周，确认自己没有被人发现；然后，他把时间机器滚到一个树丛里，牢牢地锁了起来。

他步行穿过了一片苜蓿地，很快，小镇就出现在眼前。他自信自己的计算是精准无误的。他身在米德尔顿。

可是，日期呢？他必须得好好确认一下。等到小波莱特，也就是他自己，被母亲怀上之后，再杀死爸爸，是不行的。因为等到那时，能实现什么呢？

他又一次抽出了那张照片。老波莱特是一个表情严厉的家伙。他还隐约记得，他是一个严守纪律的人，总是十分冷淡、疏远，沉溺在沉闷的性情当中——但是他再也想不起来更多有关他父亲的事了，也没有任何具体的记忆。说到底，老波莱特死的时候是1922年，那时候他才六岁。

这几乎算是一种讽刺了，小波莱特先生一边小跑，一边想，爸爸将看到他长大成人的儿子，结果却被儿子杀死……

波莱特先生出生时只有四英镑，皮包骨头，肤色发紫，皱巴干瘪，像个小木乃伊，长大后也从来没有体会过充沛的体力是什么滋味。他放慢速度，恢复了行走。

在小镇的边界，他停下脚步，检查了一下左轮手枪的部件，确认它不会失灵。他能感觉到自己的心脏跳得很快。他疲惫地笑了笑，然后，走到了俄亥俄州米德尔顿的主街上。

街上熙来人往。孩子们在玩铁环和砖瓦，男人们坐在门廊上，女人们在买东西。有几个人好奇地打量着波莱特先生，其中一个瘦高的黑发小子甚至直盯着他看；但是这只是因为一个陌生人来到了小镇而已，肯定是这样。

这位陌生人友好地点了点头，一路沿着主干道走下去。他在一家药店门口停下了脚步。窗子里有一台日历。

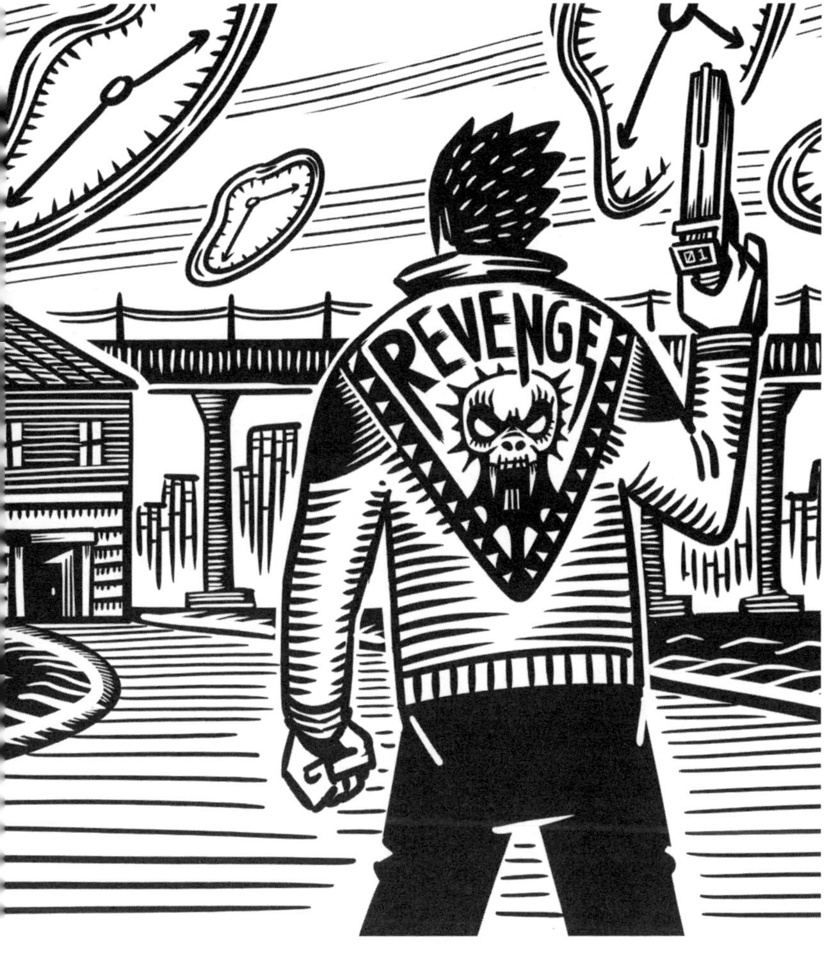
REVENGE
01

那上面写着：1916年2月19日。

波莱特先生微微皱了一下眉头。他的时间算得很紧张，相当紧张。但是他总算还是提前到了。事实上，在他父亲的眼里，他现在还连一丝影子都没有呢！

他走到榆林大道，在那儿向右拐，又走过三个街区。在拐角处的一座黄色大房子门前，他停住了脚步。

记忆在脑海中来了又走。

他踏上了门前小径。他从来没有这么满腔兴奋；从来没有这么紧张。

他敲了敲门。

开门的是一个眼神清澈、下巴正方、体型粗壮的中年男人，顶着一头蓬乱的红发。"什么事？"

"是詹姆斯·阿格纽·波莱特先生吗？"

"没错。"男人说。小波莱特先生一眼瞥到了坐在起居室里的女人，苗条，高挑，美丽非凡，温柔诱人。那是他的母亲。他的心里感受到一阵剧痛。

"你是要卖什么东西吗？"詹姆斯·阿格纽·波莱特粗鲁地问。

"不完全是。"小波莱特先生说着拔出了那支直径0.38毫米的手枪。

"这是什么意思——"

左轮手枪轰鸣一声，只响了一次。詹姆斯·阿格纽·波莱特的额头上出现了一个小小的、干净的洞。他倒抽了一口气，向后跌倒，然后就躺下一动不动了。

起居室里传来一声尖叫。

波莱特先生把枪装回口袋，转身沿着街道跑走。他一边跑，一边努力地消化一个事实，那就是，目前为止，他还没有发生任何事。

人们纷纷转过头注视着他。他看到了之前就目不转睛地盯住他看的那个男人，只不过现在，那个男人的嘴也张大了。他看起来有点儿眼熟……

波莱特先生连跳带跑地穿过田野，重重地大口喘着气。汽车追不上他，它们还太原始了。人能跟上他，但是他们还没有从震惊中缓过劲儿来。他还有时间。

他跑向树丛，把钥匙插进锁里，钻进了圆筒。他狠狠地摔上门，拉动了返回的控制杆。

黑暗袭来，却没有对他造成影响。

一分钟后，他又打开门，迈进了他的地下实验室。

他的妻子正在等待。她看上去既困惑，又害怕。"你——坐着它穿越回去了？"她问。

波莱特先生闷闷地点了点头。他发现，那支枪最近一次开火留下的热气还尚未冷却。

"我杀了他，"他说，"正对着他双眼中间给了他一下。看着他死了。"

"可耻！"波莱特夫人表了态，脸色变得惨白，"你可能从来没有真正了解过他，而且也许他的确在你小时候虐待过你——可是你杀害了自己的父亲！那实在是太无情、太可怕了。"

"胡说八道,"波莱特先生呵斥说,"这是个跟个人无关的立场。是纯粹的科学。我杀了他,然后——什么都没有发生。任何事都没有。"这个瘦高的黑发男人跺了跺脚,"你明白吗?"他愤怒地咆哮起来,"什么都没有发生!"

他伸手抓起一根铁撬棍,把沉重的铁棍砸在一排排精密的仪器上,砸碎了它们,也砸碎了为了制造它们而投入的年年月月,直到碎成数百万片的亮晶晶的碎片。"不可能,"他狂怒地说,"总该发生点儿什么!"

波莱特夫人看着他摧毁了那台机器。等到他差不多砸够了,她问:"你确定他——那确实是你的父亲吗?"

波莱特先生僵住了,铁撬棍高高地举在手里。他眨了眨眼睛,把胳膊放了下来。

"你是什么意思?"他轻声地问。

"没什么,"他的妻子说,"只不过,我从来都没觉得你跟那张照片里的人长得像,你明白吧。那张照片很旧。可能你只是找到了一个长得跟照片里很像的人,但其实根本就不是你的父亲。也许——"

"别说了,"波莱特先生说,"我得想想。"

他想了想。

他想,波莱特夫人的观察确实有不可否认的合理性,他和照片里的那个男人长得确实太不相似了。

特别是,他想到了米德尔顿那个瘦高的、脸色蜡黄的黑发男人,他那么目不转睛地盯着……

波莱特先生手里的铁撬棍掉在了地上。他看着机器的残骸。他再也不可能把它重新造出来了。

"好吧,我真是个婊子养的杂种。"他说。

实际上,从某种意义上来说,他还真是。

号叫的男人

THE HOWLING MAN

那时候,德国多山多谷,暗流湍急,是一片茂盛而肥沃的土地,万物生长,从地下高高拔起,冲天而生。世间再也找不出第二个如此的国度了。当你迈过毗邻比利时的边界线时,披着雨披、胡子拉碴的卫兵,咧嘴一笑,像轻歌剧里的战士一样向你敬礼致意,你就走进了一个完全不同的世界。这里绿草如茵,像天鹅绒一样丰满顺滑;幽深而厚密的树林展现在眼前;原本挟着浓重的法国红酒和酱香的空气也变成充满湖水、松树和巨石的气味,干净、清新,扑入你的肺部。然后,你在边界驻足片刻,就能看到鹰隼在空中盘旋,并在心中略生怯意地纳闷,眼前的一切怎么可能发生。在不到一分钟的时间里,你就已经从一个陈旧的古老空间,穿过一扇隐形的门,进入一个风光织就的王国。简直不可思议!可是,你的身后,比利时仍清晰可辨,同欧洲的其余部分一样,如某座被人遗忘的古宅里一席褪色的挂毯。

那时候,我还没有听说过圣沃夫兰修道院,没有听说过那个被锁在一间监牢里抓着石壁午夜哀号的可怜人,也没有听说过那个愚蠢的教友兄弟会和他们疯癫的修道院长。我的双腿还很强壮,正想着对这里做最后一次探索,而且偏爱独来独往。过一会儿,我会重新说回这里,带你一起去感受那种恶心、堕落和在死亡边缘的盘桓。可我终归不是一个作家,只不过喜欢信马由缰、无拘无束的文字而已。我还是必须得给出一个正经的开头。

巴黎是我青春时代心驰神往之地。我朝思暮想,原因跟大多数刚刚从大学毕业的年轻人一样——只不过他们从来都不肯承认而已——就是为了跟神秘的美丽女子共度良宵。我生长在波士顿,坚固的传统教养如紧身束腰般破坏了一切;可是正如这种教养方式通常造成的效果一样,它倒是成功地把我这份冲动磨得越来越锋利。在我每天晚上的梦里,都是珠光宝气的妓院和在昏暗的光线下腰肢软扭的绝色美人,床技超乎想象。这最终发展到了一个令人难受的阶段,再继续下去,要么是疯掉,要么就是变成正人君子。这两样我都不想要,于是我设法劝服我的父母相信,出国一年的经历将为我的长大成人之旅添加一份恰到好处的风味,就好像在一碗原本清淡寡味甚或完全无味的海鲜杂烩汤里加上了一勺咖喱。我恐怕得说,父亲抓到了我眼中闪过的那丝炙热的光,但他还是很善解人意的。他为我描绘放纵的恶果,不厌其详,极尽渲染之能事,还给我讲了一些他之前认识的人:他们前往欧洲的时候天真无邪,却深深堕落,甘于放荡,终致音信全无。他求我一定时刻铭记自己是埃林顿家的人,随后便撒手放我走了。当然,巴黎既令人着迷,又令人生畏,就像一只在动物园长大的猴子眼中的热带雨林。出于对受人尊敬的先辈以及父亲的敬意,我快速地兜了一圈,逛完了杜乐丽花园、卢浮宫,沿着香榭丽舍大街一路走到凯旋门;然后,当夜幕降临时,我奔向蒙马特高地和皮加勒红灯区,开启了盛大的冒险。简要地总结而言,这场冒险其实并不如我想象中那么盛大;而且过了四周之后,它也没有那么惊险刺激了。尽管如此,它对于后面发生的事还是很重要的,因为要是没有那些甜美可人的女郎,后面的事也必定不会发生。

恐怕我不得不说,在波士顿的"横平竖直"中长大的人——心理层面除外——并不适合狂野的生活。我的健康状态急转直下。鉴于我的饥渴已经真实且充分地获得了消解,对于重新返回沉思默想的蚕茧之中潜伏度日,我并没有感到有什么了不得的不满,显然我更适合这种生活。我就这样在床上躺了一个月,孤身静默,几乎完全一动不动。然后,不用说,作为反叛的最后一击,我想到了这个主意——想到?或者说我体内集结的罪恶接收到了,仿佛从一座摇摇欲坠的塔顶传来的信号?——并且做出了一个奇怪的、完全不符合我们埃林顿家风的决定。我要去探索欧洲。但并不是作为一名游客,坐在安全舒适的大巴上,安全舒适地环游,让车窗玻璃和讲英语的酒店把多样变换的文化中的美与丑隔绝在身外。不。我要像一阵不受束缚的风,像一片飘荡在二十英里之外的叶子,像一只无巢可归的鸟儿,迈起梦的最后脚步,用自己少年的双眼来观看这片深邃而陌生的土地。我要骑着单车走,贫穷、孤独、苦苦求索——不管怎么说,虽然我在银行里有十万美元的存款,而且未来将成为埃林顿 - 卡拉瑟斯 - 布莱克公司的合伙人,还是要做到尽可能的贫穷、孤独和苦苦求索。

于是，一切就这样开始了。新英格兰人的血肉之躯在第一天的颠簸骑行中就已经吃不消了，但是随着一英里一英里的路程被抛在身后，新英格兰人的精神却变得越来越坚韧。我在欧洲的躯体上骑行，就像一只蚂蚁爬过一位曾经明丽可人而如今已是残花败柳的公爵夫人。我在挂着野猪头的饭馆用餐，猪头上的双眼都被挖掉，留下凶猛的獠牙；我在乡村小旅馆下榻，呼吸中都是陈旧发霉的味道，有时候还会有女孩来到门外敲门，问我还有没有其他的需要（"好吧……"），而且她们比巴黎的那些女孩更好，虽然我想不出原因。这都不是什么要紧的事。出了法国，我踩着脚踏板骑入了比利时，出了比利时，我来到了一片土地，那里牛羊成群，崇山峻岭，茂林修竹，溪水蜿蜒，欢声笑语：这就是德国。（我这样热情地歌颂是有意而为之，因为我感觉有必要记住当时，那时候，那片土地是多么地宛如天堂。）

我站在那里，样子看上去怪里怪气。边境的卫兵问我，是不是心里有什么事。我回答说，什么都没有——感激德国人，也感激法国人，芬奇小姐的曼妙声音在我的耳畔回荡起来——然后我便沿着最小、最暗的一条小径出发了。这条小径以蛇形蜿蜒，穿过森林、城市、乡镇、村庄，而我每一次都会挑一条最不可能走通的岔路拐弯。不讲道理地，我踩着脚踏板，仿佛朝着一个目的地前进：进入摩泽尔河谷的乡间，继而向上进入翡翠色的荒凉山地。

我借助一艘废弃的渡船，过河钻入了一片矮树丛。树木立刻把四周围了起来。我醉饮了一番芳香的空气，蹬了一会儿，又继续向前蹬，但是一股热气在我的身体里升了起来。我开始头疼。我感到很虚弱。又向前骑了两公里后，我被迫停了下来，因为汗水已经在我的皮肤上罩了满满一层。你也知道肺炎的征兆是什么：体力不支，浑身颤抖，忽冷忽热，幻觉。我在潮湿的落叶堆成的床垫上躺了一会儿，然后强迫自己重新跨上自行车，又骑了不知道多久。终于，一座村庄出现在眼前。这是一座13世纪风格的村庄，色调灰白，街巷狭窄，鹅卵石杂乱地铺向隐秘的店面。当我骑车颠簸经过时，一些农民装扮的老人抬起头看，我记得其中有一位牛油肤色的老者——别的都不记得了。我只记得那份虚弱感像酸液一样灼烧着我的神经和肌肉，还有在我跌倒时眼前坠入的一阵漆黑。

我在混合着尿和干草的气味中醒来。高烧已经退了，但是我的胳膊和腿还是像木头一般沉重，我的头一阵阵剧烈地抽痛，而且我胃里的某个地方仿佛被人用铲子挖出了一个空洞。在很长一段时间里，我没有动，也没有睁开眼睛。光呼吸就费尽了我所有的力气。但是最终，我的意识还是被唤醒了。

我身在一间窄小的房间里。墙壁和天花板都是用坚硬的灰色石头砌成的，一扇没有玻璃的单窗是拱形的，而地面则是未经平整的泥土。我的床根本就不是一张床，而是一块毯子铺在了胡乱卷起的稻草堆上。我的旁边有一张粗制的桌子，桌子上有一只大水罐，桌子下面有一只水桶。紧挨着桌子，还有一个板凳。板凳上坐着的人睡着了，他长袍的领子像珠穆朗玛峰一样高高耸立，从里面耷拉出来一颗剃光的头——是一个修道士。

我一定是发出了呻吟声，因为那颗被剃光的头猛地弹了起来。

突然露出的两边嘴角闪烁着两行流下的银色痕迹，而嘴角又垂下去，形成一副愁眉苦脸的样子。昏昏欲睡的双眼眨了眨。

"这是神的无限仁慈啊，"这个形似地精一样的小个子男人叹了口气说，"你已经痊愈了。"

"还没好彻底。"我跟他说。我努力回忆发生了什么事情，然而并没有成功。然后，我问了一些问题。

"我是克里斯托弗斯修士。这里是圣沃夫兰修道院。施瓦茨霍夫的乡主赫尔·巴斯先生，九天前把你交给了我们。杰尔姆神父说你会死，并派我过来照看你，因为我从来没有见过人去世的过程，而杰尔姆神父相信，对于一名修士来说，目睹人的死亡过程是十分有必要的。但是就现在来看，我想你不会死了。"他懊丧地摇了摇头。

"你的失望，"我说，"深深地刺痛了我。可是，也别放弃希望。就我现在的感觉而言，一切还不好说。"

"不"，克里斯托弗斯修士伤感地说，"你会好起来的。这需要点儿时间。但是你会好起来的。"

"真是忘恩负义，而且你都已经做了这么多。我怎么才能表达我的歉意呢？"

他又眨了眨眼，带着一种孩童般的天真问道："您刚才说什么？"

"没什么。"我嘟嘟囔囔地抱怨了几句关于毯子、火炉和食物的事情，随后又滑落回睡眠的深井。高烧中，我梦到了树林，林中全是巨大的双头野兽，然后，听到了尖叫的声音。

我醒来了。尖叫声凄厉不绝——如汽车鸣笛一样响亮、高亢、刺耳，像是求救的呼喊。

"那是什么声音？"我问。

修士露出了微笑。"声音？我没有听到任何声音。"他说。

声音停止了。我点了点头。"做梦吧。可能在我完全康复之前，我还会听到更多这种声音。我不应该在身体状况这么差的情况下离开巴黎。"

"对，"他说，"你不应该离开巴黎。"

在友善的当下，克里斯托弗斯修士已经勉强接受了我康复的事实，所以显得有些过分殷勤了。他像一名护士一样，拿汤匙喂我喝浓汤，帮我冷敷，吟唱舒缓心情的祷词，还把便桶拿到窗边清空。时间缓缓而逝。在我与病魔做斗争的期间，那些梦变得越来越不明晰了——但是每夜必至的呼喊声却没有减弱。它们一如既往地充满了恐惧和孤独之意，强烈、真实地传入了我的耳中。我努力想关掉脑子里的声音，可是徒劳无功。话又说回来，当我的神智越来越清醒的同时，它们怎么可能还如此地强烈而真实呢？克里斯托弗斯修士听不到它们。当日光褪为薄暮的灰色，尖叫声响起的时候，我用心仔细地观察过他，他确实始终对其充耳不闻——如果它们是真实存在的话。如果它们是真实存在的话！

"不要慌，我的孩子。你是因为发烧才会听见那些声音。这太正常了。这难道不是正常的现象吗？睡吧。"

"但是我已经不发烧了！我现在已经坐起来了。听！你难道想告诉我，你听不见那个吗？"

"我只能听见你的声音，我的孩子。"

那些尖叫声，在第十四个夜晚，一直持续到黎明。它们跟我这一生中听过的任何声音都完全不同。要是说发出并保持这些声音的是一个人，实在令人难以置信，但是它们听上去又不像是动物。我在昏天暗地中听着，双手握紧成拳，然后我突然之间意识到，这件事只有两种可能。要么是某个人或者某种东西在制造这些可怕的声响，而克里斯托弗斯修士在撒谎，要么就是——我发疯了。幻听、抓狂、口吐白沫式的发疯。我必须找到答案：这一点我是清楚的。而且只能靠我自己。

我用一种新的心态去听那些号叫。它们从门缝底下摩擦着传进来，飙升到歌剧一般的音高，随后减弱、消退，继而又恢复接续起来，像一个暴躁的、歇斯底里的孩童的哭声。为了检验这些声音的真实性，我在呼吸的掩盖下偷偷地哼唱，用毛毯罩住我的头，伸手去挠稻草，咳嗽。都没有差别。那就是实在的、存在的。然后，我努力想要定位那些尖叫声的位置；到了第十五个夜晚，我感觉已经可以确信，它们是从大厅向另一边延伸不远处的一点传来的。

"疯子们听到的声音在他们自己听起来是相当真实的。"

我知道。我知道！

修士就坐在我的身边。他从一开始就没有离开过，就算在晨祷期间，也时刻保持着警惕。他发出颤颤巍巍的高音，应和着远处的吟唱，过度祈祷。可无论是什么东西都不能把他诱离。我们吃的食物是别人送来的，其他所有的必需品也是如此。我刚刚康复，就想见这里的修道院院长，杰尔姆神父。然而……

"我觉得好多了,修士。能不能请您带我到处参观一下?除了这间小屋,我还没有见过圣沃夫兰修道院的其他任何地方呢。"

"其实到处都跟这间小屋一样,只不过是更多的翻版而已。我教秩序严密。不像方济会,他们如今已经准许审美的享乐了;而我们不行。对于我们来说,那都是奢侈。我们只有一项单一的、最不寻常的工作可做。所以,这里没有什么好看的。"

"但是,这座修道院一定很古老吧。"

"是的,这倒没错。"

"作为一名古文物研究者——"

"埃林顿先生——"

"到底有什么东西,是你不想让我看到的呢?你在怕什么,修士?"

"埃林顿先生,我没有答应你请求的权利。等到你身体恢复得足够好、可以离开的时候,杰尔姆神父一定会很乐意招待你的。"

"他也会乐意给我解释一下,从我来到这里以后,每天晚上都能听到的尖叫声,到底是怎么回事吗?"

"好好休息吧,我的孩子。好好休息。"

那不洁的、令人毛发耸立的尖叫声炸裂开来,回撞在坚硬的石墙上。克里斯托弗斯修士在胸前画了个十字,像一个古老的印第安人一样,若无其事地坐在了摇摇欲坠的凳子上。我知道他喜欢我。也许格外喜欢。我们在一直以来的聊天中都很合得来。唯有这一点——噤若寒蝉。

我闭上眼。我从一数到了三百。我又睁开了眼。

善心的修士睡着了。我轻声说了句亵渎神明的话,可是他岿然不觉,于是我抬起双腿悠摆过稻草床的边沿,穿过布满尘埃的地板,走到了那扇沉重的木门前。我在那里稍休息了片刻,在没有烛光的黑暗中,聆听那号叫声;然后,抱着波士顿人特有的小心谨慎,我抬起了门闩。生锈的铰链咯吱作响,但是克里斯托弗斯修士已经深深地沉入了神游天境——他的头耷拉到了胸前。

我像一只被陆地困住的鱼儿一样虚弱,气喘吁吁,跌跌撞撞地走近了走廊。尖叫声变得更响了,响得超乎想象。我下意识地用手捂住了耳朵,纳闷怎么可能有人在这种狂怒爆发中入睡。这就是狂怒。它是存在于我的脑海里吗?不是。是真实的。整座修道院在这些凄厉的呼喊中颤抖起来。你能够在牙缝中感受到它们的真实。

我经过一位修士的房间,听了听,走向下一间。然后,我停住了脚步。一扇厚厚的门,质地是橡木或松木,锁在我的面前。而门后则是尖叫声。

那些难以名状的出于无助和绝望的愤怒尖叫近在咫尺,我不禁浑身一凛,有那么片刻的工夫,我想要转身回去——不是回到我的房间,不是回到我的稻草床,而是返回外面的开阔世界。但是责任感驱使着我。我深深地吸了口气,走向那扇封着栏杆的狭窄窗子,向里面看。

监牢里有一个男人。四肢着地,绕着圈子,像只野兽。头往后一甩,却是个人。月光照亮了他的脸。难以用语言形容——至少,我做不到。一个死过之后的人也许就长这样,一个宗教刑架、刑柱和火钳的受害者:这绝不是一个生活在20世纪30年代的人类,显然不是。我从来没有在一双眼睛之中见过如此深重的苦难，如此迷失、疯狂的苦难。他赤裸着身子，在污垢中爬着，叫着，后脚猛地跳起来，狂怒地抓挠着坚硬的石墙。

然后他看到了我。

尖叫声停止了。他蜷成一团，眨着眼睛，缩在监牢的角落里。然后，仿佛不确定自己看到了什么，他又直接走到了门边。

他用气呼出了一句德语："你是谁？"

"大卫·埃林顿。"我说，"你是被关起来了吗？他们为什么要把你关起来？"

他摇了摇头。"不要慌，不要慌。你不是德国人？"

"不是。"我告诉了他我是怎么来到圣沃夫兰修道院的。

"啊！"那个赤裸的男人浑身颤抖起来，皮包骨的手指紧紧地抠住了栏杆，说："听我说，我们没有多少时间。他们是疯子。你听见了吗？全都疯了。我好好地待在村庄里，跟我的女人躺在床上，他们那个疯癫的修道院院长忽然破门而入，冲进房子里，拿他那个沉重的十字架把我打昏了。我醒来后就在这里了。他们拿鞭子抽我。我问他们要食物，他们不给我。他们还扒光了我的衣服，把我丢到这间肮脏的屋子里，锁上了门。"

"为什么呢？"

"为什么？"他悲叹地说，"我要是知道就好了。这才是最糟的地方。我被囚禁五年了，被殴打，被折磨，挨饿，他们没有给出任何原因，连可以用来猜测的只言片语都没有——埃林顿先生啊！我犯下过罪行，可是谁没有呢？我和我的女人在一起，平平静静，只跟我的女人在一起，我的爱人。可这个神迷心窍的疯子，杰尔姆，就是受不了。帮帮我吧！"

他的呼吸喷溅在了我的脸上。我向后退了一步，努力地思考。我不太能相信，在这个世纪，真的可能发生如此骇人的一件事。可是话又说回来，这间修道院地处僻壤，与世隔绝，超离了时间。有什么秘密的事情，不可能在这里发生呢？

"我会去跟修道院院长谈谈。"

"不要！我告诉你，他是他们所有人之中最疯癫的一个。不要跟他说任何事。"

"那我怎么才能救你出来呢？"

他把嘴紧紧贴在栏杆上。"只有一个办法。在杰尔姆的脖子上，挂着一把钥匙。能开这把锁。只要——"

"埃林顿先生！"

我转过身，迎面见到一个像是从埃尔·格列柯画中走出来的气势汹汹的男人。他从黑暗中现身，白胡子，高鼻梁，披着灰色尖顶长袍，俨然一副君王的皇家气派。"埃林顿先生，我不知道你已经恢复到可以走路这么好的状态了。请跟我来。"

那个赤裸的男人开始歇斯底里地哭泣。我感觉到有一只钢铁铸成的手箍住了我的胳膊。穿过走廊，经过鼾声连天的一间间屋室，那哭泣的回声逐渐消寂。我们继续向前，来到了一个房间。

"我必须请你离开圣沃夫兰修道院。"修道院院长说，"我们能用来妥善照料病人的设施不足。施瓦茨霍夫那里会有相应的安排——"

"稍等片刻。"我说,"很有可能是克里斯托弗斯修士的照料救了我性命——而且毫无疑问,我欠了你们所有人一份恩情——可虽然如此,我还是不得不请你们解释一下,那个监牢里的男人是怎么回事儿。"

"什么男人?"修道院院长轻声细语地问。

"我们刚刚离开的那个男人呀,那个每晚整夜尖叫的男人。"

"没有什么男人在尖叫,埃林顿先生。"

我忽然间感觉异常虚弱,于是坐了下来,歇了几口气。然后我说:"杰尔姆神父——是您对吧?我不见得是一个没有信仰的人,但是也不能说我是个特别虔诚的人。我对于修道院一无所知,不知道什么是允许的,什么是不允许的。但是我严重地怀疑,你们没有不顾一个人的意愿而把人囚禁起来的权利。"

"你说得没错。我们没有这种权利。"

"那么为什么你们却这么做了呢?"

修道院院长镇定地看着我。他用一种泰然自若、坚定不移的语气说:"圣沃夫兰修道院里没有囚禁任何男人。"

"他可不是这么说的。"

"谁不是这么说的?"

"走廊尽头那间牢房里的男人。"

"走廊尽头那间屋子里没有男人。"

"我刚刚还在跟他说话呢!"

"你没有在跟任何男人说话。"

他言之凿凿的语气让我震惊得一时说不出话来。我紧紧抓住了椅子的扶手。

"你病了,埃林顿先生。"那位大胡子的修道者说,"你一直饱受妄想症的困扰。你一直在听见和看到不存在的东西。"

"没错。"我说,"但是那间屋子里的男人——我现在就能听见他的声音!——并不属于那些幻想出来的东西。"

修道院院长耸了耸肩。"梦可以看上去很真实,我的孩子。"

我瞥见了挂在他那只雄性火鸡一样的脖子上的皮带,几乎完全被他的胡子掩盖了。"诚实的人说起谎来往往没有说服力,"我说了一个很有说服力的谎话,"每当克里斯托弗斯修士否认那个夜里的叫声时,他都会用一种特殊的方式看着地板。你看着我,但是你的声音已经失控了。我想象不到这是为什么,但是你们两个人都在十分刻意地想让我远离真相。这不仅是拙劣的基督教义,也是拙劣的心理学。因为我现在的确十分好奇了。你最好还是告诉我吧,神父;我早晚会找到答案的。"

"你是什么意思?"

"不然的话,我相信警方听说有一个男人被囚禁在修道院里,一定会很感兴趣。"

"我告诉你,这里没有什么男人!"

"很好。我们就当没这回事吧。"

"埃林顿先生——"修道院院长把手背在了身后,"那个屋子里的人,啊,是我们的一位修士。没错。他遭受了……癫痫,中风。你知道中风吗?在现在这个阶段,他变得暴躁易怒。非常暴力。很危险!我们有义务把他锁在他的房间里,这你肯定能够理解吧。"

"我理解。"我说,"你仍然在骗我。如果这个答案真的这么简单,你也不会费尽心思地假装以为我患了妄想症。完全没有必要嘛。事情肯定不止于此,但是我可以等。我们可以动身去施瓦茨霍夫了吗?"

杰尔姆神父恶狠狠地拽了拽自己的胡子,仿佛那是前来缠扰他的生满羽毛的魔鬼。"你真的会去找警察吗?"他问。

"你会吗?"我反问道,"如果你是我的话?"

他就这个问题考虑了很久,拽着自己的胡子,前后摇晃着高扬的头;而那尖叫声还在继续,那么遥远,那么真实。我想到了那个在自己的污物中爬来爬去的赤裸的男人。

"怎么说呢,神父?"

"埃林顿先生,我明白,我不得不跟你说实话了——这真是个巨大的遗憾。"他说,"要是我遵循了自己本来的直觉,从一开始就拒绝让你来到这座修道院……但是,我没有选择。你当时命在旦夕。没有可用的医生。你本来应该已经死去了。不过,那样或许反而更好。"

"我的好转似乎让很多人都失望了。"我评论说,"我向你保证,我不是有意的。"

那个老人完全没有注意到我的这句点评。他把自己橘子皮一样干皱的双手塞到袖子里,带着异常慎重的神情缓缓地开了口。"当我说,走廊尽头的那间屋子里没男人的时候,我说的是实话。坐下,先生!请坐!快。"他闭上了眼睛,"这个故事不是一两句话能说清楚的,里面有很多东西你不会理解或不会相信。你很精明,或者你觉得自己很精明。在你的眼中，我们这里的生活，毫无疑问是原始的——"

"事实上，我——"

"事实上，你就是这么看的。我知道当下的那些理论。修道士是不适应社会的人，神经质，性挫败者，性格反常人士。他们隐退到世界之外，是因为他们无法与世界相处。诸如此类。我知道这些说法，你觉得很惊讶吗？我的孩子，这都是最早发明这些理论的人亲口讲给我听的！"他把头向上抬起，皮带多显露出了一点儿，"五年前，埃林顿先生，圣沃夫兰修道院里还没有尖叫声。这里只不过是偏远荒凉的黑山区域里一座名不见经传的小修道院而已，而住在里面的人的工作十分简单，服侍上帝，夜以继日地祈祷，拯救他们力所能及的灵魂。那时候，大战结束没多久，世界还处在一片混乱之中。施瓦茨霍夫还不是你现在看到的这个幸福的村庄。那时，我的孩子，施瓦茨霍夫是罪恶之人向往的圣地，是恶行和腐败的窝巢，是为没有戒心的人布下的陷阱——对于有戒心的人也一样，只要他们没有力量。那是一个无神之地！被上帝抛弃后，通奸者在光天化日之下横行街巷。赌博成风。抢劫、谋杀、酗酒，还有那些深重到我难以用语言描述的恶行。在整个宇宙里，你都找不到比这里更污秽的疫区了，埃林顿先生！很遗憾，圣沃夫兰修道院的院长们和修士们向施瓦茨霍夫屈服了多年。善良的人，上帝的爱慕者，贞洁的好人，他们来到这里，斗争过，但是都无法抵御黑暗的诱惑。终于，修道院做出了关闭的决定。我听说决定之后，据理力争。'那难道不是投降吗？'我说，'我们难道应该向邪恶的力量臣服吗?让我试试吧,我恳求你们。让我想办法放大上帝的旨意,让施瓦茨霍夫的所有人都听见,让他们看到自己黑暗的罪孽,让他们悔过!'"

老人站在窗边,身形颤抖。他疯狂地回忆,双手正紧紧地扣在一起。"他们问我,"他说,"我是不是自觉比我的前任德行更高,所以才会心存希望,认为自己能在他们失败的地方取得成功。我回答说,我没有这么觉得,但是我有一个优势。我是一个皈依者。我在早年曾与邪恶同行,我熟知它的面目。我的心愿得到了批准。一年的时间。只有一年。怀着满心的欢愉,埃林顿先生,我来到了这里;在一天夜里,我隐藏了自己的身份,在村庄的街道上行走了一圈。邪恶的味道很强烈。我心想,是太过强烈了——而我可是曾在摩洛哥的巷子里夜夜笙歌过的人,我也见过中国香港、巴黎和西班牙的地下场所。那些狂欢聚会太过放荡,那些酒鬼太过烂醉,那些亵渎神明的人也亵渎得太过。仿佛全世界的邪恶被蒸馏提纯,汇聚于此,仿佛一个乔装打扮的异教部落的酋长在这里聚集了他所有的仪式……"修道院院长点了点头,"我想到了古罗马和它弥留的时日;想到了拜占庭;想到了——伊甸园。这正是众多预兆中的第一个。其他预兆是什么都不重要。我返回修道院,换上我的圣袍,又回到了施瓦茨霍夫。我惹人注目地亮了相。有些人讥笑我,有些人避之不及,有一个声音喊道'让你那个愚蠢的上帝见鬼去吧!'然后,一只手突然从黑暗中探出来,搭在我的肩膀上,我听见有人说:'喂,神父,你迷路了吗?'"

修道院院长把他紧扣在一起的双手抬到额头前,然后拍了拍脑门。

"埃林顿先生,我这里有一些不怎么样的酒。请喝一点儿吧。"

我心怀感激地喝了酒。然后神父继续讲了起来。

"出现在我面前的是一个样子平常的男人。事实上,他的样子太平常了,我当时感觉自己早就认识他。'没有。'我对他说,'但是你迷路了!'他发出一阵猥琐的笑声。'难道我们不是都迷路了吗,神父?'然后,他说起了一件古怪的事。他说,他的妻子快要死了,请求我给她做一次终傅圣事[1]。'求你了,'他说,'看在甜美的上帝的名义上!'我迷惑不解。我们赶去了他的房子。一个女人躺在一张床上,她的身上一丝不挂。'我心里想的是一种别样的终傅圣事,'他笑着低声说,'只有这种形式,亲爱的神父,她才能理解。没有别人愿意要她!发发善心吧!可怜可怜那个躺在那儿饱受折磨的可怜的灵魂。把你的权杖赐给她吧!'那个女人的胳膊像蛇一样伸展过来,祈求着靠近我,丰满、肉感、热辣……"

杰尔姆神父浑身一颤,暂停了片刻。我觉得从大厅传来的哀号声,正在变得越来越响。"够了,"他说,"我当时已经十分确定了。我举起我的十字架,念出了我学过的那些话,然后事情就结束了。他发出了尖叫——就跟他现在正在做的一样——跪在了地上。他没想到自己会被认出来,正常的话,他本来也不应该被认出来。但是在我的一生中,我已经见过他太多次了,做着各种各样的伪装。我把他带回了修道院。我把他锁在了那间屋子里。我们每天都吟诵他

---

[1] 是天主教、东正教等传统基督教派的七大圣事之一,给临终者所做的涂油礼。

的锁链。所以,我的孩子,你明白为什么你不能把你看到和听到的东西说出去了吧?"

我摇了摇头,仿佛害怕这场梦会结束,仿佛现实会突然在我的身上爆裂现身。"杰尔姆神父,"我说,"我还是完全没有听懂你在说什么。那个男人是谁?"

"你真的这么愚钝吗,埃林顿先生?必须得告诉你才行吗?"

"是的!"

"好吧,"修道院院长说,"他就是撒旦。也有人叫他黑暗天使、阿斯莫德、彼列、阿里曼、迪亚波罗——也就是魔鬼。"

我张大了我的嘴。

"我看出来你不相信我了。这样不对。你想一想,埃林顿先生,这五年以来世界的和平。你想一想这五年来的繁荣和幸福。想一想现在的这个国家,德国。还有另外一个像这样的国度吗?自从我们捉住了魔鬼,把他锁在这里,再也没有过大战,也没有横行无忌的瘟疫:只剩下人们本该忍受的那些痛苦了。相信我说的话吧,我的孩子;我恳求你。尽你最大的努力去相信,刚刚跟你说话的那个生物,就是撒旦本尊。战胜你的怀疑论吧,因为那正是从他那里滋生出来的;他就是怀疑论的父亲,埃林顿先生!他计划用来打败上帝的方案就是把怀疑的种子埋到天赐生命的思想中去!"修道院院长清了清他的喉咙。"当然,"他说,"不管是谁,如果他的体内含有魔鬼的任何一部分,我们都绝不能从圣沃夫兰修道院放走他。"

我盯着这个老疯子,想到他潜行在街头巷尾寻找罪恶的样子。我看到他站在那个胆大包天的通奸者的床边,出离愤怒,诱骗他接受了来修道院的邀请，关上那扇沉重的门，上了锁，而因为这个世界在战后的短暂和平，就死死抱住自己的幻想不放。对于一个修道者而言，跟活生生地捕获了魔鬼这件事相比，哪儿还有更伟大的梦想呢！

"我相信你。"我说。

"真的？"

"真的。我之前有所犹豫，只不过是因为撒旦挑了一个德国的小小村庄安家，看起来有一点点古怪而已。"

"他四处游走，"修道院院长说，"施瓦茨霍夫对他的吸引，就跟可爱的处女对性变态者的吸引一样。"

"我懂了。"

"真的吗？我的孩子，你真的懂了？"

"真的。我发誓。事实上，我也觉得他看起来有点儿眼熟，可我就是说不出在哪儿见过他。"

"你不是在说谎吧？"

"神父，我是个波士顿人。"

"你保证不跟任何人提起这件事？"

"我保证。"

"非常好。"老人叹了口气。"我想，"他说，"你是不会考虑加入我们，留在修道院里做一名修士的吧？"

"请相信我，神父，没有人会比我更崇敬这份职业。可是我配不上。我不会考虑；这一点是毫无疑问的。不过，我答应你，我一定帮你保守这个秘密。"

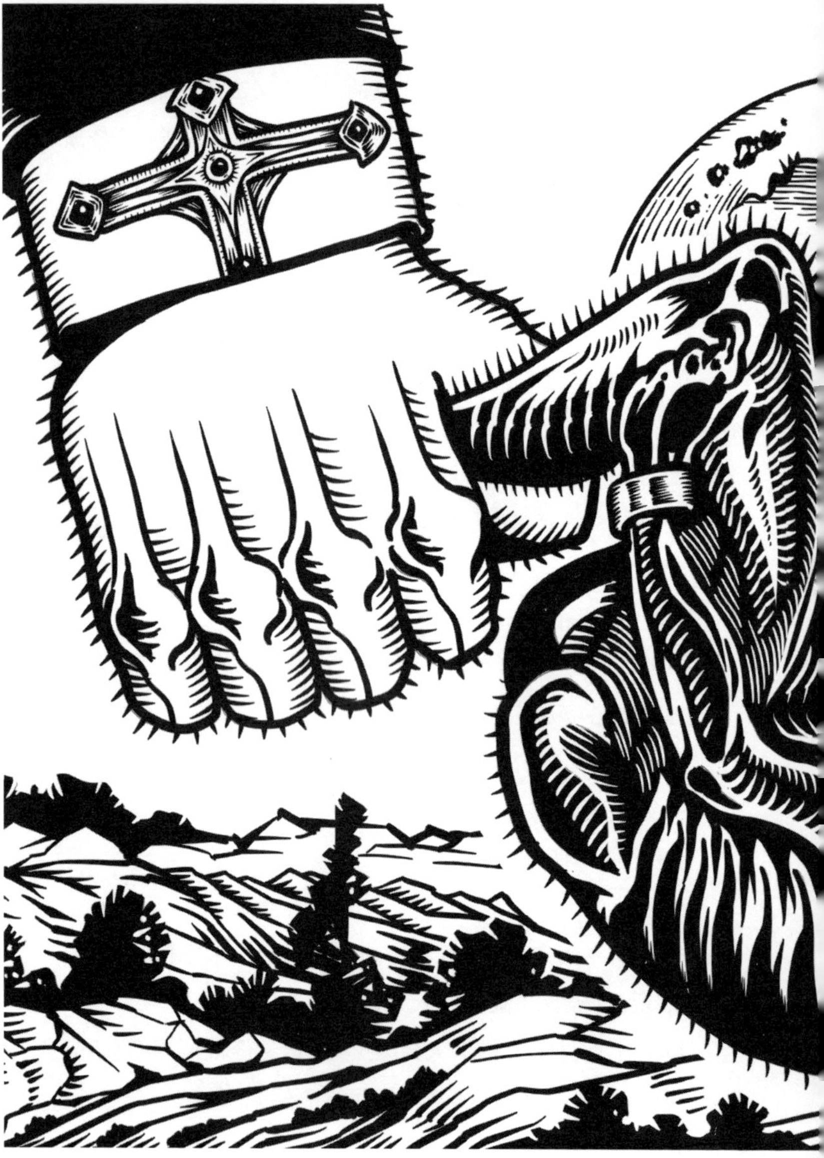

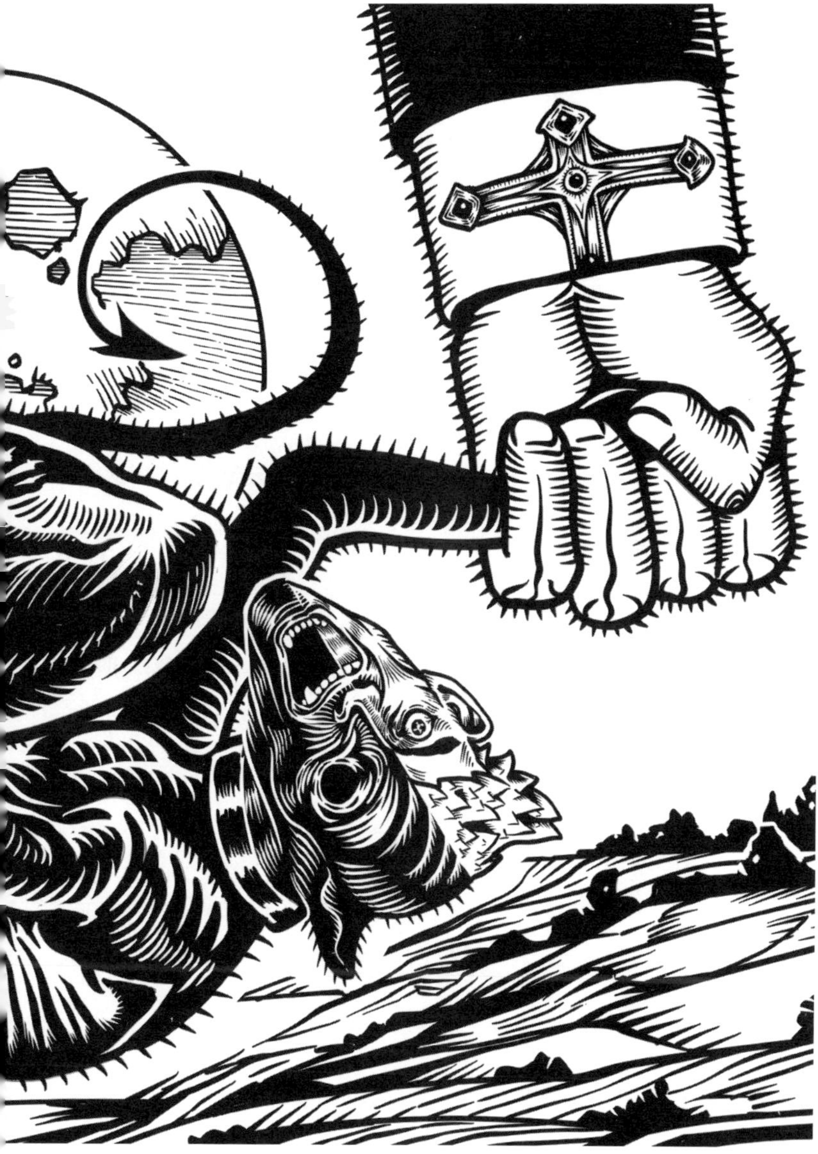

他很累。在过去几年里,对于他声音已经颠倒了过来:尖叫声变成了寂静,而它们突然间的停歇,反而成了噪声。那名囚犯跟我的低声交谈,把他从深深的沉睡中吵醒了。现在,他疲倦地点着头。我忽然发现,我不得不做的事,原来没有那么难。实际上,并不比向官方机构搬救兵更难。

我走回了我的房间,克里斯托弗斯修士仍在睡觉,躺倒在地。两个小时过去了。我站起身,返回到修道院院长的住处。

房门是关上的,但是并没有锁。

我小心翼翼地把门推开,把控着时机,让铰链的咯吱声刚好对上囚犯的尖叫声。我蹑手蹑脚地走进去。杰尔姆神父正躺在床上打鼾。

缓慢地,谨慎地,我把那根皮带挑了出来,略微惊讶于自己的技艺。埃林顿家的人从来没有入室盗窃过的经验。然而有一股力量,不像经验,却近似经验,操纵着我的手指。我找到了打结的地方,把结解开了。

温暖的铁钥匙滑入我的手中。

修道院院长动了一动,然后又平静下来。我沿路返回了大厅。

那个囚犯一看到我,立刻冲到了栏杆前。"他编了一套谎话说给你听,我敢肯定!"他嘶哑地低语说,"别理会那个肮脏的疯子!"

"别停下尖叫。"我说。

"什么?"他看到了钥匙,点了点头,然后又开始发出他那种难听的声音。我想,最开始,那个锁可能有点儿锈住了,但是我慢慢地调试了一下那块金属，钥匙适时地转动了。

那个男人从房间里迈出来，站在走廊里，仍然在号叫，用一种最可怕的方式号叫。当他爪子一样的手伸出来搭在我的肩膀上时，我有一瞬间感受到一点儿惊吓，但是这感觉很快就过去了。"走吧！"我们疯了一样地跑向外面的门，穿过铺霜的地面，直朝着村庄跑去。

夜晚漆黑一片。

我的双腿感受到强烈的疼痛。我的喉咙干渴难耐。我觉得我的心脏就要从原位上脱落了。但是我继续向前跑。

"等等。"

我又开始发烧了。"等等。"

在一排商铺旁边，我摔倒了。我的胸口被疼痛占满了，我的头被恐惧支配着：我知道那些疯子会从他们山顶上的那个黑暗的精神病院里冲下来。我朝着那个赤裸的多毛的男人呼喊："停一下！帮帮我！"

"帮帮你？"他笑了一声，音调很高，声音比那些尖叫还要可怕，然后他转身而去，消失在了没有月亮的夜里。

我昏头昏脑地找到了一扇门。

砸门声引来了一个端着来复枪的市民。最后，警察来了，听我讲述了我的故事。但是显然，杰尔姆神父和修道院里的修士们都拒绝承认。

"这位可怜的旅行者一直被肺炎带来的幻觉折磨。圣沃夫兰修道院里没有号叫的男人。没有，没有，当然没有。荒谬！现在，如果埃林顿先生要是愿意跟我们待在一起,我们很乐意——不吗?好吧。我恐怕你会在一段时间内都摆脱不了这种妄想,我的孩子。你看到的那些事都会显得很真实。格外真实。你会认为——这说起来真是太离奇了!——你把魔鬼放回了世间,战争即将来临——什么战争?可是战争难道不是一直都有吗?当然了!——你会认为这是你的错误。"——那双年老的眼睛燃烧着谴责的怒火!尖鼻子、大胡子的脑袋颤抖着,说出的每个词都带着愤怒!——"是你引发了不幸、苦难和死亡。而且你还会在未来的夜晚里,难以入眠,心神不宁,担惊受怕。真是太傻了!"

克里斯托弗斯,崇敬上帝的守护精灵,看上去又害怕又悲伤。当杰尔姆神父愤怒地甩袖而去后,他对我说:"我的孩子,不要责怪你自己。你的弱点正是他的把柄。是怀疑把那扇门的锁打开了。安心吧:我们会布下罗网追捕他,总有一天……"

有一天,怎样呢?

我抬头看向圣沃夫兰的修道院,清晨的光线描出了它的轮廓,我不禁思索,而且从那以后已经思索了一万次,那是不是真的。肺炎可以滋生妄想;妄想滋生幻觉。有没有可能,所有这一切都是我想象出来的?

没有可能。甚至在我返回波士顿以后,到埃灵顿-卡拉瑟斯-布莱克公司工作,长出了双下巴,鼓起了小肚腩,生满了皱纹,赚足了钱,我也还是不能接受那个答案。

那些修道士都是疯子,我想。或者那个号叫的男人是个疯子。又或者整件事就是一个玩笑。

我为每日的工作忙碌，就像每个人都必须做的那样，当然是心智健全的人，虽然人们可能也曾见过死而复生，也曾释放过神灯里的精灵，或者曾与龙搏斗，这些曾经应该都是很久很久以前了。

但是我就是忘不了。当来自因河畔布劳瑙的那个木匠的照片开始出现在所有的报纸上时，我越来越感到不安；因为我觉得自己之前见过那个人。当这个木匠侵略波兰时，我已经确定了。当世界被卷入战争的硝烟，城镇被开膛破肚，分崩离析，而我曾经造访过的那片宜人的乐土变成一片憎恨与死亡之地时，我每天晚上都会做梦。

每天晚上我都会做梦，直到本周。

有一张卡片寄来。来自德国。正面是一幅摩泽尔河谷的图画，展示着结满葡萄的群山，还有暗红的摩泽尔，便是用这些葡萄酿成的酒。

卡片的背面写有一则消息。落款是"克里斯托弗斯修士"，写的是（写了又写，写了又写！）：

"安心吧，我的孩子。我们又把他捉回来了。"

会集地

PLACE OF MEETING

一阵松散的清风从群峦间席卷而下,携着水晶的气味,裹着移动的潮气,透着秋季的凛冽。风自群山而下,吹入镇里,引起枯木嘶鸣,广告牌也呻吟作响。它甚至侵入了教堂,因为虽无人鸣钟,钟声却兀自奏响。

院子里的人们纷纷收住话音,倾听这锈迹斑斑的乐声。

大吉姆·克朗也听了听。然后,他清了清嗓子,拍了拍手——厚厚的手掌,生着茧子,布满劳动的污尘。

"好了,"他高声说,"好了,大家把心思收回来吧。"他从人群中走来,转过身,"清单在谁那儿?"

"这儿呢,吉姆。"一个女人边说边走上前来,手里拿着过一本活页文件夹。

"人都齐了?"

"都在了,除了那个德国人,格鲁宁——格兰格——"

克朗微笑起来,他把双手卷成了一个话筒的样子。"格吕宁格——巴拓德·格吕宁格在吗?"

一个留着络腮胡的小个子男人兴奋地大叫起来:"在,在!……那个墓地太难找了。"[1]

"好了,没事。我们就是想知道,你在不在这儿。"克朗仔细地研究了一下那几页纸。然后,他把手伸进工装服的屁股口袋里,抽出了一截铅笔,把笔尖放到了自己的嘴里。

"好,在我们出发之前,"他对这群人说,"我想知道这里有没有谁还有什么问题或者疑问?"他扫视了一遍人群沉默的面孔。"还有人不知道我是谁吗?都知道了?"

又有一阵风吹来,这次是疾劲的罡风,摧山走石。它撩起裙摆,扬起浸湿的头发;它掀倒了白镴花瓶,撞碎了枯死的玫瑰和绣球花,回旋的尘土,敲打着沙砾的坟墓。而风中干净的雨水气味已经消失了,因为风刚刚穿过散发着腐败生命恶臭的田地。

克朗在笔记本上打了一个钩。"安德森,"他叫,"爱德华.L。"

一个跟克朗穿着同样工装服的男人向前站出了一步。

"安迪,你负责的是斯卡吉特山谷,斯诺霍米什郡和金郡,还有西雅图等地。"

"是的,先生。"

"你有什么消息报告?"

"人们都死了。"安德森说。

"你到处都看过了?你仔仔细细地确认过了?"

---

[1] 原文为德语"Ja, ja!…s'warschwer den Friedhofzufinden."——译者注

"是的，先生。整个州都没有活人了。"

克朗点了点头，又打了一个钩。"可以了，安迪。下一个：阿瓦基安，凯蒂娜。"

一个穿着羊绒短裙和灰色衬衫的女人挥舞着胳膊从后排走上前来，开始说话。

克朗敲了敲他的手杖。"大伙儿注意了，都听一下。"他说，"不会说英语的人，你们也知道我们是在干什么——所以当我问你们问题的时候，你们只需要用上下点头（像这样）代表是，左右摇头（像这样）代表不是。这样对于我们当中记性不太好的人来说更简单一点。好吧？"

人群嗡嗡低语，轻声协商了一阵，院子里充满了噪声。那个叫阿瓦基安的女人不停地点头。

"好了，"克朗说，"现在，阿瓦基安小姐。你负责的是什么？……伊朗、伊拉克、土耳其、叙利亚。你有没有——发现——任何——一个——活——着——的人？"

那个女人停止了点头。"没有，"她说，"没有，没有。"

克朗在那个名字上打了一个钩。"我们看下一个是谁。波来斯拉夫斯基，彼得。你回去吧，阿瓦基安小姐。"

一个身着光鲜的城市衣装的男人轻灵敏捷地走到了树木间的空地上。"在，先生。"他说。

"你给我们带来了什么消息呢？"

那个男人耸了耸肩。"嗯，我跟你说，我仔仔细细地搜查了纽约。然后我又去了布鲁克林和新泽西。什么都没有，伙计。所有的地方,什么都没有。"

"他说得没错,"一个面色阴沉的女人带着颤抖的声音说,"我也在那儿。街上只有死人,到处都是,整个城市都是;甚至我看汽车里也有,还有办公室里面。到处都是死人。"

"查维斯,彼得罗。下加州。"

"全死了,长官。"[1]

"西奥多,鲁杰罗。卡普里。"

来自卡普里的男人狠狠地摇着头。

"登曼,夏洛特。美国南部。"

"都死了,棺材板都被钉上了钉子……"

"埃尔加,大卫.S……

"费拉齐奥,伊格纳兹……

"戈德法布,伯纳德……

"哈尔彭……

"艾夫斯……克拉耐克……奥布莱恩……"

名字像枪声一样爆炸在夜晚苍凉的空气中。很多摇头,很多人说:"没有。没有。"

终于,克朗停止了。他合上笔记本,摊开了他那双巨大的工人的手掌。他看到了那些圆睁的眼睛,颤抖的嘴,年轻的面孔;他看到了所有陷入恐惧中的人。

一个女孩开始哭泣。她跪在了潮湿的地面上,捂着脸,哭出声

---

[1] 原文为西班牙语"senor chief"。——译者注

来。一个老者把他的手放在她的头上。那个老者面露哀色。但是没有恐惧。只有年轻人才露出恐惧的神色。

"大家先别慌。"克朗沉稳地说,"不要慌。现在,听我说。我要再问你们所有人一次,同样的问题,因为我们必须确认。"他等到他们渐渐安静了下来:"好。现在,这里,就是我们所有的人,每一个人。我们已经盘查过了所有的地点。这里有没有任何人发现一点儿确凿的生命的迹象?"

人们沉默无声。风又停了,于是只剩下一片沉寂。在腐锈的电线围栏外,牛和马的尸骸摊散在灰色的草地上,而田野上则遍布着羔羊的尸骨。在死去的动物附近,并没有乱飞苍蝇也没有蛆虫翻掘。没有秃鹫,天空中没有鸟的踪影。无人耕耘、草木丛生的山丘绵延起伏,曾有数百万种声音隐在山中,和鸣,搏动,而现在,在所有的山中,在所有的土地上,只有沉寂弥漫,如时光一样寂静无声,如星辰的运动一样沉默不闻。

克朗看着眼前的人们:穿着灰色印花裙子的年轻女子;涂着明亮的色彩、刻着深深的疤痕的高个子非洲人;还有那个面相凶恶的瑞典人,如今,在这种灰色的暮光下,看起来已经不那么凶恶了……他看着所有这些高的矮的、老的少的、来自全世界的人,现在正紧靠在一起,聚成一个巨大而沉默的多语集体,落脚在这个乡下的会集地。这个地方一直以来都是孤独隔绝,被世人遗弃——甚至早在气体炸弹、疾病和飞速蔓延的瘟疫在三天三夜之间攻陷整个地球之前就已经被遗弃,这个荒芜的地方早就如此荒芜,被遗弃,被遗忘。

"跟我们说说吧,吉姆。"把笔记本递给他的那个女人说。她是新来的。

克朗把清单塞进了他工装服的大口袋里。

"告诉我们,"另外一个人说,"我们怎么才能活下去?我们要做什么?"

"世界都死了。"一个孩子呜咽起来,"死得透透的了,整个世界……"

"整个世——"[1]

"克朗先生,克朗先生,我们要做什么?"

克朗露出了微笑。"做什么?"他抬起头,透过悬浮在头顶的厚厚的暗色毒云,望向月亮所在之处,看到月亮在一片寒冷中升起。他的声音稳如泰山,但是却没有一点儿生命的气息。"就像我们中有些人以前做过的那样,"他说,"我们回去等着。这不是第一次。也不会是最后一次。"

一个胖胖的秃顶男子叹了一口气,他个子小小的,眼神透出悲哀。他开始在十月的黄昏中摇摆起来。他的身形轮廓摇摇摆摆,消失在月光照不到的树下阴影里。其他人跟在他身后,听着克朗的话。

"同样的事,我们还要做,而且很可能会一直做下去。我们回去,然后——睡觉。我们等着。然后,一切重新开始,人们重建他们的城市——流着新鲜血液的全新的人们——然后我们就会醒来。

---

[1] 原文为西班牙语"Todo el mund(mondo)","世界"一词没有说完。

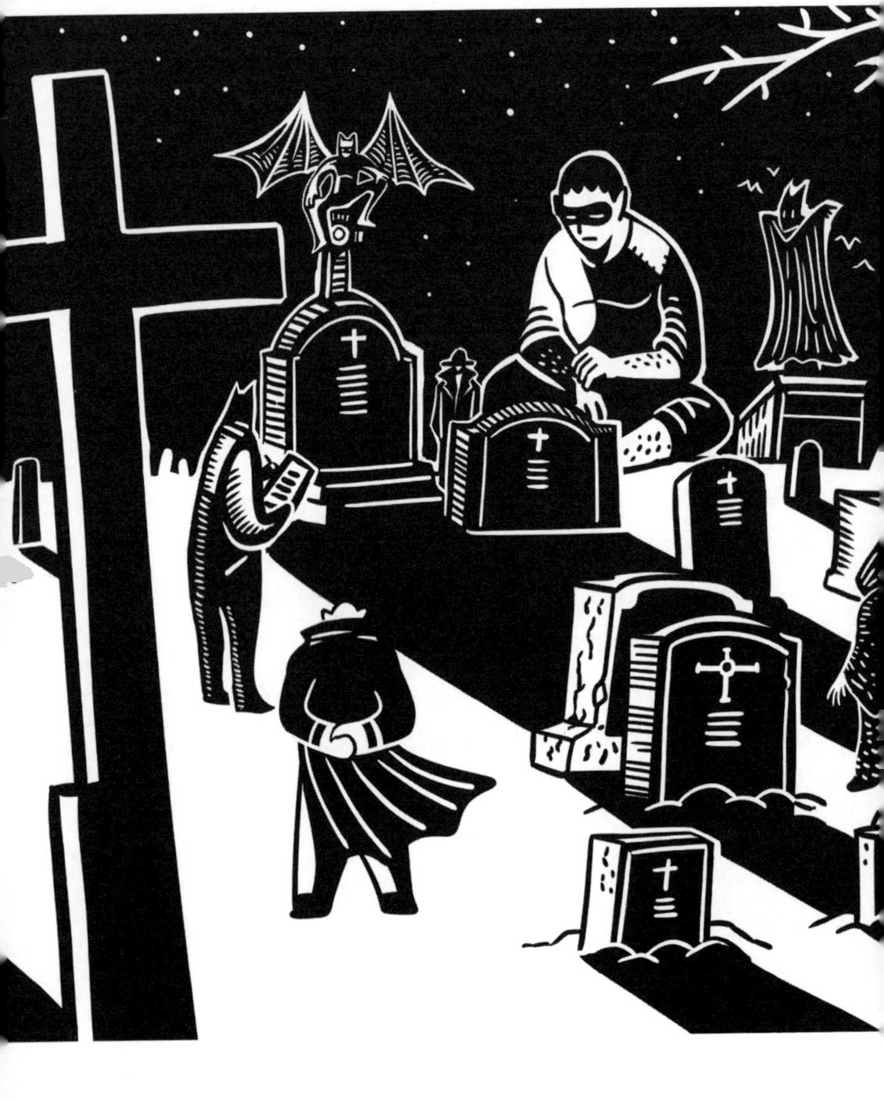

也许还有很长一段时间。但这也不坏。很平静，时间总会过去。"他举起一个十五六岁的小女孩，她的脸颊苍白，嘴唇通红，"来吧，快！怎么了，想想你们将一切建造起来的欲望吧！"

那个女孩微笑起来。克朗面对人群挥起手来，宽大的手，午夜金字塔的石头和毛瑟枪把这双手磨得坚硬粗糙，食品加工厂和货运公司的夜班在手上烫满了水疱斑点；印第安战斧和机关枪子弹的冲击让双手伤痕累累；而在灰尘没有罩住的地方，却露出白色的皮肤，毫无血色。这是一双苍老的手，比时间更苍老。

在他挥手的时候，风又从山间凌乱而至。它把白色尖顶谷仓里沉重的铁钟高高地吹了起来，让广告牌呻吟作响，扬起古老的尘埃，它们的嘶鸣再次穿透枯死的树林。

克朗看着空气变成黑色。他听着空气中充满扇翅、鼓翼和吱吱尖叫的声音。他等待着；然后他停止了挥手，叹了口气，开始行走。

他走向了一个布满藤蔓和浓密灌木的地方。在这里，他稍停片刻，望向外面的一片沉寂，那里长满了高高的暗草，坟墓拥挤地藏在草丛里，有卷轴花纹，有被染成银色的僵冷如石的孩子，在夜晚潮湿的黑暗中一动不动；他没有看那些十字架。人们都走了；这个地方一片空荡。

克朗踢开了落叶。然后他钻进棺材，合上了盖子。

他很快就睡着了。

免费的泥土

FREE DIRT

从来没有哪只家禽看上去死得如此彻底。它的骨头像火柴一样摞在盘子的一侧：苍白、干枯，在餐厅柔和的灯光下一丝不挂。只剩下骨头了，每一块肉，每一缕肉丝，都被娴熟的手法剥得干干净净。若没有这些，盘子就是一块巨大的发光的平板。

另外一些更小的碟子和碗都同守着贞洁。它们抵着彼此，闪着刺眼的光亮。一整片惨败的奶油色固在雪白的桌布上，没有肉汁留下的污迹，没有咖啡溅落的斑点，也没有面包屑、烟灰和指甲刮下的碎屑。

只有那死禽的骨头，还有硬化的红色凝胶散点布成的窗格花纹，怯生生地攀附在甜点杯子的底部，透漏出这些残骸曾经确是一顿晚餐。

艾奥塔先生不算是一个身形瘦小的男人。他轻轻地打了个饱嗝，把他从椅子上找到的报纸折好，检查了一下背心里有没有食物残渣，然后脚步轻盈地走向了收银台。

老太太瞥了一眼他的账单。

"没错，先生。"她说。

"好嘞。"艾奥塔先生说着，从他的屁股口袋里掏出一只巨大的黑色钱包。他漫不经心地打开钱包，在两只门牙的缝隙之间，打口哨吹着《玛丽的七重快乐》。

旋律戛然而止。艾奥塔先生面露难色。他看向自己的钱包里面，然后开始往外掏东西；转眼之间，钱包里所有的内容都散摊在外面了。

他皱起了眉头。

"先生，是遇到什么困难了吗？"

"噢，没有困难。"胖男人说，"其实没什么。"虽然钱包已经明显空了，他还是把它的两边翻开，上下翻转，不断地抖动，那画面不禁让人想起一只患狂犬病的蝙蝠在半空中忽然发病的样子。

艾奥塔先生露出了虚弱而不安的微笑，继续依次掏空了他的十四只口袋。不多时，柜台上已经堆起了高高的一堆杂物。

"好吧！"他不耐烦地说，"太荒唐了！太烦了！你知道发生了什么事吗？我的妻子离开家出门时，忘了给我留零钱了！见鬼，好吧——我的名字是詹姆斯·布罗克尔赫斯特，我是普里奥胶片公司的人。我一般不在外面吃饭，而且——给你，不，我坚持。这事让您感到尴尬，我也一样难堪。我坚持留下我的名片。如果您肯留下它，我会在明天晚上同一时间回到这里，把钱还上。"

艾奥塔先生把那张硬纸片塞到了收银员的手里，摇了摇头，把散落在柜台上的东西塞回口袋，从一只盒子里抽出一根牙签，离开了餐厅。

他对自己相当满意——这是白白获得某些东西之后不变的反应。一切都进展得丝滑顺利，这是多么令人愉快的一顿饭啊！

他向有轨电车的方向溜达过去，时不时地朝街边时装店窗子里没穿衣服的人体模特投去猥亵的目光。

时间过长的翻找车票像以往一样奏效。（混入人群中间，露出困惑的表情，不惹人注意，热切地翻找你的口袋，同时渐渐移出售票员的视野——然后，找一个远处的座位，开始读一张报纸。）在他过去四年的乘车时间里，根据艾奥塔先生的计算，他已经省下了211.20美元。

古老的电车左歪右斜，这并没有扰乱他心中温暖的恬然感觉。他匆匆地扫了一眼消遣板块，然后继续研究当前的字谜，它的奖金已经涨到几千美元了。几千美元，真正的白得。白白得到某些东西。艾奥塔先生爱死字谜了。

可是印刷字体太小了，简直无法阅读。

艾奥塔先生瞥了一眼站在他座位旁边的年长的女士。然后，因为这位女士眼里充满了疲惫的乞求和暗示，他又重新把眼神聚焦在电线交叉遮挡的车窗外了。

他看到的东西让他的心脏抽动了一下。他每天都会经过小镇的这一块，所以，他竟然之前没有注意到过，这简直太奇怪了——虽然，通常来说，路上看到"死囚区"这种不敬的字样几乎不会给人什么刺激——太平间，骨灰所，火化池，诸如此类，全挤进一个五个街区大小的空间里。

他拽响了停车信号铃,急匆匆地赶到了电车的尾部,打开了后车门。片刻之后,他已经走到了刚才看到的地方。

那是一个标识牌,虽然拼写足够正确,但是字体毫无艺术气息。它已经不新了,白漆鼓胀裂缝,生锈的铁钉上覆盖着几行脏兮兮的橘黄色滴痕。

牌子上写着:

免费的泥土

申请请至

百合谷

墓地

牌子钉在一面木板墙发霉的绿色墙面上。

此时,艾奥塔先生感受到一阵莫名熟悉的感觉袭遍了他的全身。每当他遇见"免费"这个词的时候,这种感觉就会袭来——那是一个有魔法的字眼,会对他的新陈代谢产生奇怪而美妙的作用。

免费。意思是什么,免费的本质是什么?嗯,就是白白得到某些东西。而白白得到某些东西是艾奥塔先生在这个尘世里最主要的快乐。

被"免费"提供的东西是泥土,这个事实并没有让他感到不快。他对这些事情几乎不会多想片刻;因为,他的道理是,没有什么东西是没有用的。

另外一些与这个标识牌有关的更加微妙的状况，他几乎毫不在意：为什么这些泥土会被赠送，从墓地里来的免费的泥土，从逻辑上来说，到底是从哪里挖出来的，等等。在这个关头，他考虑的就只有这些土壤可能的丰富价值，至于这么考虑的原因，他不屑于纠结。

艾奥塔先生个人的犹疑包含以下问题：这份赠予是不是一次诚信的买卖，还是说有些套路，让他必须得买些什么东西？对于他能带多少回家，有限制吗？如果没有，那么最好的运输方式是什么？

小问题！都能解决。

艾奥塔先生在内心做了一个类似微笑的动作，看了一圈四周，终于锁定了百合谷墓地的入口。

这片荒凉的土地，曾经支撑过一座绳线工厂、一家软垫公司和一件女鞋专卖店，如今瘫在一片毒瘴的水气中——鉴于最近没有沼泽湿地，这应该可以归结为那些林立的顶风大烟囱。那些坑坑洼洼的小土包，顶上插着十字架、木板和石头，在朦胧的雾色中散发着灰暗悲伤的暗光：不管怎么说，这是一片令人描述起来十足愉快的地方，同时很遗憾，这里不能描述它了——因为它在这样的夜晚看起来的样子跟这个胖男人，以及他将成为的样子，几乎没有任何关系。

唯一重要的是，这是一个到处是死人的地方，他们躺在地下，变质，腐烂。

艾奥塔先生加快了脚步，因为他厌恶浪费所有的东西，时间也不例外。很快，他就与接洽人相遇了，展开了如下的对话：

"据我所知，你们在提供免费的泥土？"

"正是。"

"一个人能要多少？"

"想要多少就可以要多少。"

"什么时候呢？"

"随便什么时候，基本上，总会有新鲜的。"

艾奥塔先生舒了一口气，仿佛某个刚刚继承了一生的遗产或获得了一个可观的支票账户的人一样。然后，他预订了下周六的时间，回家沉思令人愉快的沉思。

那天夜里九点一刻的时候，他突然想到了那些泥土可能派上的一个绝佳的用处。

他的后院，有一片赭土废地，干裂，分块，贫瘠，除了最恶心的杂草之外，什么都长不出来。在过去光景尚好的日子里，那里曾经生长过一棵繁茂的大树，是郊区鸟儿的天堂，可是后来，那些鸟儿凭空消失了，没有什么正当的理由，只不过那恰好是艾奥塔先生搬进这间房子的时候，然后，那棵树也变成了一个丑陋的光秃秃的东西。

没有孩子在这个院子里玩耍。

艾奥塔先生燃起了兴致。谁能说准呢？也许有些东西能够生长出来呢！他曾在很久以前给一家创业公司写信索要过免费的种子样本，收到的样本足以喂养一支军队了。但是第一批实验品萎缩成了坚硬、无用的种子,随后,被懈怠情绪占领的艾奥塔先生就把这项工程束之高阁了。现在……

一位名叫约瑟夫·威廉·桑图西的邻居甘愿忍受恐吓欺负。他出借了自己的老里奥卡车,几个小时之后,第一批泥土运到,被堆成了一个齐整的土堆。在艾奥塔先生眼中,它看上去美极了。他的热情盖过了这项任务本身的疲惫。第二批随后运到,然后是第三批,第四批,而当最后一批被倒出来的时候,天已经像煤仓一样黑了。

艾奥塔先生归还了卡车,沉入精疲力竭又还算愉快的睡眠。

拉开第二天帷幕的,不只有教堂钟声遥远的叮当响,还有艾奥塔先生手中铲子的铿锵声。铲子把挪来的墓地土壤铲平,分撒,压入脆弱的地面。看起来有种大洲板块的感觉,这些新的泥土:颜色黝黑,看起来,是乌黑而阴暗的:虽然太阳已经相当炎热,却一点儿也不干燥。

很快,院子里的大部分已经被盖住了,艾奥塔先生回到了他的起居室。

他及时地打开收音机,听辨出一首流行歌,把他的发现记录在一张明信片上,邮寄了出去,自信他要么能收到一只烤箱,要么就是一条尼龙裤,以慰他的辛劳。

然后,他打包了四捆东西,分别包括:一罐维生素胶囊,里面一半已经不见了;半罐咖啡;一瓶半满的除斑剂;以及一盒大部分已经不见的肥皂粉。他把这些邮寄出去,每一捆都配上一张潦草写就的纸条,发给那些为他提供了退货保障的公司,表达他彻头彻尾的不满。

现在，晚饭的时间到了。艾奥塔先生脸上泛着期许的光芒。他坐下来，面前的一餐包含各种佳肴：凤尾鱼、沙丁鱼、蘑菇、鱼子酱、橄榄和珍珠洋葱。然而，他并不是出于任何美学的角度而享用这类食物：只不过，这些物品都是小小的包装，小到足以偷偷地顺入某个人的口袋而不会引起忙碌的杂货店员的注意。

艾奥塔先生把盘子清得一干二净，甚至于没有一只猫愿意再去舔一舔它们，倒空的罐子也看起来如同新的一样，闪闪发亮：连它们的盖子都泛着光。

艾奥塔先生瞥了一眼他支票簿上的余额，猥琐地咧嘴一笑，然后走过去望着后窗的窗外。

月亮冷冷地挂在院子上空。它的光线从艾奥塔先生用免费的石头建造的高高的围墙上掠过，捉摸不透地溅洒在如今已成黑色的地面上。

艾奥塔先生略一思考，收起了他的支票簿，搬出了装着那些园植种子的盒子。

它们完好如初。

从那天起，约瑟夫·威廉·桑图西的卡车每周六都要被征用，连续用了五周。这个善人好奇地看着他的邻居每次回来都载回了更多的泥土，越来越多。他对他的妻子谈了谈自己对于这一切古怪事情的看法，可是她甚至连谈论有关艾奥塔先生的事都无法忍受。

"他一直在我们毫无察觉的情况下抢劫我们。"她说，"看吧！

他穿着你的旧衣服，他在用我的糖和作料，还借了他能想到的所有东西！借，我是说借吗？我想说的是偷。这么多年了！我还从来没有见过那个男人为任何东西付过钱！他到底是在哪儿工作，挣这么点儿钱？"

桑图西先生和桑图西太太都不知道，艾奥塔先生每天的工作就是坐在闹市区的马路牙子上，戴着深色的墨镜，面前摆着一只破旧不堪的锡制杯子。他们都有好几次从他身前经过，而且还给了他几便士，可是他们谁都没有看穿他聪明的伪装。他的伪装用品，都存在地铁站内一个免费的储物箱里。

"他又来了，那个疯子！"桑图西太太哀号起来。

很快，就到播种的时间了。艾奥塔先生在图书馆查询了大量的图书之后，经过深思熟虑，精确至微地行动起来。一行行整齐的西葫芦种在了肥沃的黑色土壤里，还有豌豆、玉米、豆角、洋葱、甜菜、大黄、芦笋、豆瓣菜，事实上，还有更多。当每一行都填满时，艾奥塔先生手里还剩下多余的种子没有处理，这时，他微笑着，把草莓种子和西瓜种子，还有未明确种类的种子分散着撒了下去。很快，纸袋包装就全空了。

几天过去，又快到再次前往墓地运新土的时间了，就在这时，艾奥塔先生注意到了一件奇怪的事。

黑色的土地开始呈现出微小的突起。仔细观察，就会发现，有东西开始生长。在土壤内生长。

要知道，如果深究起来的话，其实，艾奥塔先生对于园艺所知甚少。当然，他觉得这有点儿奇怪，但是并没有引起警觉。他看到有东西在生长，那才是重要的事。那些东西会成为食物。

他一边赞美着自己的好运，一边赶去百合谷，结果只收获了一次失望，最近去世的人不多。几乎没有什么泥土可以给他，还装不满一卡车。

啊，好吧，他想，到了过节的日子，事情总会有好转；而他把能拿走的都拿走了。

这次加土，见证了菜园作物生长的一次进步。幼芽和幼苗长得更高了，而这一大片拓展地远没有之前荒凉了。

直到下一个星期六到来之前，他都坐立不安，因为很明显，这些泥土对他的植物起到了某种施肥的作用——而免费的食物们还需求更多泥土。

但是下一个星期六却是一次惨败。甚至连一铲子的土都没有了。菜园开始干枯……

艾奥塔先生做出了一个令人震惊的决定，而这个决定，正是在尝试各种新的土壤和各种能想象到的类型的肥料（全部以尤赖亚·格林斯比的名字赖账）均无果的情况下，得来的结果。什么都没有用。他的菜园，本来会有丰足的可食用成果，如今已经跌落到历史新低的水准：它几乎已经回到了它最初的状态。而这是艾奥塔先生所不能忍受的，因为他已经在这项工程上投入了相当大的工夫，而这些工夫绝不能浪费。这已经深深地影响到他的其他营生了。

于是——带着生于绝望中的谨慎,他在一天夜里,潜入了那块灰暗而安静的墓碑所在地。他找到刚刚挖开而尚未下葬的墓坑,把它们已经挖好的六英尺深度又延长了一英尺。对于任何一个没有特意对比这种差异的人来说,这都是不明显的。

没必要提到这其中的每个环节,只需要知道,不多时,停在一个街区外的桑图西先生的卡车,已经填满了四分之一。

第二天的早晨菜园迎来了重生。

于是一切就这样继续了。当有泥土可得的时候,艾奥塔先生很高兴,当没有的时候——好吧,也不想念。而菜园不断地生长,生长,直到——

仿佛隔夜之间,一切都绽放了!不久之前还是一片干焦的小草原的地方,如今已经是百花齐放、绿植如茵的天堂。玉米从多刺的绿色外壳里暴凸出黄色;豌豆在半开的豆荚里闪着吸引人的绿光,所有其他美妙的食材都散发着充满生命力的光芒,炫耀着旺盛的精神。行行列列,纵横交织。

艾奥塔先生几乎被激动的心情击倒了。

作为一个活在当下的人,一个装罐技巧方面的白痴,他很清楚自己必须做些什么。系统有序地收集所有的食物碎块花了很长时间,但是他秉着耐心,终于把菜园摘干净了,只剩下野草、叶子和其他不可食用的东西。

清洗、去皮、串串、烹饪、蒸煮,他把所有美味可口的免费食物整齐有序地堆在桌子和椅子上,然后继续劳作,直到所有一切都已经做好了可以食用的准备。

然后,他开始了。从芦笋开始——他决定按照字母表的顺序进行——他吃掉了,干干净净地吃掉了,然后是甜菜、芹菜、欧芹、大黄,此时暂停了一下,喝了口水,又继续吃,小心翼翼地不浪费一丁点儿,直到他遇见了豆瓣菜。此时,他的肠胃已经在疼痛地扭曲,但是那是一种甜蜜的疼痛,所以他深深吸了一口气,然后,慢慢咀嚼,吃掉了食物的最后一点余渣。

盘子闪亮着白光,像一列鼓胀的雪花。一扫而光。

艾奥塔先生感受到一种几近性满足的快感——这意思是说,他已经够了……就目前来说。他甚至连打嗝都做不到了。

快乐的念头掠过他的脑海,如下所述:他最大的两种激情已经得到了满足;生命的意义象征式地上演,如同一个常人的生命得到了浓缩一般。这个男人脑子里想到的,只有这两件事。

他无意中看了一眼窗外。

他看到的是黑暗当中一个明亮的斑点。很小,在菜园尽头的某处——黯淡,而又分明。

花费了相当于一只雷龙从焦油坑里挣脱出来的努力,艾奥塔先生才从他的椅子上站了起来,走到门口,出门,走进了他那个被阉割过后的菜园。他拖着沉重的脚步,穿过了由豆荚、皮壳和藤蔓形成的悬荡的怪影。

那个斑点似乎已经消失了。他仔细地检视每个方向,眯起眼睛,努力地适应月光。

然后他看到了它。一个白色的叶子形状的，东西，一个植物，也许只是一朵花；但是它在那儿，肯定在那儿，而且整个园子只剩下这个东西。

艾奥塔先生惊讶地看到，它在地面上一个潜坑底部，离那棵死树很近。他不记得在自己的菜园里挖过这样一个洞，但是，总有邻居家的孩子会搞些恶作剧。他搞这件事的时候没有夺走食物，还真是幸事！

艾奥塔先生倾过身子，跨过那个小坑的边缘，向下朝那个闪光的植物伸手抓去。不知道是怎么回事，它拒绝着他的碰触。他又向前倾过去一点儿，又倾了一点儿，可他还是碰不到那个东西。

艾奥塔先生不是一个身手敏捷的男人。不过，就像一个画家努力遮盖最后一处位置放得有些尴尬的小点一般，他还是又向前倾过去了一点，然后，啪嗒！他从小坑的边缘跌倒了，落地时发出一种诡异的潮湿的扑通声。真是个可笑的麻烦，现在他不得不狼狈地爬出来。但是那个植物：他检查了坑底的地面，又检查了一遍，但是没有发现任何植物。然后，他抬头往上看，被两个发现吓破了胆：第一，这个坑比他以为的要深得多；第二，那个植物正在他头顶的空中摇摆，站在他刚刚还站着的坑边上。

艾奥塔先生肚子里的疼痛越来越严重。每一刻都比前一刻更疼。他开始感觉到肋骨和胸口上有一种不可抗拒的压力。

就在他发现这个洞口在他够不到的地方同时，他看清了这个白色植物在满盈月光下的样子。它看起来更像是一只手，一只巨大的人手，蜡白，僵硬，附着在地面上。风击打着它，它轻轻地移

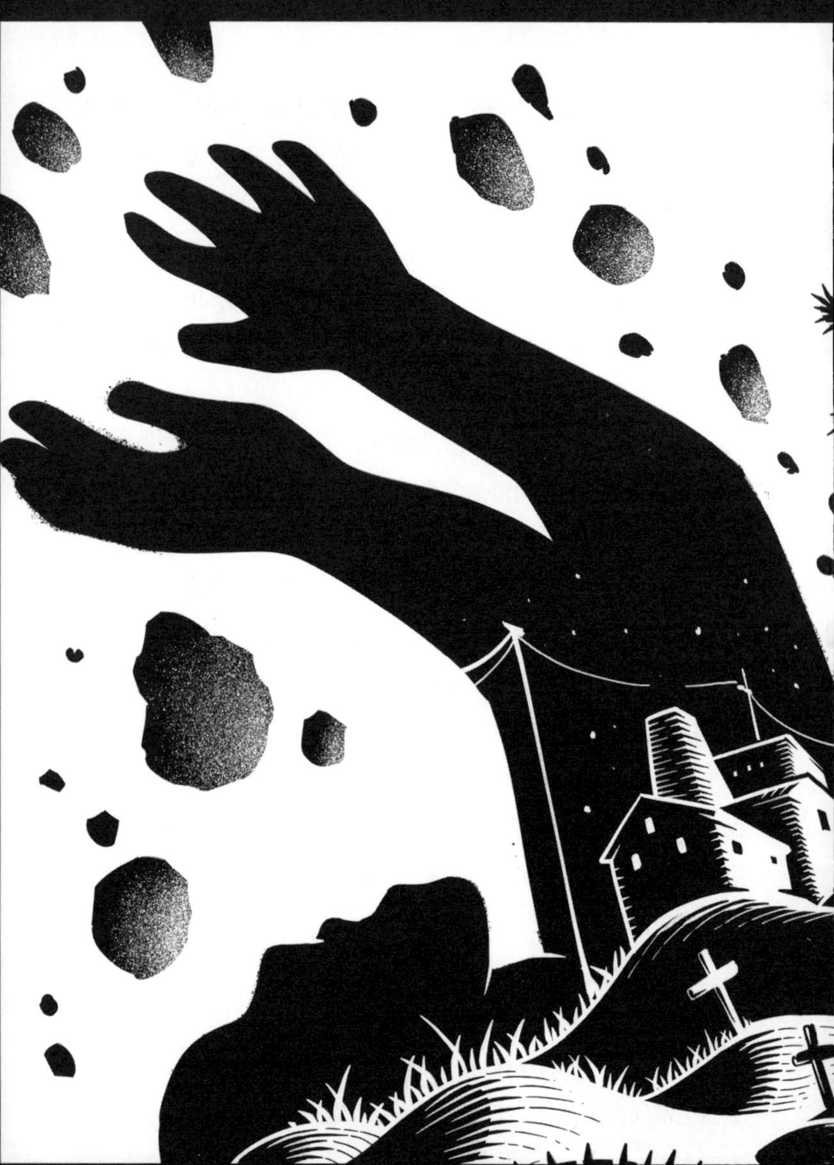

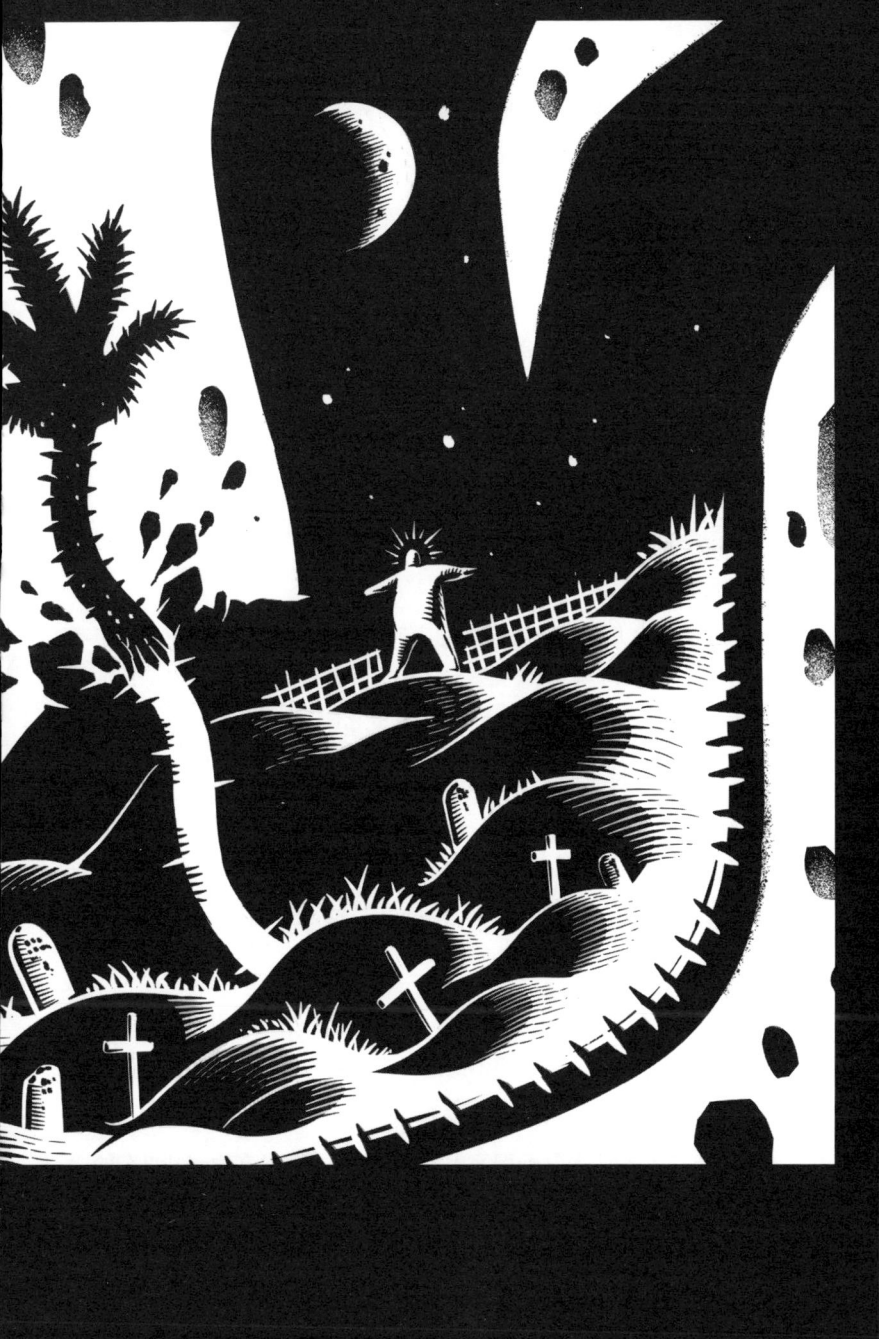

动,将泥土碎片像雨点一样洒在艾奥塔先生的脸上。

他思考片刻,对整个形势做出了判断,开始攀爬。但是疼痛太剧烈,他跌落下来,打起了滚。

又起风了,更多的泥土散落在洞里:很快,那个奇怪的植物抵着土壤来回推动着,泥土的碎片越掉越大。越来越多,越来越重。

直到此时都没有机会尖叫的艾奥塔先生,叫出了声。这声尖叫很成功,只不过没人听见。

泥土落下来,现在,艾奥塔先生膝盖着地,蹲在潮湿的泥土里。他试着站起来,但是站不起来。

在月光和风中,那只巨大的白色植物来回抖动着,继续洒下更多的泥土。

过了一会儿,艾奥塔先生的尖叫好像被蒙住了一般,沉闷了起来。

理由很充分。

然后,又过了一会儿,菜园静了下来,能有多安静,就有多安静。

约瑟夫·威廉·桑图西夫妇找到了艾奥塔先生。他躺在地板上,身前有好几张桌子。桌子上有很多盘子。桌子上的盘子干干净净,闪着亮光。

艾奥塔先生的肚子膨胀出来,腰带扣子崩开,纽扣弹落,拉链也被撑开。这景象,不能说不像是一头巨大的白色鲸从平静而孤寂的海面中好奇地探出头来。

"把自己吃死了。"桑图西太太说话的语气像是在为一则复杂的笑话总结陈词。

桑图西先生弯下身子，从胖男人死去的嘴唇上抠下一小团土壤。他研究了一下，产生了一个想法……

他试图摆脱这个想法。可是后来医生们发现，艾奥塔先生的肚子里有好几磅泥土——而且，说起来，其实只有土——桑图西先生听说后，差不多有一周的时间没能睡好觉。

他们抬着艾奥塔先生的身体，走过除了杂草外荒无一物的后院，穿过忧伤的死树和石头围墙。

他们给他举办了一场得体的葬礼。这完全是出自他们的善心，毕竟没人给提供经费。

然后，他们把他安葬在一处发霉的绿色木板墙的地方，那面墙上钉着一个小小的牌匾。

风吹起来，绝对是"免费"的。

黄铜音乐

THE MUSIC OF THE YELLOW BRASS

即使到现在,过了这么些年,他还是无法相信,一切发生得太快,太出乎意料了。多少年了?胡安尼特努力地回忆。三年。不。四年。四年的时间,睡在肮脏的篷车里,在公园的板凳上,在露天的地上,只有他那件满是泥土、脏得发硬的斗篷,帮他抵御着愤怒的风;偷窃,偷不到的时候,就乞讨;在剧院经理们所在的小路上奔跑("等来年吧!")——所有那些漫长的夜晚,做着梦。而现在。现在!

"我看上去怎么样?"他问。

"不错。"恩里克·科尔多瓦耸了耸肩说。

"只是不错吗?只是这样吗?"

年长的男人说:"听着,胡安尼特,听着。你太瘦了。简直是一个稻草人。"

"那又怎么样?"男孩露出了微笑,"穿上斗牛服[1],就不一样了。

---

1 原文为西班牙语 "traje de luces",直译过来是"光的制服",是西班牙斗牛士们在场上所穿的精致闪亮的传统服饰。

肚皮可不能给牛角奉上。是吧？"

"没错。"

"你是不是烦我了，恩里克？"

"没有。"

"可是你的样子明明是烦我了。"

"而你的样子像个傻瓜！"

"因为我很快乐？因为我表现出我的快乐来了？"

他们默不作声地走着。

"我知道。你担心我会搞砸。就是这样。你为我打点筹划，又帮我在大广场争取到一次斗牛的机会，而你在想，也许，他做不好——"

"闭上嘴吧。"

他们又走过了两个街区，一言不发。然后，胡安尼特看到了那个巨大的白色牌子，看到了酒店的玻璃门，还有门后贵气的酒红色地毯和水晶吊灯。他的心跳变快了。

"放轻松。"恩里克小声说。

他们走进酒店。在一扇厚厚的象牙色门前，年长的男人似乎犹豫了一下。然后，他用坚硬的手指关节敲响了木头，动作坚定，一下，两下。

"进！"

门开了。这是一个宽阔而奢华的房间，悬着明亮的挂毯，装饰着花边和披风，还有古老的银剑，吧台的上方，还嵌着一头公牛的头。

胡安尼特想吞一口唾沫，但是没能做到。他看了一眼人们，他们在大声地说话，四处走动，然后，他把自己模糊的视线转回到恩里克身上。

一个声音说："你好！"

恩里克没有微笑。相反，他点了点头，摸了摸眉毛。"我希望我们没有迟到，唐·阿尔弗雷多[1]。"

胡安尼特感受到了大块头的剧院经理在慢慢地逼近。一只沉重的手碰到了他的肩膀。"嘿，斗牛士。你不敢看我们吗？"

"不是的，先生。"

唐·阿尔弗雷多，阿尔弗雷多·卡马拉，咧嘴笑着，绕着他走了一圈，仿佛他昨天还是只蟑螂一般。他的脸闪着汗水的光芒，湿润的大眼睛下眼袋很重。他向前倾过身来。"那么，怎么样？你还行吗？"他问，"明天都准备好了？"

"是的，先生。"

那只手捶了一下胡安尼特的后背。"好！"然后，唐·阿尔弗雷多转过身，用一种高亢的尖叫声大喊："注意了！注意！"

房间里的人们噤了声。胡安尼特认出了他们中的几个人：弗朗西基多·佩雷斯，就在上周他才割下过两只耳朵和一条尾巴[2]；马诺

---

[1] "Don Alfredo"中 Don 一词是西语里对比较有地位的男士的尊称，放在名字前面，而非姓氏前面。意为"大人""先生"。但被翻译成中文时，往往会采取音译，例：Don Juan（唐璜），Don Quijote（堂吉诃德）等。

[2] 双耳加牛尾是斗牛比赛中级别最高的奖励。一般只有非常知名的斗牛士在完成了一场精彩表演后，才有可能获此殊荣。

罗·隆巴尔迪尼,本季度的偶像;伟大的加西亚,他从来不笑,每一次离开竞技场,大腿上都会留下血迹……

"你们已经听我说起过我的新发现了。"唐·阿尔弗雷多说,"好了,他就在这儿。胡安·加尔维斯。"

掌声响起。这是胡安尼特第一次听到掌声。甜美的、令人兴奋的声音!

"所以,你们终于见到他了。但是你们并没有见到真正的他,像我看到过的那样,也就是他面对牛角时的样子。那时,他才是最恐怖、最美妙的存在。是吧,科尔多瓦先生?"

恩里克又点了点头。

"快了,我的朋友们!这是一个奇观。我知道。不然的话,我怎么会让他走进大广场?"

有些人大笑起来。有些没有笑。

唐·阿尔弗雷多指着一个穿黑色裙子的女孩,打了一个响指。她倒了两杯龙舌兰,递给了恩里克和胡安尼特。

"另外一位是他的经理,也是他的剑童[1]:恩里克·科尔多瓦。他在一个月前来找我,为他的小子求情。'我们已经满员了!'我告诉他;你们知道的,'来年再来吧——'"

加西亚咯咯一笑,摇了摇头。

"但是,等等,这个家伙不屈不挠。锲而不舍。'唐·阿尔弗雷

---

1 原文为西班牙语"mozo de espada",专门为斗牛士服务,准备参赛用品的贴身助理,多为斗牛士最亲密的朋友或家人担当。

多,'他说,'我只请求您看他露一手。在大广场。看一看,您就能明白,他是一个明日之星。'他们是这么说的吧,哈?不过,恰好,佩雷斯本也打算过去——去排解一下他的宿醉。是吧,弗朗西基多?"

伟大的斗牛士用手比画了一个动作。"不是,"他说,"不是那么回事。你是个骗子,是个土匪。"

"太不友好了!"

胡安尼特站在那里听他们的对话,那只肥大的手紧紧地钳住了他,他的眼神越过佩雷斯,望到了房间的一角。

那里有一个女人,一个年轻的女人,穿着明亮的红色天鹅绒裙子,反衬出她光滑的肌肤和高耸的丰满胸部。

她正盯着他。

"像所有的斗牛士一样!"唐·阿尔弗雷多咆哮着说,"有一双发现美的眼睛。嘿!"

那个女人向他们走过来,步伐缓慢,她的臀部在天鹅绒裙子下若隐若现。

"这位,"剧院经理说,"是安德莉。我想她已经注意到你了,加尔维斯!"

恩里克嘟哝了一声,让到一旁。

"那么,年轻人,你难道不想认识这位女士吗?"

那个女人露出了微笑。胡安尼特又没法咽下唾沫了。他碰了碰她伸出来的手。

剧院经理的高音又尖叫起来:"一位害羞的斗牛士!上帝的

恩赐！"

女人走近了一点儿。"我很高兴终于见到你了，加尔维斯先生。"她说。

"是的，但是你明晚会更开心！因为到那时，他会成为全墨西哥的话题了！"

胡安尼特模仿着她的动作，拿起酒杯。龙舌兰滑进他的喉咙，像火一样。这让他的眼睛湿了。

"他一想到这儿，就哭了。"加西亚阴沉地叫道。

"这表示他有一颗敏感的心。"剧院经理回答说，"听着，你们每一个人，我还没有做完介绍呢！我说到哪儿了？"

"要抢劫一个瞎眼的奶奶，"佩雷斯说，"你被迫要把她揍晕——"

"没错！现在听着，我们拿到了一头小公牛。个头小，但是危险。是吧，弗朗西基多？"

"一向如此。"佩雷斯说。

"就在你完事的时候，记得吗？我看到了这位科尔多瓦。他是怎么通过守卫的，我猜不出来。不管怎么样，'让我这小子给您露一手吧！'他说，'只需要看几分钟！'我表示反对。'自不量力！'我对他说。但是，就像我说过的那样，他锲而不舍。为了让他断了念头，我答应了他的愿望。"卡马拉转向了那个女人，"安德莉，你知道后来发生什么了吗？"

"不知道。告诉我。"

"这个孩子，胡安·加尔维斯，冲进了场地，披着我见过的最脏的斗篷，然后说时迟那时快——当下，面对一头有搏斗经验的公牛！——他完成了一次完美的齐桂利纳耍法[1]。"

"不可能。"

"就是！然后又来了一次，然后做了个半维罗妮卡[2]——上帝啊，他让我兴奋得不得了！像一名观众一样。我的嘴都张开了。"

挨着隆巴尔迪尼的女孩咯咯地笑了起来。

"安静。他跟这头小公牛斗了十分钟，然后——"

"然后呢？"

"他被甩出去了。当然。"唐·阿尔弗雷多耸了耸肩膀，"但是那不是他的错。这头公牛到这个时候，已经能通过斗篷认人了。不管怎么样，你们以为他惊慌失措了吗？这位加尔维斯？他没有为此惊慌失措！他又上去了，做出了几下自艾尔·盖洛[3]时代以来我所见过的最漂亮的动作！"

穿着天鹅绒裙子的女人转过身。"不赖嘛。"她柔声说。

"所以，好吧，你们能明白了吧，你们所有人，我为什么毫不迟疑地就把他放在跟佩雷斯和隆巴尔迪尼同一张出场单上了。"这

---

[1] Chicuelina，斗牛比赛中的一个动作：斗牛士在身前耍披风，两腿并立，身体朝牛过来的相反方向转动，腰部要与冲过来的牛非常接近。

[2] Veronica，维罗妮卡，斗牛中的经典动作，通常表现为斗牛士将披风从牛的身上缓慢移开，同时双脚保持原地不动。圣维罗妮卡曾用一块布擦拭主的脸。圣徒手双握布两角拂过主面颊的动作与此类似，因而得名。

[3] 拉斐尔·高梅斯·奥尔特加（Rafael Gómez Ortega）又称为 El Gallo（直译：公鸡），来自 20 世纪初西班牙最著名的斗牛士家族。他的父亲和弟弟也都是知名的斗牛士。

个身材高大的男人哼了一声,"要是你们两个笨蛋不小心的话,这个小男孩就要把所有的荣耀也一并偷走了!"

胡安尼特的身体感到一阵刺痛。甚至只要跟这些人共处一室,对他而言就足够了,这些人在他眼里都是身着金衣的神明,但是听到这些话……

"可得打起精神,加尔维斯!"加西亚说,摇晃着他的手指,"不然我下次砍掉的耳朵就是你的了。"

每个人都笑了起来。然后,剧院经理松开了他的手。"听我跟你说,"他说,"你和安德莉熟络熟络。好好享受你们的时光。"

"好的,先生。"

"好。"卡马拉重重地拍了拍胡安尼特的胳膊,然后拖着脚步回到了人群中。出乎意料的,恩里克正在喝酒。大口地喝酒。喝完,倒满,再喝光。

"我该叫你什么呢?"那个名叫安德莉的女人问他。

"随你喜欢。"

"胡安尼特?"

"如果你想的话。"

留声机播放起一段快速的曲调,成对的人们开始跳舞。

"唐·阿尔弗雷多告诉我,你身手不错。"

"我尽力而为。你——爱看斗牛吗?"

"噢,是的。"她说,"这是我的热情所在。"

他们看看彼此,默然相对,就这么过了一会儿,然后,胡安尼特说:"不好意思,失陪一下。"随即走到了房间的另一侧。

"恩里克，我们回家吧。"他说。

"什么？为什么？"

"我累了。"

恩里克摇了摇头。"这会冒犯到唐·阿尔弗雷多的。"他说，"你想要冒犯那个给你机会大展身手的人吗？"

"不，当然不想。但是——"

"那就放轻松。现在还早只有九点钟。喝点酒，跟那个女人聊聊天。"

"你说过，女人对我没好处。"

"那只是说那些下贱女人。这个没问题。她是上档次的。你难道不喜欢她吗？"

胡安尼特知道她正盯着自己。"喜欢。"他说，"她很漂亮。"

"然后呢？"

"我不知道。"

"哎呀！把你的那副哭丧脸收起来，然后，让我好好享受一晚！"

胡安尼特退了回去。他认识这个男人这么久了，那么熟悉；但是他从来没有见过恩里克的这番心境。也许，他想，这是他兴奋的方式吧。当然了！没错！

"跳舞吗？"

那个女人，安德莉，踩着音乐的节点，轻轻移动。很年轻，胡安尼特判断着。也许不是像十九岁的他一样年纪那么小。但是也不会大太多。她的肉体结实饱满，每一处都很光滑——不可思议的光滑!

"如果你不跳,"她说,"我会告诉唐·阿尔弗雷多,他会很生气的。来,抓住我的胳膊。"

"对不起,但是我——"

"不,不!你跳得很好。就这样轻轻地把我转起来,这边,现在后退,这样。好极了!"

音乐越来越响,越来越快,很快胡安尼特就想起了蒂华纳的那个妓女教给过他的舞步。他开始喜欢上靠近这个女人的感觉了,虽然这仍然让他感到害怕。而且,他特别喜欢她拍拍手、甩起头然后用她的臀部轻轻碰一下他的时候。

"干得漂亮!"一个声音叫了起来,是唐·阿尔弗雷多。

"没错!"安德莉说,"他在我的脚上跳得很优雅!"[1]

胡安尼特听懂了这句玩笑,大笑起来。他从眼角瞥见了另外的几个男人——那些伟大的斗牛士——看见他们也在和他们的女人跳舞。

我是他们中的一员了,他心想,回忆起那些无休无止的梦。

他们接受了我,我是他们中的一员了!

安德莉现在出汗了。她那一头浓密的黑发,像一缕缕纤细的黑色金属,挂在她的脸上;她的眼睛像一汪池水,仿佛里面有灯光在游弋;还有她的嘴唇,在胡安尼特眼里,是全世界最柔软、最丰满

---

[1] 短语"Light on someone's feet",表示跳舞或移动的动作很优雅。此处应为"he is light on his feet"(他跳得很优雅),但原文却为"he is light on my feet",译为他在我的脚上跳得很优雅,是安德莉在开玩笑说胡安妮特的舞姿并不是很好。

的嘴唇,总是半张半合,露出最白皙、最整齐的牙齿,还有那藏在女孩子口中温柔夜色下如簧片般快速弹动的巧舌……

"再来杯龙舌兰吗,斗牛士?"

他想说不,不要了,但只是一眨眼,那个女人就不见了,又一眨眼,她却已经回来了。

"敬我们。"她说。

胡安尼特喝了酒。然后,当他的四肢已经轻飘飘起来时,音乐开始减缓,女人的身体紧紧地贴住了他,脸也凑到了他的脸旁。

"安德莉。"他说。

她的喉咙里发出了猫一样的声音。

"安德莉,你跟谁在一起?"

她慵懒地把头往后仰了一下。"跟你。"她呢喃着说。

"不。我不是这个意思。你是……谁的女人?"

只有那种猫一样的声音,从她的喉咙里传来。

"加西亚吗?"

"别担心。"她说,"你没有偷走我。"

"佩雷斯?"

"我是唐·阿尔弗雷多请来的客人。他是我的一位亲戚。"

"噢。"

"'噢'?你听起来有点儿失望呢,加尔维斯先生。告诉我,是不是只有偷来的果子才好吃?"

胡安尼特的脸热辣辣地红了起来。"不。"他说,"不,不是。"

"那么,为什么你都不敢咬一口呢?"

她的肉体贴着他燃烧，然后，他的脑子开始旋转。他看见了那头公牛的脑袋，失去生命的眼睛盲目地瞪着下方……"请原谅我。"他说着逃向了恩里克刚才喝酒的那个角落。当他走过去的时候，他发现大多数客人都已经离开了。那些斗牛士里，只有隆巴尔迪尼还在，躺在地板上睡着了。

钟表上显示，还有十分钟就到午夜了。

"嘿，斗牛士！你迷路了吗？"

唐·阿尔弗雷多突然伸出一只肥胖的手。他走近过来，带来一阵酒精和古龙水的气味。

"我不知道已经这么晚了。"胡安尼特说，把眼神从那张肥胖的、闪亮的脸上移开，"您看到恩里克了吗？"

"你的经理？那个丑家伙？"

"恩里克，我的伙伴。"

"他走了。"唐·阿尔弗里达·卡马拉坏笑着说，"龙舌兰喝多了。"

胡安尼特感到胸口一紧。在那么多夜晚里，偏偏是这个夜晚，恩里克丢下了他！一声招呼都不打就走了！"他是什么时候离开的？"

"一小时以前，两小时吧。怎么了？"

又一次，胡安尼特说不出话来了。

"他本来想带你一起走。"胖胖的男人说，用他一直在吸的雪茄头点燃了一根新的雪茄，"但是我指出，这太不公平了！我告诉他，我们会照顾好你的。所以……我们照顾得好吗？"

"很好，先生。"

"所以，那么，一切都好。"他的手指抠进了胡安尼特的胳膊，"听听懂行人的话吧，你必须冷静，放松，在大战的前一夜。这相当重要。相信我。"

"是的，先生。"

"早回家是一个老掉牙的妻子们的传说，一个幻想。根本行不通。你想要睡觉，但是你却会梦到第二天下午的事。它会在你的脑子里变得真实。那么真实。你听见人群尖叫，看见闸门打开……所以呢？根本就没睡。第二天，你已经是个残废了。符合逻辑吗？胡安·加尔维斯？有道理吗？"

胡安尼特点了点头。这跟他从恩里克那里听到的建议背道而驰，但是不知为什么，听起来像是那么回事儿。当然，他肯定会梦到……

"我很抱歉，唐·阿尔弗雷多。"

"抱歉什么？去吧，现在，回去找点儿乐子。让你自己精疲力竭。然后踏踏实实地睡一觉！"

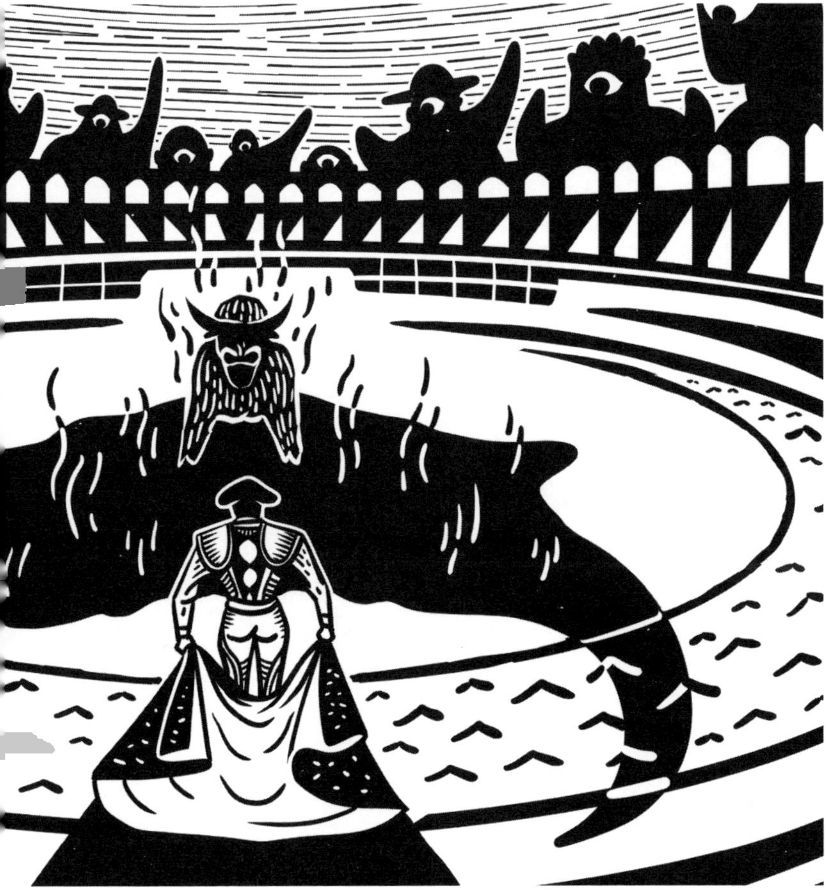

胡安尼特看着这位剧院经理转身回头，回到沙发椅上摊开四肢，咯咯地笑，压在了穿黑色裙子的女人身上。

"你的饲养员丢了？"

这句话充满嘲笑的意味。他转过身。安德莉正对着他微笑，她的身体仍然在随着音乐舞动。

"恩里克不是我的饲养员。"他用一种缓慢、平稳的语气说道。

"不是吗？那么，谁是呢？"

他朝她迈了一步。"没人是。"他一把将她拉到自己身前，用尽了浑身的力气紧紧箍着她，"没有人。"他生气地重复着，"没有人。你明白吗？"

她睁大了眼睛，想要设法从他的怀里溜出去，可是胡安尼特抱得更紧了。"明白。"她最后还是开了口。他的手向上移动到她的头发里；慢慢地，他强迫她的嘴唇贴上了自己的嘴唇；然后，感受到一股奇怪的新体验扫过全身，他松开了这女人。

她盯着他，眼神发生了变化。然后，她走向象牙色的壁橱门，又转身回来。

"帮帮我。"她说。

他拿着那件深色的毛外套。

"你有车吗？"

"没有。"他说。

"我有。"她用自己的胳膊挽住了他的胳膊，"来吧。"

胡安尼特回头扫了一眼房间。阿尔弗雷多正从一帘灰色的烟雾后窥视；他的脸上毫无表情，一点儿表情都没有。

门关上了。

在另一个房间里,在城市的另一边,另一扇门也关上了。

"给我们倒杯酒。"女人说,指着黄色大床边的床头柜。

胡安尼特从抽屉里取出一只弧形的银色烧瓶,旋开了瓶塞,让它在小小的钢链上晃荡着。他的心跳得很快,这感觉就像曾经,他要在夜里潜入大农场里偷东西时,借着星光和影子与公牛搏斗。他害怕。但也正因如此,他才知道自己绝不能逃跑,不能退后一步。

他斜着脑袋,让液火灼烧着喉咙,顺流而下。然后,他把烧瓶递给了女人。

她喝了酒。他看见她颈部的肌肉在动。

几分钟的时间,两人便把那只银色烧瓶里的酒喝光了。

然后,女人脱下外套,甩到了一个角落里。在贝壳形状的单泡台灯的昏暗灯光下,她的红裙子烧进了胡安尼特的眼睛。

他向她靠过去。她很快地闪开,扭着身体大笑起来。

他摇了摇头。他又一次扑向她,她又一次躲开了。

"嘿!公牛!"女人柔声地说。

胡安尼特冲击,错过,撞到墙上。

"公牛!公牛!"

然后,他感觉到了手里的天鹅绒。柔软如光,火热如伤!那么炙热!

"等等,加尔维斯先生!"

他拿开了双手,五指张开,看着安德莉首先脱去颈子上围着的黑色细带，接下来是裙子，鞋子，丝袜……

"现在，我的斗牛士。"她低声说，向他靠了过来，"让我们瞧瞧唐·阿尔弗雷多说的那些身手吧！"

占据他脑海的，不是真正睡眠的黑暗，而是，取而代之，明亮的午后阳光，人群的鲜艳色彩，他脚下拖鞋碾过的沙粒，风，还有那扇弧形闸门，正在缓缓打开，里面欢声雷动——安德莉……

"不！"

他感觉到自己的胳膊被一个坚实、熟悉的力道抓住了。

"恩里克，先别。我很累。我还得多睡一会儿！"

"见鬼！"恩里克的嗓门巨大，"起来！"

胡安尼特跳了起来，因为水打到了他的脸上。忽然的移动让他察觉到脑袋里的疼痛，肌肉里的疼痛，还有胃里空荡荡的抽搐。

"你真是一团糟！"

他睁开眼睛，小心翼翼地，然后又合上了。他想要试图记起什么来。"几点了？"

"晚了。"

"我——恩里克，恩里克，给我倒杯水。"

"自己去倒！"

带着疼痛，他移动到水槽旁，开始喝水，直喝到喝不下了，才停住。然后他转过身说："对不起。"

年长的男人哼了一声。他走到窗边，在那里站了片刻。终于，几分钟之后，他开口说："算了。"

"你不生气吗?"

"不。"恩里克·科尔多瓦说。他换上了一副新鲜的表情——一种和蔼、温柔的表情。"这些事,它们总要发生的。"他说,"你还年轻。我猜偶尔一次也不会伤害到你。你感觉怎么样?"

"还好。"胡安尼特说了谎。

他的经理点燃了一支雪茄,吸了一口。"你之前从来没有过上档次的女人。"他说,"你喜欢吗?"

"我不记得了。"

"如果你不记得了,那么你就是喜欢。"

胡安尼特露出了微笑。他胃里的疼痛很剧烈,但是他因得知恩里克没有生气而感到的放松更加强烈。"你不应该抛下我的,老爹。"他说。

恩里克的脸沉了下来。"别那么叫我。"他说。

"开个玩笑。"

"现在不是开玩笑的时间,蠢货。现在是思考的时间。"

"我从来不太擅长这个。你就是我的大脑——"

"不!我不是你的大脑!我不是你的老爹!我只是恩里克,只是恩里克,明白吗?"

"当然!"胡安尼特说,忍着他的愤怒和不解。"当然,没问题。"他试图打口哨吹一段墨西哥流浪音乐的调子,但是停下了,因为他吹出来的东西听起来很糟,"你——想要下去看看牛棚吗?"他问,"我想看看我的小公牛。"

"不,第一次看牛会倒霉。我见过它,它没有什么特别的。就是一个长角的大块头公牛。"

"大块头，你说？"

恩里克耸了耸肩。"没什么。"他重复说，"你不会遇上麻烦的。"

"我还是不敢相信。"胡安尼特说，往他的头发里撒了一点水进去，"昨天我们还在饿肚子。那个在迪奥斯港别墅的家伙——你还记得吗？——迪亚兹；他甚至都不愿意让我碰一碰他那头珍贵的种牛。可是现在，今天——"

恩里克双手一拍。"没时间发傻了。"他说，"新闻记者会来。我们必须横扫千军。"

两小时过后，那些人来了。有一个，是留着小胡子的瘦子，总是挂着微笑；但是那微笑，胡安尼特明白，是因为他并没有对一个斗牛士助手[1]抱太大期望。斗牛士助手几乎总是在第一轮就脸部着地摔出局。

但是我可不是个助手，他心想。

他这么想着，直到比赛开始前的一个半小时。这时，人们已经填满了看台，就座，开始讨论前景。然后，恩里克展开了那件昂贵的斗牛服。

慢慢地，仿佛在塑造一座异域的雕像，他把胡安尼特打扮了起来。先从裤子开始，紧身的；然后，是膝盖上的流苏；然后是衬衫、夹克、背心，还有修长的红色"四手结"领带。

---

[1] 原文为西班牙语"Novillero"。斗牛比赛开始后，在真正的斗牛士们上场前，通常是斗牛士助手负责引逗，让公牛在几个回合的飞奔下，消耗掉最初的锐气。

"好了，主斗牛士[1]。"他说，往后一退。

胡安尼特看着他镜子里的样子。这是他第一次穿上"光的制服"，他为此感到亢奋和骄傲。"主斗牛士。"他低声重复，把这个词一遍又一遍地在脑海中滚动起来，"恩里克，这种感觉很对，恩里克。这么一套勇敢的装备。谁会穿成这样还害怕啊？"

经理人捡起了雪茄，重新点燃。"这身不错。"他只说了这么一句。

"也许，"胡安尼特说，露出了坏笑，"我们应该把我留在家里，送这套衣服上战场，哈？"

恩里克没有笑；他拿起发髻[2]，也就是"猪尾巴"，把它架在了胡安尼特的头上。

"来吧。"他说。

他们走出门，坐上已经等在门外的车，穿过拥挤的街道，前往大广场，一路无言。

当车停下的时候，恩里克说："你感觉怎么样？我的意思是，说真的？"

"不错，不错。"

---

1 原文为西班牙语"Diestro"，直译为右利手，又被称为 Torero。为主斗牛士。斗牛士是一个固定的班底统称。斗牛过程是由一名主斗牛士，三名花镖手和两名长矛手共同完成的。

2 原文为西班牙语"moña"（又称 pig tail），19 世纪，斗牛士通常会将留好的长发盘成发髻，传统上，如果主斗牛士要退休，就会在最后一场比赛结束的时候割断发髻。如俗语所说"cut the pig tail"（割断猪尾巴）。

"骗子！"

胡安尼特摇了摇头。"不。"他说，"是真的。要不然，我在生命中最伟大的这一天还会有什么感觉呢？我们梦想、谈论的这一天，恩里克，这么多年！还记得吗？想一想那些日子。"

经理人冲出了车。他大汗淋漓，手指颤抖。人群的声音响起，然后，突然间，音乐奏响。他往后靠在椅背上，闭上了眼睛。

"受苦受难的基督啊！"他说。

"怎么了？"胡安尼特问，"你生病了吗？"

"是的。"恩里克·科尔多瓦说，"是的！病了！"他用双手捂住了脸。"胡安，"他用沉闷的声音说，"听我说。听我说。我是个蠢蛋，比世界上最愚蠢的公牛还要蠢，我现在是刀抵着脖子，跟你说这个——"他把手从脸上拿下来。他的眼睛现在变得像梅子一样黑暗，冰冷；一直在转动。"我不是一个杀人犯！"他说。

"我不明白你在说什么。"

"那就听着，我告诉你！如果你还没有那么迟钝，那么笨，你自己早就应该已经猜到了！这生意——它是假的，从头至尾，全是假的，胡安尼特！都是被设计好的。你理解吗？"

"不理解。"

"你以为唐·阿尔弗雷多为什么会让你上阵？"

"因为他看到了我战斗，因为他喜欢我那两下子！"

"你那两下子！妈妈呀。你没有两下子，胡安尼特；一下子都没有！这很伤人，伤得很深，但是我们已经说到这了，不管怎么样，都已经说到这了，所以我打算坦诚地跟你讲明白。"年长的男人停顿了一下，然后继续说了下去，前言接后语，片刻不歇，"你不是把好手。你从来都不是。我见过比你好上百倍的斗牛苗子。但是我守着你，因为你知道怎么偷东西，反正，我也不喜欢自己一个人。那是真的，有一阵，我以为我能教给你一些东西——但是我不能；没有人能。你毫无希望。除了胆量你一无所有。"又停顿了一下，"一天晚上，我们在这座城市里，饥肠辘辘，我走去洛尼诺咖啡馆。想去看看能不能借点儿钱花。我撞到了一个叫佩佩特的男孩，他是唐·阿尔弗雷多的手下。他告诉了我一些事。也许我会感兴趣的事——"

"接着说，恩里克。"

"我会说的！那个男孩告诉我，大广场最近生意不好做。他说，已经有很长一段时间，没有斗牛士被杀死了。太长时间了。人们都失去了热情。他们厌倦了。"

胡安尼特的手指狠狠地擦着他衣服上的金线。

"我喝多了。"恩里克继续说，"这个佩佩特，他把我带到了剧院经理的酒店。那个死胖子给我开出了一千比索的价格，胡安尼特。一千！向一个已经一周没有吃过东西的人！"

"他给你开出一千比索的价格，是要买什么，恩里克？"

"你的脑袋！很简单。拿到那笔钱，我要保证提供一个没有技术的斗牛士。几天之后，卡马拉观看了你跟佩雷斯的公牛战斗的那场可怜的表演，就是为了确认。然后生意就谈定了。你懂了吗？"

胡安尼特一动不动地坐了几分钟，听着音乐和人群的声音。他仍然无法相信："你难道不认为我能对抗一头小公牛吗？"

"小公牛！"恩里克用一块手帕擦了擦前额，"听着，他们为你准备的这头公牛都能听懂拉丁文。它之前曾在农场里参加过比赛；很多次。它比任何一个斗牛士都聪明两倍。"

"那——那个女孩，安德莉，昨晚的？"

"当然！是为了百分百地确保。那个女孩，那些酒！"

"一切。"

"一切。"恩里克降低了声音，"我们走吧。"他说，"我已经拿到了三分之一的钱，够我们赶几英里的路了。然后我们可以躲一两个月……"

胡安尼特止住了涌起的热泪。念头一个接着一个在他的脑海中跳过。他转向窗子，看见了那张贴在大广场墙上的浮夸的海报。

伟大的斗牛表演！伟大的斗牛表演！

3位不可思议的斗牛士对抗3头公牛

弗朗西基多·佩雷斯——莫诺罗·隆巴尔迪尼——

胡安·加尔维斯……

"不。"胡安尼特说，转过身去。

年长的男人停下了擦脸的动作。"你疯了吗？"他说。

"也许我是疯了。"

"胡安尼特，相信我，求你了！我在这行已经混了二十年。你一点儿机会也没有。全都对你不利。你最多坚持三分钟,一秒钟都不能再多了。"

伟大的斗牛表演……胡安·加尔维斯……胡安尼特打开了门。加尔维斯……

"别傻了!我告诉你的是真相!"

"我知道。我相信你。"

"那你在做什么?来吧,快,趁我们还有时间!"

"有时间?干什么?再继续挨饿、偷窃、逃跑吗?有时间做那些事吗,恩里克?"

"那总比你的肠子被一头畜生抠出来强啊!"

"是吗?"胡安尼特看着那个作为朋友的男人说,"咱们走吧。"他说,"已经晚了。唐·阿尔弗雷多一定开始担心他的投资了。"

恩里克·科尔多瓦犹豫了。"你以为你会走运。"他说,"当然。你以为你会走到场子里,像马诺莱特一样战斗,哈!割掉双耳和一条牛尾,在唐·阿尔弗雷多的眼前吐口水。胡安尼特,我背叛了你。我承认。但是你必须相信我现在说的话。你想的那些事情,只有在故事里才会发生。真相是,你从离开防护板的一瞬间开始,就已经是个死人了。躲过一次,躲过两次,也许甚至是三次——你会提起信心。所以,下一次更靠近一点儿。也许来一次齐桂利纳;为什么不呢?但是那个动物根本不在乎斗篷。突然间,你看到它朝你冲过来了。你想要跑,但是不行,那样太懦弱了。最好咬牙坚持,交给老天来决定。但是上帝听不见你的祈祷,胡安尼特。然后就已经太晚了。太晚了!牛角刺入,像一把剃刀,深深地,然后再挑起,穿破你的肚皮——"

"你带家伙了吗?"胡安尼特问。

恩里克·科尔多瓦瞪圆了眼睛,然后他叹了一口气。"我带了。"他说。

"把它们准备好吧。"

无形中,年长的男人直起了腰。他的眼中出现了什么东西,某种完全新鲜的东西。"好的。"他用一种平静的语调说。

胡安尼特走进了大广场。孩子冲他尖叫。他听着那些尖叫声。他把它们收集起来。那些尖叫,那些老木头软软的味道,还有牛群刺鼻的气味,上面的人群。人们看着他,带着悲伤、爱和尊敬;他把这些强行塞入自己,把过去和未来强行驱赶出去,为了现在,这个犹如金子般的此时此刻。

在武士小礼拜堂里,他摸了摸白色的花边,跪下,画了一个十字,像每一位斗牛士都会做的那样。

然后,时间到了,他踏入了斗牛士入场的门,站在弗朗西斯卡·佩雷斯的左边,他正在向自己致意;再然后,伴随着黄铜的音乐,他向斗牛场进发了。

当下的时间填满了他的生命。笔挺地站在午后的阳光下,他看着佩雷斯利落地打发了他的公牛;然后,隆巴尔迪尼被奖励了一只耳朵。

"现在到二选一的时候了。"恩里克·科尔多瓦小声说,"你现在还能退出。"

但是胡安尼特没有听见那些话。

等待的时候,他顺着围栏阴暗的一侧,在那些脸上搜索,找到了她。

"安德莉,这是为你而去。"他说,"我把死亡献给你。"

然后,他听到了声音膨胀起来,鼓声;他转回了头。

弧形闸门开始打开,慢慢地。

慢慢地,从黑暗的中心,浮现出一个形状。

胡安尼特露出了微笑。迈步走上温暖而宜人的沙地,他想不通,自己究竟做过什么事,竟配得上这份好运。

幻梦

TRÄUMEREI

听到那个声音,亨利·里奇的手猛地一抖。马提尼几乎全洒在了他的袍子上。他跳起来,狂躁地擦拭那些污点。"活见鬼!"

"汉克!"他的妻子重重地合上了手中的书。

"好吧,你还想指望什么?那个扰人的蜂鸣器——"

"——是一个完全自然的、正常的蜂鸣器。你只不过是太心烦了,亲爱的。"

"不。"里奇先生说,"我不是'只不过是太心烦了,亲爱的'——七年了,每次有人想进来的时候,我都要听那个女妖的哀号。好吧,我摊牌了,你明白吗?要么它走,要么我——"

"好了,好了。"里奇太太说,"你犯不着为了它小题大做。"

"怎么说?"

"什么怎么说?"

里奇先生沉重地叹了一口气,瞪着他的妻子,把没剩多少的马提尼放在桌子上,向门口走去。他滑开门链。

"这是什么街边旅馆吗?"

里奇先生打开了门。"马克斯——见鬼了,现在这个时间,你到底在干什么?"

一个四十多岁的男人走了进来,他身材高大,面带微笑。"我也可以问你同样的问题。"他一边说,一边把帽子和围巾扔向一把椅子,"可是我太体贴,太为人着想了。"

他们走回后面的起居室。里奇太太抬头看了一眼,皱起了眉头。"哦,我的天。"她说,"好极了。现在我们三缺一了。"

"露丝只不过是太心烦了。"里奇先生说。

"好吧。"高大的男人说,"不管怎么说,在这座房子里偶尔看到一次不和谐,感觉还是不错的。你好,露丝。"他走到吧台边,找到了马提尼搅拌器,把罐子里的酒全都倒进了一只酒杯里。然后他一口喝光了。

"嘿,悠着点儿!"

马克斯·卡普兰转身面向招待他的主人们。他看起来比平常老了不少,脸上的坏笑不再像顽童一样调皮了。"亲爱的伙计们,"他说,"当我死的时候,我不想看到身边还有装满酒的瓶子。"

"噢,哈哈,这真是太好笑了。"里奇太太说。她正用手按摩着自己的太阳穴。

"能博得夫人一笑,我深感快慰。"卡普兰追着里奇先生的眼神,"嘀嗒嘀嗒嘀,小小老鼠,看着表盘数……"

"噢,闭上嘴吧。"

"啊,哦,抱歉。"高大的男人安静地又调了一批酒,然后把三只酒杯重新斟满。他坐下来。时钟作响,那是一种深沉而又尖利的黄铜声,在房间里越来越响。卡普兰把头靠在沙发扶手上。"不到一小时了。"他说,"连一小时都不到了——"

"我早就知道了。"里奇太太站了起来,"你刚走进来的时候,我就知道了。我们还不够紧张,噢,不,现在我们不得不听听这位伟大的城市编辑发言,听那些新闻背后的新闻。"

"非常好!"卡普兰摇摇晃晃地站起身。他喝醉了;醉态开始显现。"如果这里不欢迎我,那么我就到其他地方去呼出我的最后一口气。"

"别介意。"里奇太太说,"坐下吧。我已经受够了这次熬夜。如果你们两个坚持想要像一对丧尸那样一直坐到某个点,好吧,那是你们的事。我要上床了。我要睡觉了。"

"这个女人。"卡普兰嘟囔着,喝光了杯中的马提尼,"钢铁一般的神经。"

里奇太太盯着她的丈夫看了片刻。然后,她说了一句"晚安,亲爱的",就朝门口走去了。

"明早见。"里奇先生说,"睡个好觉。"

马克斯·卡普兰咯咯地笑了起来。"没错,真真睡个好觉。"

里奇太太离开了房间。

高大的男人搜摸出一根香烟。他瞥了一眼时钟。"汉克,看在上帝——"

亨利·里奇叹了口气,重重地倒在了椅子里。"我试过了,马克斯。"

"有吗?你试过——我的意思是——所有的办法了吗?"

"所有。最好还是面对这个事实吧:这个男孩会被烧死,按时按点。"

卡普兰张大了嘴巴。

"别想了。州长不会同意减刑的。随着公众的血脉偾张,他知道这对他的选票意味着什么。我们就连企图去尝试都是愚蠢的。"

"卑劣的秃鹫。"

里奇耸了耸肩。"他们饿了,马克斯。你别忘了,这个州已经有两年多的时间没有过一起死刑了。他们饿了。"

"所以一个可怜的蠢小孩就要为了他们的快感而被活活烤死吗……"

"先缓一秒钟。别跑题了。就是这个可怜的傻孩子,冷血地杀害了乔治·桑德森,然后强奸了他的老婆,就在不久之前。如果我没记错,你当时送给他的评价是'凶残的谋杀犯'。"

"那是报纸。现在是你和我。"

"行了,收起你那种谴责的表情。谋杀加强奸——兄弟,这是板上钉钉了。"

"你在比蒂身上做到过,你帮他逃过了一劫。"卡普兰提醒他的朋友。

"运气罢了。公众的情绪——比蒂是一个老人,弱不禁风。听着,马克斯——你能不能别拐弯抹角了?"

"好吧。"卡普兰缓缓地说,"他们——今天下午让我进去了。我又跟他聊了聊。"

里奇点了点头。"然后呢？"

"汉克，我告诉你——这让我不寒而栗。我发誓。"

"他跟你说了什么？"

卡普兰紧张地吸了两口香烟，眼睛牢牢地盯着时钟。"我进去的时候，他正在躺着，身子紧紧地蜷缩在一起。试图入睡。"

"继续。"

"听见了我的声音以后，他惊醒过来。'卡普兰先生，'他说，'你一定得让他们相信我，你一定得让他们明白——'他的眼睛睁得特别大，而且——汉克，我害怕。"

"怕什么？"

"我不知道。就是他吧，也许。我不确定。"

"他还保持着原来的口径？"

"没错。但是这次更糟了，不知怎么，更强烈了……"

里奇试图保持微笑。他想起来了，很好。非常好。整个故事都很疯狂，正常来说，足以让那个孩子躲过死刑，转移到刑事精神病院去。但是有一点儿太过疯狂了，所以精神病专家不肯相信。

"我忘不了他的话。"卡普兰接着说。他闭上了眼睛。"'先生，告诉他们，告诉他们。如果你们杀了我，那么你们都会死。整个世界都会死……'"

因为，里奇记起来了：你们都不存在，你们任何一个人，都只存在于我的脑子里。你不明白吗？我在睡觉，所有这一切都存在于我的梦中。你们自己，你们的妻子，你们的孩子，都是我梦里的一部分——当你们杀了我之后，我就会醒来，你们就走到终点了……

"好吧,"里奇说,"这是挺新鲜的。"

卡普兰摇了摇头。

"行了,马克斯,振作起来。你这样子,好像是之前从来没有听过疯子说话一样。从元年开始,人们就一直在预言世界末日了。"

"当然了,我知道。你用不着高高在上地指点我。只不过——好吧,这个特别的疯子到底是谁?我们除了他被捕的日子之外,对他一无所知。甚至他的名字都是我们给编的。他是谁,从哪儿来,家在哪儿?"

我的家……永恒的世界,世界的永恒……我必须毁灭、伤害、杀戮,在我每一次醒来之前……然后我必须又一次入睡……总是如此,总是如此……

"听着,每座城市里都有上百个流浪汉。就像这个男孩子一样,没有朋友,没有亲属。这不代表什么。"

"这么说,他在你看来一点儿古怪的地方都没有,是吗?你是这个意思吗?"

"他是古怪!可我还从来没有见过一个不古怪的谋杀犯呢!"里奇回想起那张瘦骨嶙峋、光滑到没有毛发的脸,那双没有表情的眼睛,那个纤瘦苗条的年轻的身体,动起来总是奇怪地、犹豫不决地抽搐,还有他断断续续的话音。

一刻钟的钟点响了。还有十五分钟就到十二点了。马克斯·卡普兰擦掉了额头上的汗。

"再说了,"里奇用一种有点儿过高的嗓门说,"这显然是荒谬的。他说——什么?我们是他正在做的一个梦,对吗?好吧——

那么我们的父母、他们的父母、那些从来没有听说过这个孩子的人呢?"

"这也是我最先想到的事。你也知道他的答案。"

里奇哼了一声。

"好吧,好好想想,上帝见证。他说每个梦本身都是一个完整的单位。你——你难道没有做过噩梦,里面出现了你之前从没见过的人吗?"

"做过,我想,但是——"

"很好,即使他们是你潜意识的投射——或者不管叫什么鬼东西——他们都是完整的,不是吗?他们去某处、做某事,都只靠自己的力量?"

里奇不说话了。

"他们去的地方,做的事情?明白吗?那个孩子说,每个梦,甚至我们的梦,都会搭建起一个完整的世界——完整的,有过去,而且——只要你保持睡着的状态——还有未来。"

"胡说八道!那我们呢?当我们睡觉和做梦的时候?还是说,当我们陷入无意识状态的那段时间,就是他醒来走动的时候?别忘了,每个人都不是在同一时间睡觉的——"

"你错过了要点。汉克。我说它是完整的,是不是?睡眠不也是这个模式中的一部分吗?"

"再喝一杯吧,马克斯。你已经迷糊了。"

"胡说,我没有迷糊。这是说得通的,见鬼。"

"你醒了以后去哪儿呢?"

"到我家。你不会明白的。"

"然后呢？"

"然后我再睡觉，再梦到另一个世界。"

"你为什么要杀死乔治·桑德森？"

"杀人并接受惩罚，这是我永恒的命运。"

"为什么？为什么？"

"在我的世界里，我犯下了一桩罪行；这是我的世界给我的惩罚，这个命运。"

"那么试试这么想吧。"里奇说，"那个孩子被吓得不能自理。既然他无论如何都会醒来，那么为什么不坐下来欣赏呢？"

卡普兰的眼睛张大了。"汉克，你睡得有多深？"

"那跟这有什么关系？"

"我的意思是，你做过梦吗？"

"当然。"

"有过特别栩栩如生的梦吗？跌下楼梯，遭受折磨，类似这种？"

里奇喝了一口他的酒。

"你当然有过。"卡普兰牢牢地盯着时钟。几乎到午夜了。"那么努力回忆一下。在那种梦里，你感觉到的那种乐趣——或者痛苦——是不是几乎真实到仿佛你正在真正体验一样？我记得有一次我做了一个噩梦，梦见我老爸。他在地下室逮住了正在抽烟的我——我当时八岁或九岁，我猜。他把我的裤子扒下来，开始用他的皮带抽我。汉克——他打疼了我，很疼。真的很疼。"

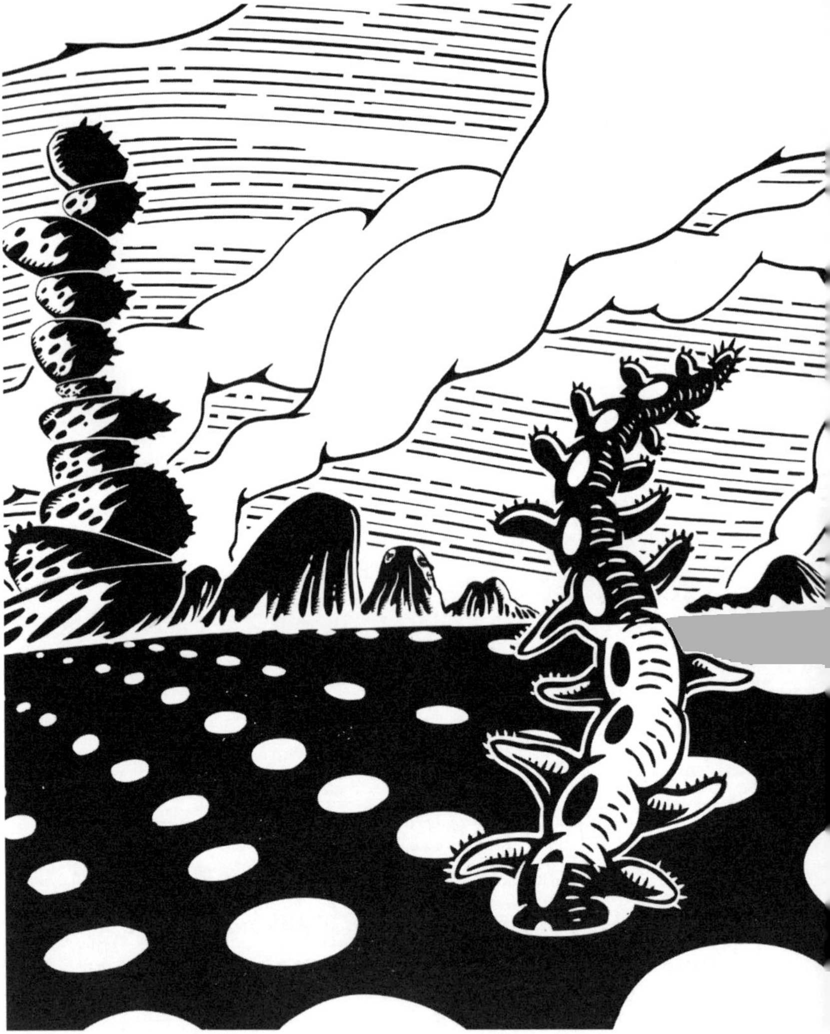

"所以你的意思是……"

"在我的梦里，我努力地想要摆脱我老爸。他在地下室里四处追着我跑。好吧，这跟那个男孩的情况一样——只不过他的梦比我的梦生动百倍，仅此而已。他知道他能感受到那个电椅，感觉到电流烤入他的身体，感受到死亡在他的喉咙里沸腾，就好像他在上帝的见证下正亲身坐在那里一样……"

卡普兰停下了话音。两个男人静静地坐在那里看时钟那近乎无法察觉的行进。然后，里奇跳了起来，又走到了吧台边。"该死的，马克斯。"他叫道，"现在你搞得我也有点儿心神不宁了。"

"别逗我了。"卡普兰说，"你自己早就开始心神不宁了。我不知道你是怎么通过刑事律师考试的——你真是一点儿撒谎的本事都没有。"

里奇没有回答。他慢慢地倒着酒。

"看看你和露丝,朝对方大喊大叫的。此外还有一点也露馅了。你帮这个孩子辩护的样子——高明、老练。你是绝不会为一个普通的证据确凿的小杀手做到这种地步的。"

"马克斯,"里奇说,"你疯了。我告诉你,就在十二点过一秒,我要带你出去吃一块你有生以来见过的最大、汁水最丰富、最上等的牛排。我请客。然后,我们一醉方休,大笑到爬不起来——"

里奇的脑海里突然出现一幅牛排的画面,上等牛排,在电烤炉上吱吱作响,血汁噼噼啪啪地四溅。他用力把这幅画面从脑子里赶了出去。

整点的时钟敲了起来,亨利·里奇和马克斯·卡普兰一动不动地站在那里。

他展开身子。僵化的关节发出干燥的爆裂声,将清醒阵阵刺入他的体内,终于,二十英尺长的壳,在蒸汽腾腾的岩石上伸直了。他睁开眼睛,所有眼睛,一只接着一只。

起泡的池塘对岸,很远的地方,越过白石喷泉,他看到它们正在赶过来。它们有很多个,轻盈敏捷,都是巨大的蛇形的东西,长着很多条胳膊和腿。

他试图移动,但是石头盖在他的身上,他动不了。四下张望,他能看到悬崖的边,他记起了下面上千个无底洞。渐渐地,其他的记忆聚拢成型,他记起了一切。

他转向那只最大的生物。"你告诉他们了吗?"他知道这会是一场可怕的刑罚，比上一次的火刑更糟糕，糟糕百倍。众多的手指开始拆下厚厚的壳，把它从他的身上剥落下来，留下黏糊糊的白色的柔软肉体裸露在外，忍受着热和疼痛。"告诉他们，让他们理解，这只是我正在做的一个梦——"

他们把囚犯抬到悬崖边，延宕片刻，让他饱览眼下的眩晕和下方深处张口吮吸的东西。然后，众多只紧张兮兮的手把他推入了前方的空洞中。

他很长一段时间都没有醒来。

夜骑

NIGHT RIDE

    他是个干瘦的白人男孩,一双眼睛带着吸毒后的迷离,双手无处安放,但他有那副表情。他跌跌撞撞地绕过桌子的样子,孤身一人。他把坐凳猛地抽出来,然后坐在上面一动不动的样子。你能看出来,他不是在寻找音乐。音乐已经找上了他。而他还可以等。

    马克思说:"已经 high 了?"

    我摇了摇头。这是刚打完针的模样,得再等等,意识才会模糊起来,才会慢慢 high 起来。"笨蛋家伙,也许吧。"我虽这么说着,可心里并不这么想。

    "给他点儿刺激,迪克[1]。"马克思轻声说,"让他 high 起来。"

    我用不着这么做。那孩子的双手爬上了琴键,直接就落在了准确的调子上。双手开始缓慢而悠然地滑动起来,从容不迫。没有前

---

[1] 迪克是文中迪肯·琼斯的昵称。迪克每次在用第三人称称呼自己的时候,都会说他的外号——"迪肯执事"。

奏。没有和弦。仅仅就是，在这忽然之间，音乐就出来了。就这样持续了好一阵子，我的老天爷，怎么可能没人注意到呢？

在这个买卖毒品的屋子里，伴随着那些重复的呢喃和跟唱，我能听真切的实在是不多，但听到的仅有的那点儿也是足够了。这才是真正的音乐，千真万确，没有任何出乎意料的地方。"迪肯执事"说得一点儿都没错。蓝调。开端：乐段被依次排开，然后轻轻带过，每一个音节都有无数即兴的演绎；紧接着，所有这些乐段最终汇聚一处，形成完整的旋律，浑然一体。这本是刻在骨子里的本能才能做到的，但这男孩学得很快，有这个能力，而且他并不为后天学成感到羞愧。

马克思一言不发。他眼睛一直闭着，耳朵却一直竖着，我知道他被牢牢吸引住了。我只希望这不再是以往那些噪声。这一年里，我们已经换了六个乐手了。

不过确实没有这样的。

那孩子火速演奏了一些老掉牙的曲子，如《圣詹姆斯医院蓝调》和《比尔·贝利》，但是他对它们所做的"大刀阔斧"的改编堪称恶毒。圣詹姆斯仿佛变成了一个爬满了蜘蛛、毒蛇和尖叫泼妇的地方，而贝利则变成了一个在自己的女人最需要他的时候却将她抛弃的无耻浑蛋。他演奏的《星尘》，就像一个童子军正在帮一个瘸子过马路。你想了解有关《甜蜜的乔治亚·布朗》的事吗？只不过又是一个因为太累了而没法接客的下流妓女而已，仅此而已。

当然，没有人知道他在做什么。在客人们听起来，那些粗糙响亮的变调、滑音和小调音符就只是错误而已；或者，也许那些耳朵甚至都没注意到这些。

"他叫什么名字？"马克思说。

"大卫·格林。"

"等完事之后，让他过来一下。"

我从人群中切出一条路过去，拍了拍那个孩子的肩膀，做了个自我介绍。他的眼睛里露出了一点儿生气。并不多。

"马克思·戴利就在这儿。"我说，"他想跟你说几句话。"

八个音符过后，你就连碰也不想再碰《劳拉》了。"好吧。"那孩子说。

我走了回去。他暂时放下"凶残的利器"，按原样演奏了《谁》，或者说差不多按原样。反正，跟我昨晚听到的差不多，当时天气太热，我睡不着，就出去走了走。关于盒式钢琴，有个很有趣的地方：有数百万个家伙能搞定它，他们可以快速演奏，弹准所有的音符，天马行空地转调。但是你会发现，在那数百万人里，也许只有一个人能突围而出。而且很可能，他并不能演奏得很快，而且也不愿从 C 调里挪出来。严格地说，大卫·格林也不能算是技艺超群的演奏家。他并没演奏所有的音符。只弹出了"该弹"的那些。

过了一会儿，他走过来，坐下。

马克思抓过他的手。"格林先生，"他说，"好一双'乱七八糟'的手。"

那孩子点了点头；这可能是在说"谢谢"。

"你演奏得并不多，但大部分还不错。迪肯喜欢。我也喜欢。"他摘下墨镜，异常缓慢地把墨镜折了起来，"格林先生，我很少夸人。"他说,"打嘴炮,确实可以消磨时光,可是我到这儿来还有别的原因。"

一个穿着绿色纱笼式女裙的小妞儿从烟雾中现身。带了点儿这个,带了点儿那个。"先生们?"

"布什米尔和苏打水。"马克思说,"如果没苏打水,那就布什米尔,什么也不加。格林先生呢?"

"一样吧,就你说的那玩意儿。"他说。

是时候了。我站起身,喝光了杯中剩下的马提尼。马克思总是喜欢独自谈生意。"我得去打个电话,老板。"我说,"外面跟你会合。"

"也好。"

我告诉那个孩子,也许我们还会再见,他说,当然,也许吧,然后我就退下了。

外面又热又潮,新奥尔良就是这样。我沿着波旁街[1]的一侧溜达,又沿着另一侧走回来,寻思着姑娘。去了家小酒馆,可酒掺了水,舞娘也不懂行。一个矮小的南部姑娘,紧张得发抖,脸颊通红。她那样子就像个转笔刀。我放弃了这个地方。

爵士也许是在新奥尔良诞生的,但显然,它已经离家太久了。

马克思正在"懂你俱乐部"门口等我。他既没有微笑,也没有皱眉。我们走了几个街区。然后,他用那种耳语一样轻的声音说:

---

[1] Bourbon 新奥尔良法国区一条著名的古街,得名于该市建立之初,法国当时的波旁王朝。街上有许多酒吧、餐厅,还有脱衣舞俱乐部。

"迪克,我想我们现在也许可以开始表演了。我想我们也许找到了一个乐手。"

我感到很骄傲,没错;这就是我的感觉。"哟吼。"

"但是,一定得妥善处理。这孩子有麻烦。很大的麻烦。"

他咧嘴一笑。是那种刽子手在被捕的杀人犯面前才会闪现的笑,可当时的我并不知道。我甚至不知道这里头还掺和了犯罪的事儿。我满心想的都是,"天使乐队"有了十根新手指。

我们在住处分开了,但是火车要等第二天晚上 8 点才开,所以我自己去参加了一个派对。那并不管用。我整晚都梦见那个小女孩,我不断地开车撞她,倒车,再撞她,看着她流血。

有趣的是,其中一次,车里的人不是我,是马克思,而那个小女孩变成了大卫·格林……

那孩子在孟菲斯跟我们会合了。没有行李箱,穿着同样的衣服,挂着同样的眼神。我们当时正在孔雀厅做连续五晚的夜间演出,表演相当顺利,但是没有什么值得拍照上墙纪念的事儿发生。大卫听了一轮,拍了拍马克思的贝斯。"我来了。"他说,"要让我加入吗?"

马克思没答应。"先听。这一段过后,我们再谈。"

孩子耸了耸肩。要么他就是压根不在乎,要么他就是走神了。"你好,琼斯先生。"他说。

"你好,格林先生。"我说。聪明的家伙。他瘫在一张椅子上,把脑袋支在自己的胳膊上,就这样待着。

大家都兴致索然，所以我们演奏了几首普通的舞曲，假装表演了一场即兴演奏，差不多就这样蒙混到两点。然后，我们收拾打包，向酒店出发。

"这是天使乐队。"马克思说。他之前没有说，而是等到我们都集中了注意，全部在场，才依次介绍。"迪肯·琼斯，你已经认识了。他是一名小号手，还能吹短号，有时候，当我们在加州表演的时候，还吹长笛。我是贝斯手。这你也知道了。那边那个高个子、丑家伙，是博德·帕克，吉他手。罗洛·弗戈和帕内利·莫斯，萨克斯和长号。休吉·威尔森，单簧管。西格·舒尔曼，我们的鼓手，就是我右边这位安静的若有所思的家伙。所有人凑在一起，就是世界上最好的——当他们想要成为最好的时候。先生们，我们的新钢琴师大卫·格林。"

那个孩子看起来被吓到了。他伸出一只手，无力地挥了一圈，仿佛但愿自己身在皮奥里亚。当马克思向他抛出那个惯常的问题时，他几乎跳了起来。可谁不会跳呢？

"我们是一支爵士乐队，格林。你知道爵士是什么吗？"

大卫向我这里瞥了一眼，用手拢了一下自己的头发。"你告诉我吧。"

"我告诉不了你。没有人能告诉你。那是个蠢问题。"马克思很开心。如果那个孩子尝试给出一个答案，那就糟了。"但是我可以告诉你一个关于它的事实。它是一套词汇。一种说话的方式。你可以拥有一套小的词汇体系，也可以拥有一套大的词汇体系。我们的词汇体系庞大，因为我们的脑子里有很多东西。如果你想跟'天使'

合得来,就必须记住这一点。"

西格开始在一张桌子的桌面上敲打某种节奏,颇有些不耐烦。

"还有一件事。你必须忘掉分类。有些乐队在斯托里维尔街,有些在灯塔酒吧;有理性音乐,有直觉音乐——总是要么这一种,要么那一种。好吧,我们不那么干。爵士就是爵士。有时候,我们会花一整周的时间在传统音乐上打磨,翻过身,继续奇科·汉密尔顿未竟的道路。不管是哪样,只要我们觉得它最好就够了。这全都取决于我们此时此刻的心情。懂了吗?"

大卫说他懂了。每当马克思像这样陷入狂热之中开始说教的时候,你都不会有争辩的打算。因为他是认真的,而且他知道自己在说什么。也许这已经是我们大多数人第二十次听到这套说辞了,可它还是有道理的。实际说来,几乎每个人都用一步一步的方式去思考爵士:从这一步到那一步。其实并没有什么步骤可言。谁更"高级"呢——斯特拉文斯基还是莫扎特?

大卫不知道,说出正确的话,对于马克思有多么重要,可他还是应付得不错。过了几分钟,他就打消了自己的困惑。"我从来没这么想过这件事。"他说,"听起来相当有道理。"

"听进去,格林。用心想一想。你一直在做的音乐高高向上,但是那只是一条路。我相信你可以走通所有的路。我相信,因为我对你有信心。"

他的手使劲儿抓住了大卫的肩膀,几乎跟过去几年里他对我们每个人做过的动作一样,而我能看出来,这给那孩子带来的冲击也跟我们一样重。

"我会努力的，戴利先生。"他说。

"叫我马克思就行。没那么冗长，而且更像朋友。"

然后就都结束了。马克思合上《圣经》，打开一瓶卡托威士忌，那是他一般不愿意跟人分享的酒；然后他把那孩子带到一个角落里，就他们两人。

我本应感觉很好，而且从某种意义上讲，我也确实感觉不错，但是有某种东西搅坏了情绪。我走到窗边，呼吸一口新鲜空气。人行道刚刚被水管冲洗过，铺上了一种好闻的干净味道，仅次于夏雨过后。

"小孩挺不错的。"我看过去，说话的是帕内利·莫斯。他还是颤抖个不停，但是不像有时候那么糟糕。很难理解，怎么有人能像帕内利一样酗酒的同时还能吹号。很难理解，他怎么还能活着。

他感觉受伤了。可我没有心情搭理他。"没错。"

"好一个好孩子。"他把冰水抬到额头附近的地方——这是他的戒断疗法，时断时续，"马克思抱上了一条新大腿。"

我没理会。也许这种感觉会自行消散。

可是它没有。"他厉害吗？"帕内利说。

"厉害。"

"可怜的格林先生。迪克，你听着——他会一直这么厉害，但是他不会一直这么好。嘿，小心那柄锄头，小心，马克思！"

"帕内利。"我说，用了尽可能冷淡的语调，"你是一个很棒的号手，我只能对你说这么多。"

"我就是这个意思。"他说，咧嘴一笑。我突然想把他丢到窗外。或者我自己跳到窗外。我说不出是为什么。

他把酒杯滚过额头。"在这一天把面包,"他边说边唱,"给我们的戴利——"

"闭嘴。"我说得很小声,所以没有别人听见。莫斯已经喝多了——他肯定喝多了。"帕内利,听着,你想讨好马克思。没问题,我没意见。坚持别放弃,随便捣鼓。但是让这些事离我远一点儿——我不想听。"

"怎么了,迪克——害怕吗?"

"不。听着,在我看来,马克思把你捡回家的时候,就连你自己的亲妈都不愿意要你,哪怕戴着橡胶手套都不愿意碰你。你那时狗屁不是,帕内利。什么都不是。现在你每天都有饭吃。你面对他的时候应该双膝下跪才是!"

"父啊。"帕内利说,脸上浮现出一种真正惊讶的表情,"我就是这样的。我是!"

"他一直都像个护士一样照顾你。"我说,心里纳闷自己为什么这么刻薄,为什么我想把这个家伙伤得这么深,"没有第二个人愿意惹这个麻烦。"

"你说的确实是事实,迪克。"

"换作别人,他们早就让你烂在贝尔维尤医院了。"

"说的是事实。"

我想要狠揍他一顿,但是我不能。我知道他恨马克思·戴利。可穷尽脑汁,我也想不明白为什么。这就像你憎恨自己最好的朋友一样。

"你喜欢那孩子吗,迪克?我是说格林?"

"没错。"我说。这是真的。我感觉——也许就是这一点——对他负有责任。

"那就让他退出。基督在上,告诉他退出。"

"去死吧!"我转身大步冲到另一个房间,就像逃出一个装满蛇的房间一样。大卫·格林在那里,自己一个人,坐着。只不过他变得不同了。脸上那些坚硬的、苦味的线条不见了。现在他看上去只是——悲伤。

"你感觉怎么样?"

那孩子抬起头。"不容易。"他说,"我一直在跟戴利先生聊天。他是个——厉害的家伙。"

我拉过来一把椅子。我的后背在流汗。冷汗。"你说的是什么意思?"

"我不知道,说不准。我之前从来没有遇到过任何一个像他一样的人。他的那个样子,嗯,知道到底哪里出了问题,为什么出问题,还能从你的身上找出问题的所在——"

"你有什么麻烦吗,孩子?"汗越来越冷。

他露出了微笑。他真是太年轻了,也许只有二十五岁。英俊,跟克鲁帕差不多的类型。那不是毒品。不是酒精。"告诉'迪肯执事'。"

"没什么麻烦。"他说,"就是一个死去的妻子。"

我坐在那里,感到害怕、恶心,但是不明白为什么。"多久了?"

"一年。"他说,仿佛自己始终不能相信,"也是个有趣的事。我过去从来都不能谈起这件事。但是戴利先生似乎能理解。我把一切都告诉了他。我和萨尔是如何相遇的,我们什么时候结婚,一起去开发区生活,还有——"他飞快地把脸转向了墙壁那边。

"把它说出来,孩子,你才能摆脱它。"我说。

"戴利先生就是这么跟我说的。"

"没错。"我知道。戴利先生也是这么跟我说的,一模一样,六年前,在那场事故之后。

"你觉得我能融入吗,迪克?"那孩子问。

我看着他,想起了帕内利说过的话;我又想起了马克思,他的声音,低沉,永远那么低沉;我实在受不了了。

"小菜一碟。"我说。然后冲回了二楼我的房间。

我不是个容易烦恼的人,从来都不是,但是我感到一种令人毛骨悚然的东西出现在我的体内,而它不愿意离开。人们对此有一种叫法:不祥的预感。

……让他退出,迪克。基督在上,告诉他退出……

第二天夜里,那孩子穿着罗洛富余出来的一套西装,准时出现了。他看起来很时尚,但是也很迷离,而且你能看出来,他没怎么睡觉。

马克思简短地把他介绍给观众,然后他就坐在了钢琴边。

气氛相当紧张。一。二。

我们来了一首《夜骑》,这是我们的代表作。那孩子使出了浑身解数。相当不错的伴奏,但是没有什么惊艳之处。这是件好事。然后,我们休息片刻,马克思朝他点了点头,他弹起了一首忧伤的小舞曲《佳达》。想让这首曲子真正忧伤起来是很难的。可他做到了。

观众很喜欢。

他演奏了小调《端庄淑女》,然后又在《A线列车》上淋漓挥洒了才华;孔雀厅渐渐拥挤起来。我的意思是,我们过去也总是能让人们听进去,激发那些摇头跺脚的常规反应,可是这次才终于得到了真情实感的反馈。

大卫·格林不是不错。而是太棒了。他把《柔情女郎》弹出了布鲁贝克再世的感觉——遵循着马克思的编排,让我们能勉强跟上,但是又多加了五分钟——那是真正的即兴反应,千真万确。然后,当一切冷静下来,清醒之后,他立刻掉头,于是杰利·罗尔复活了,死而复生,用一种史无前例的方式演奏起《狐狼蓝调》。

而当他独奏起一支带着鲜明的个人标识的曲子时,全场的观众都把助听器调到了"高声"的挡位。至高无上的悲伤;蓝调忧郁;你懂——我懂——他心里想的是什么。他和他的妻子,在一个炎热的早晨,阳光尖叫着闯入,他们半梦半醒,空气是明亮的,万物是新鲜的。红色的冰。温暖的蓝调。

马克思紧闭着双眼聆听。他在表达的是:小子们,什么都不要碰;一动也不要动。你该打断它了。别打扰那孩子。

忽然,大卫停了下来。十个节拍的停顿。我们以为已经结束了,但是没有。他现在回忆起了一些别的东西,而我知道,刚刚的

1.

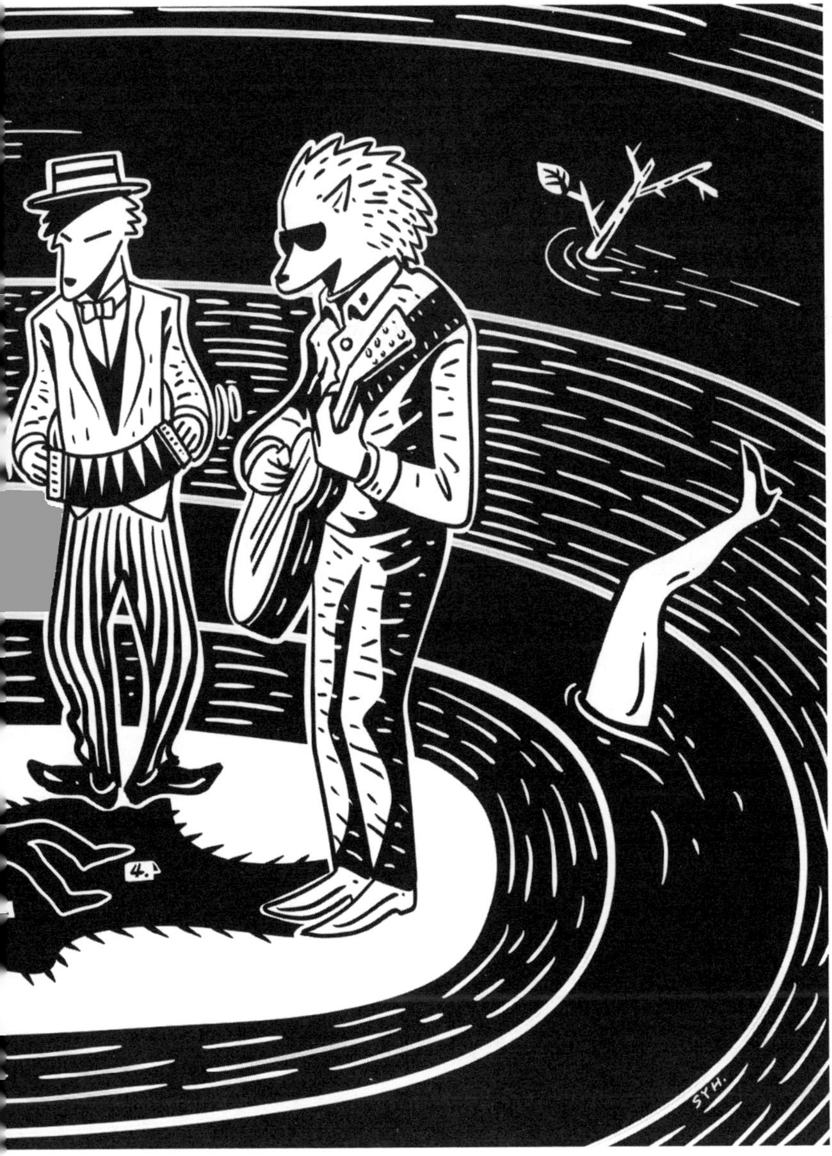
4.
SYH.

第一轮表演只是一个开始。

他奏起一段旋律,里面没有生命,没有感觉,只有音节:《假如你是世界上唯一的姑娘》——然后他把拳头重重地砸在琴键上,开始即兴发挥。真是太邪门了。精彩绝伦。猫咪们全都把它们的毛球吞到了肚子里。

但是我接收到了他的信息。它像私密的针头一样刺入了我:

盒子里有个姑娘,

迪肯·琼斯,迪肯·琼斯,

盒子里的那个姑娘

仅剩白骨……

你在说的是哪个姑娘呢?我心想。但是没有时间去想明白,因为他已经收尾了。孔雀厅爆炸了,而大卫·格林坐在那里,就坐在那里,看着自己的双手。

"一。二。"马克思轻声说。

我们同时奏响了《圣路易蓝调》,我们每一个人都加入了属于自己的一点儿东西。我吹响了我的号音,休息时间到了。

马克思戴上了他的花墨镜,走到那个孩子身边。我勉强能听见他说的话。"干净利落,格林先生。"可是那孩子仍然沉浸在它里面。他似乎没在听。马克思小声说了一些事,走下了舞台。他看起来有 10 英尺高。

"我们成了,迪克。"他说。他的额头背后发着光。"现在胜利属于我们了。"

我敲出了小号里的唾沫,努力咧嘴一笑。那是个假笑。

马克思把一只手放在我的肩膀上。"迪克,"他说,"你刚才吹了一段干净的独奏,但是我很担心。你心里一直在想着那起意外,是不是?"

"没有。"

"我不会怎么怪你。但是我们现在已经完整了,你没问题,我们就要火了。所以忘掉那件见鬼的事——或者演出结束之后找我把这件事聊透。我有空。"他微笑着说,"你知道的,是不是,迪克?"

我心里一直在向上帝祈祷他不会说这句话。可现在这句话已经被说出口了。"当然了,马克思。"我对他说,"多谢了。"

"小意思。"他说,然后朝博德·帕克那里走去。帕克是个瘾君子,而马克思一直给他供货。这在以往看起来总是好的,因为如若不然,他为了得到那东西,就要出去偷,或者杀人。

可现在我不太确定了。帕内利斜过身来,从他的气阀里吹出一个尖酸的音符。"是个好孩子,"他说,"我想马克思会想留住他的。"

再正确不过了。有了那十根火热的手指,我们可以在一条伟大的黄金大道上大展宏图了。我不知道为什么。为什么伍迪·赫尔曼在芝加哥的一间单身公寓里做了几周的死人,然后搬到两个街区之外,就像一个重磅炸弹一样火了?但就是发生了。

我们很快就走出了中西部,拿到了洛杉矶黑格俱乐部的邀约,把穆里根以来的一切音乐都打败了。四重奏和三重奏是当时的热点，这让我们成为一个过气的大型乐队，但是没有人介意。不到一个月，传言播散开来，人们开始从旧金山赶过来，就为了听上一场我们的演出。

我跟马克思或者大卫都没有太多的交流。他们俩现在是形影不离的好哥们儿了。马克思几乎从来不让大卫离开自己的视野——并不是说他就忽视了我们。每隔两个下午，他都会现身露面，跟以往一样，准备好。他有空了。"得照顾好我的小子们……"可大卫才是表演中的那颗明星，而他并不怎么周旋应酬。话又说回来，只要能看到他，就已经足够了。他的钢琴演奏渐入佳境，但是他本人却越来越糟了。每天晚上，他都讲述关于他和萨尔的故事，他们曾经多么快乐，他有多么爱她，她是如何得到想要的一切，如何去世的。他们可能拥有过的每一种心绪，他都通过钢琴释放出来。最后总是以《悲泣之城》收尾。起初，他会发疯，那个把她的最后一口呼吸从她的身体里抽出并把她埋在地下的婊子养的东西，让他火冒三丈。可现在，他绝大多数的情况下只是悲伤、孤独、低落。

而天使乐队的面前则是一马平川。从前，我们只是一帮有才的音乐家；我们能给你迪克西兰爵士乐，也能给你现代爵士表演；火爆的，或者冷酷的；没有什么能让你称为风格的东西。有了大卫的手指之后，我们就有风格了。我们跟过去一样有才，可以演奏所有不同种类的爵士乐，可是我们变成了蓝调爵士人。我们把大多数的表演都献给了坐在吧台末端的女士们，她们孤身一人，要么脸上化了太厚的浓妆，要么身材太过肥胖。我们也把表演献给了那些不愿跳舞的小伙子，他们以为自己憎恨女人，可其实他们都为女人而疯狂，只不过对于自己凑上前去之后可能发生的事心怀恐惧。我们还为戴着厚厚眼镜片的小姑娘演奏，还有那些小屁股的粗野少女，还有飞吻跟所有人告别的醉醺醺的废物。

蓝调爵士人。

一则付费广告商说了这一点："马克思·戴利的乐队演奏出每一个受伤后心灵难以愈合之人的心声。"

蓝调爵士人。

黑格本想让我们再多待六个月，也许待到永远，但是我们不得不把福音播散出去。马克思的福音。鸟园爵士俱乐部有什么问题吗？

完全没有。马克思多年以来都在觊觎着那颗金苹果，可那个时候，我们算老几？

我们登台的那天，他迈着教堂风格的步伐蹑手蹑脚地走动。用一种甚至比平时更低的声音跟大卫说了些话。

"孩子，这番安排都是为了鸟园俱乐部。"

众所周知。

"那个黑哥们儿有大麻烦了，对，没错。"他说，"大天才。"

我们偷偷走了出去；过了一会儿，我们转身回来，把那座教堂底朝天连根拆掉了。大卫的表演前所未见，但是你够不到他——他藏得比蛇还低调。又一次，在一场表演结束后，我问他想不想出去跟"迪肯执事"喝一杯啤酒，他同意了，觉得没什么，但是马克思随之出现了，而我没有挑战的心思。

于是事情就这样继续。《重拍》为我们贴上了"当今活跃的最个人化的乐队"的标签，我们还出了一摞专辑——《蓝色星期一》《低吟》《深滩》——肉汁和香槟成了我们惯用的早餐。

然后，我记不得是哪一个晚上了，马克思来到了我的住处，脸上的表情并不欢喜。自从罗洛因为骚扰罪被捕以来，我还没有单独见到过他。他表现得格外随意。

"迪克，你见到大卫了吗？"

有什么东西跳入了我的喉咙。"有一段时间没见到了。"

他耸了耸肩。

"你担心吗？"我问。

"我为什么要担心？他已经是成年人了。"

他在脸上涂了一层粉，第二天晚上，这层粉就散落了。我刚吹完我的那段小号——星期六下午——帕内利就拍了拍我说："看外面。"我看到了观众。"再往外面看一次。"他说。

我看到了一个小妞。她正在凝视着大卫。

"马克思会爱上这个的。"帕内利说，"他要把这一切给活活吞下去，哦，没错。"

当表演结束后，那孩子跌跌撞撞地走下台，朝着那个娃娃露出了一整排牙齿。她也回敬了一排牙齿。他们走到一个阴暗的角落里，坐下了。

"哟嚯，格林先生给自己搞到手一个好东西，可是让我发现了。你不想贴心地给马老大提个醒吗？"

马克思正在看着他们，好吧。你说不准他在想什么，因为他的脸上没有透露出任何信息。他一边慢慢地转了转贝斯上的旋钮，一边看着。仅此而已。

过了一会儿,大卫和那个女孩起身朝舞台走来。

"马克思,我想给你介绍一下施密特小姐。洛林。"

休吉·威尔森的眼珠子掉了出来,博德·帕克说了声"耶",甚至罗洛也抬起了头——而罗洛并不走女孩这条路。但因为这个小姐太抢眼了:小女孩的样子,粉色裙子,苹果一样的脸颊,那样子像是在说,我整个人就摆在这儿了,不用再感到烦恼,听我的话就对了。

"她每天晚上都来听我们表演。"大卫说。

"我知道。"马克思说,"我见过你,施密特小姐。"

她的微笑带来了一抹纯净的阳光。"你有一支优秀的乐队,戴利先生。"

"没错。"

"我尤其喜欢今晚的《深滩》。它真是——"

"太棒了,施密特小姐。这是大卫的原创之一。我猜你早知道了。"

她转向了那孩子。"不,我不知道。大卫——格林先生没有告诉过我。"

我们的小键盘手咧嘴一笑:这是我第一次看到他真心笑着。简直都认不出他了。

而那就是她所带来的结果——简单、直白。大卫跟这个女孩走上了楼,她也正乐在其中,现在谁也无法拆散这对儿了。

她每天下午都准时出现,总是孤身一个人。听完所有的曲目之后，她就和那孩子跑出去。好几个早上他看起来都精疲力竭，这变化是所有人都能看到的。毫无疑问——大卫·格林开始拾回某些他遗失的珍宝了。

而马克思对此从未说过一个字。假装不管这件事如何发展，他都毫不在意；对他们两个人都好得要命。但是帕内利却不愿意放下他戴在脸上的那副表情。

"放长线，钓大鱼。"他会说，"马克思是个聪明的家伙，迪克。换作任何一个另外的人，他都会把这件事放到台面上来说'我们要去欧洲巡回演出'之类的话。可我们的老板不会这么做。聪明货……"

大卫和他的娃娃之间的感情越来越浓，很快，如果你用心去听，估计都能听见教堂的钟声了。当然，你还能听见些别的东西。乐队——不再是顶尖的表演了。我不知道为什么，你说不出差异所在，但是它就在那里，好吧。我们还是在演奏音乐。跟很多在演奏音乐的其他人一样。但是我们失去了某种东西。

但是马克思并没有表现出不快——而他可是一个双腿站立的音叉——所以我想着一定是我的问题。可能又是因为那些梦。它们一直都在侵扰我，不管我把它们讲了多少遍……

但是，这并不是我的问题。我们开始变得难听了，而且一直毫无起色，一夜复一夜，而我恐怕知道为什么了。最终还是知道了。

在大卫宣布他和洛林订婚的三天之后，大坝裂开了。事情是这样发生的：

我们上了舞台，马克思为《虎纹布》喊了"一、二"，我们开始演奏。突然之间，一切又再次恢复了美妙。那种声音出现了，只不过比之前任何时候都更饱满。大卫的钢琴加足了马力，又开始吐出悲伤，把原来的水准重新带回我们所有人的身边。我们又变得像以前一样厉害了。

帕内利拍了拍我，我身子一凉。我看了看大卫——他已经"不在了"，灵魂出窍——我又看向了观众席，那个小妞也不在了。我的意思是，她的人不在了。而马克思正在挑拨琴弦，眼睛眯着，欢乐得如一只九月的猪。

我们弹奏了《深滩》，而我觉得——我不确定，但是我觉得——就是在这个时刻，一切都清晰了。在过了整整六年以后。

我还是演奏完了。然后，我向大卫走去，可是马克思拦住了我。

"最好别打扰那孩子。"他轻声说，"他这次不太好过。"

"你是什么意思？"

"那个小妞不是好姑娘，迪克。"

"我不相信。"

"她不是好姑娘。我一直都知道，但是我不想说。但是——听着，我一直都在。她本来就会抛弃那孩子。"

"你做了什么？"我问。

"我证明了这一点。"他说。他的声音滴落着同情。"小妞们都是一样的，迪克。这是人生艰难的一课。"他耸了耸肩膀，"所以别打扰那孩子。他会把这件事原原本本讲给你听——用他的双手。你只是被你的那些梦扰乱了而已。要不，你今晚过来——"

"你做了什么，马克思？"

"我睡了她，迪克。而且轻而易举。"

我甩开自己的肩膀，向楼梯上冲去，但是钢琴间是空的。大卫不见了。

"那个娃娃在哪儿混呢？"我说。

马克思摊开了手。"别追究了，好吗？现在都已经结束了。那孩子对我很感恩！"

"在裘园路45号。"一个声音说，"5号公寓。"说话的是帕内利。

"你也想尝尝吗，迪克？"马克思问。他大笑起来：那是我听过的最猥琐的声音。

"咕。"帕内利说，"大师的冷箭啊。"

我盯着那个让我敬爱了六年的男人。他说："她没否认。"而我心想，这就是正中大卫眉心的那只斧子。他现在再也起不来了。永远。

我抓住马克思的胳膊。他微笑起来。"我知道你有多喜欢那个孩子。"他说，"相信我，我也是。但是他早发现总比太迟了好，不是吗？你难道不明白——我不得不这么做，为了他好。"

有些观众在逐渐靠过来偷听。我并不在意。"戴利，"我说，"听好了。我现在有一个想法。如果这想法被证明是真的，如果这想法没错，我就会回到这里杀死你。明白吗？"

他块头不小，但我也不差。我把他重重地推开，沿着撞开的路，跑到外面，拦了一辆出租车。

我坐在后座，向上帝祈祷她现在在家，我真希望现在手里有个小号能让我吹一段——或者随便别的乐器也行！

我没等电梯，一步三个台阶地跑上了楼梯。

我敲了敲 5 号公寓的门。没人回答。我感到皮肤一阵发凉，又重重地敲了敲。

那个小妞打开了门。她的眼睛红红的。"你好，迪肯。"

我把门踢上，站在那里，努力找到想说的话。似乎一切都很急迫。现在一切都明了了。"我想知道真相。"我说，"我说的是真相。如果你说谎，我会知道的。"我深吸了一口气。"你有没有跟马克思·戴利睡觉？"

她点头认可。我抓住她，抡了一圈。"真相，该死的！"我的声音惊到了自己，那是一个男人在说话。我的手指深深地陷入了她的皮肤。"想想大卫。把他放进你的脑子里。然后告诉我，你和马克思一起睡了，告诉我你脱光了衣服，让马克思·戴利睡了你！告诉我！"

她试图挣脱；然后开始哭泣。"我没有。"她说。我放开了她。"我没有……"

"你爱那个孩子？"

"是的。"

"想嫁给他？"

"是的。但是你不懂。戴利先生——"

"我很快就懂了。现在没有时间。"

我任由热泪涌出。

"来吧。"

她犹豫了一下,可她也知道,没有什么蒙混过关的余地。于是,她披上一件外套,我们就回到了出租车上。

在开往鸟园俱乐部的一路上,我们两个谁也没说一个字。

现在已经到了打烊时分,店里空荡荡的,灯光昏暗。某些慢性子的蓝调乐手正在台子上练手。

我第一个见到的家伙是帕内利。他正吹着他的长号。剩下的小子们——就少两个人——都在上面,拥挤着。

帕内利停下,走过来。他现在正抖个不停。

"大卫呢?"我问。

他看了看我,然后又看了看洛林。

"他在哪儿?"

"你太晚了。"帕内利说,"看起来,马老大多推了一小把。就一小把。"

洛林开始颤抖,我能感受到她的胳膊。同时,仿佛有人在我的肠子里切了一刀。蓝调乐手们还在练习。《深滩》,那孩子的曲子。

帕内利摇了摇头。"你刚走,我就跟着他出去了。"他说,"但是我也太晚了。"

"大卫在哪儿?"洛林说。她看上去马上就要发出尖叫了。

"在他的房间里。或者,也许他们已经把他抬出来了——"帕内利用他那双眼睛瞪着我,"他没有枪,所以用了一把剃刀。干净利落,漂亮的手法。我怀疑自己有没有能力做得比他更好……"

洛林一个字也没说。她反应了一阵,然后慢慢地转过身,走了出去。她的鞋跟像匕首一样击打在舞池地板上。

"你现在弄明白了?"帕内利说。

我点了点头。有那么一秒钟,我的心里一片空白,但是现在被仇恨占满了。"他在哪儿?"

"在他的房间里,我猜。"

"你想一起来吗?"

"我最好这么做。"他说。他吹响了一个尖酸的音符,然后这段练习便停了下来。博德·帕克走下来,休吉、罗洛和西格也下来了。

"他们知道了?"我问。

"嗯哼。但是,迪克,有时候,仅仅知道是不够的。我们一直在等你。"

"那我们走吧。"

我们走上楼梯。马克思的门开着。他正坐在一把椅子里,衣领敞开,手里拿着一个瓶子。

"你也来一口[1],迪克?"

我的手里紧紧抓住了他的衬衫。"大卫死了。"我说。

他说:"他们告诉我了。"他举起瓶子,我扇了他的左脸一巴掌,向上帝祈祷他还手。可是他没有。

"是你干的。"我说。

"是的。"

---

[1] 原文为法语"Et tu"。

我想用我的双手捏住他的脖子，直到把他的眼珠子挤出来，顺着他的脸滚落，我想把痛苦还给他。但是忽然之间，我下不了手了。"为什么？"我说。

马克思把瓶子斜过来，让液体顺着他的喉咙流下。然后非常缓慢地，用那种柔软的声音，他说："我想要制作音乐。我想要制作出有史以来最好的音乐。"

"这就是为什么你对大卫说关于那个女孩的谎话？"

"这就是原因。"马克思说。

帕内利夺走了瓶子，喝光了。他正在颤抖，很害怕。"你看，迪克，你以为你在一支乐队里。"他说，"但是你没有。你是在一个四处旅行的停尸间。"

"再给我讲讲，帕内利。告诉我，以美妙的上帝的名义，这跟大卫和洛林有什么关系。"

"这太有关系了。戴利到了那个小妞的家里，给她上演了一通他的高压说服术。劝服她配合这个谎言，远离格林。"

我想要抓住一道光线，可它不肯来。我的脑子在阵阵敲响。"为什么？"

"很简单。她正在拿走那孩子的天分，丢到垃圾堆里。他一直在对她说话，而不是对钢琴。而她也不想把伟大的天才从世界的手里夺走，不是吗？"

帕内利吸了吸瓶子里残存的几滴酒，然后把它丢到了一个角落里。

"事情是这样的，迪克——我们的老板有一套关于爵士乐的小小的独特理论。他相信你必须被击垮,才能演奏。你这个人越糟糕,你保持那个状态越持久,音乐就越好。对不对,马克思?"

马克思把他的脸藏在了双手里。他没有回答。

"看看你的身边。你——十年前——十年,对吗,迪克?——你有一天晚上喝多了,撞上一辆车,撞了一个小女孩。把她害死了。罗洛,在那里——他很不合群,而他不喜欢这样。休吉,你的麻烦是什么?"

休吉默不作声。

"哦,没错。癌症。休吉随时都有可能在某一天死去。但是帕克和西格,可怜的宝宝们:瘾君子。主流。而我呢——一个酒鬼。马克思把我从贝尔维尤捡出来。我还用继续说吗?"

"继续。"我说。我想把一切理清楚。

"但是出于某种原因,马克思没办法找到一个真正被击垮的钢琴手。他们假装楚楚可怜,但是见鬼,其实他们只是肚子疼或者怎么样。然后——他发现了大卫·格林。或者说你发现了,迪克。所以我们完整了,终于。八个悲惨的浑蛋。明白?"帕内利拍了拍马克思的头,打了一个饱嗝,"但是别为了你没有意识到这些而感到困扰。老戴利聪明极了。你本来可能几年前就已经摆脱你的心魔了,只是他一直都把刀子插在里面。时不时地,他把刀子扭一下——就好像给我们上了发条,好让我们大声地呼喊出来,喊给人们听。"

休吉·威尔森说:"扯淡。都是扯淡。我一样能开心地演奏——"

马克思把两只手放下来，搭在椅子上，而那是他最后一次看起来强壮而有力。"不。"他说。他颤抖着，满脸通红。"回头看一看，迪肯·琼斯。那些伟大的钢琴家都是什么人？我指的是伟大的钢琴家。我告诉你。杰利·罗尔——人们说他是在妓院长大的。林格尔——一个隐修士。塔特姆——盲人。哪些人能把小号吹到你的皮下骨里，让你不能自拔？也让我来告诉你。一个名叫比德贝克的酒鬼和一个名叫约翰逊的孤独的老人。还有巴迪·博尔登——他在一场游行中疯掉了。往回看，我告诉你，看看那些伟大的人。拿他们来说服我。我会让你看到，都是些有生以来最孤独、最悲惨、被击垮和半死不活的浑蛋。但是他们被人记住了，迪肯·琼斯。他们被记住了。"

马克思用他那双坚毅的眼睛瞪着我们。

"大卫·格林是个好孩子。"他说，"但是在这个世界上，好孩子有的是。我让他成了一个伟大的钢琴手——那是在这个世界上并非随处可见的东西。他的音乐深入人心，触及灵魂。他做出了只有上帝能听见的音乐。而且每一个听见他的人，这音乐都会驱散他们心里的烦恼，还有每一个将要听见他的人——"

他的双手握成了拳头。他汗如雨下。

"从来都没有过一支伟大的乐队，"他说，"直到这支乐队出现。从来都没有任何一帮能在该死的太阳底下演奏任何东西的音乐人，能够把它演奏得如此正确而真实。而且也不会再有了。你们都是伟大的，而我让你们保持了伟大。"

他摇摇晃晃地站了起来。"好吧，现在都完蛋了。结束了。我把这个房间里的每一个生命都搞砸了,让你们成了囚犯,隐瞒、欺骗了你们——好吧。谁要第一个打我?"

没有人动。

"来吧。"他说,声音不再柔软,"来吧,你们这些没胆的婊子养的杂种!动手吧!我刚刚谋杀了一个好好的干净的孩子,不是吗?你怎么说,帕内利?你已经盯着我很长时间了。你为什么不带个头呢?"

帕内利和他对视了一会儿。然后,他转过身,捡起了他的长号,走向了门。

西格·舒尔曼跟在他身后。一个接着一个,其他人也离开了。没有人回头。

最后,他们都走了,只剩下马克思·戴利和我两个人。

"今晚早些时候,你告诉了我一些事。"他说,"你告诉我,你打算回来杀了我。你还等什么呢?"他走到书桌边,打开一个抽屉,拿出一把老式的0.38口径的手枪。他把它递给了我。"来吧。"他说,"杀了我。"

"我刚才已经杀了。"我说。我把枪放在桌子上,放在他能够到的地方。

马克思看着我。"离开这里吧,迪克。"他说,声音很轻,"你自由了。"

我走到外面,空气很清爽。我开始向前走。却是无处可去。

新的声音

THE NEW SOUND

在一个到处都是松鼠的世界上，和所有的松鼠相比，古德修先生目前为止是最像松鼠的一个。也就是说，他爱收集东西。虽然他一度收集的是面具、邮票、彩色石头和线头，如今他却在收集死亡。精力充沛、痴迷狂热、乐此不疲。他会从空气中把它摘取出来，封存在塑性合金里，在夜晚聆听。这让他十分快乐。

可事情并不总是这样的。它有逐渐变化的程度，从莫扎特和巴赫开始，到软体动物和蝙蝠——当然，后者其实是真的开始。作为一位普通的唱片爱好者，他在自己的房间里堆满了留声机、扩音器和附件装置，像蘑菇一样越堆越多，而他还一直忙着忠诚地复制曲风更加凶猛的作曲家们的合奏乐章。之后有一天，他碰巧买到了一张题目为《声音世界》的专辑。它的封面是现代的设计，而唱片则是出于科学的兴趣而制造出来的。它包含的内容有嬉戏中的海豹的录音，一只受伤的羱羊临死前的呼叫，还有一只牛虻的心跳声，诸如此类。作为额外的惊喜，这里面还赠送了一只乌贼在水里翻来覆去的声音，被描述为孤独和高深莫测，另外还有一只吸血蝙蝠发出的某种（当然对古德修先生来说并不是）令人不安的啾啾声。

声音，美妙而陌生，能让你全神贯注的声音，他此前从未耳闻的声音……

他几乎立刻就沦陷了，而收集也从此开始。

跟所有的收集一样，起初总是一片狼藉：杂七杂八的一锅粥，完全没有组织。仓促地购买，接着仓促地购买——今天是雷克雅未克的一场风暴，明天是一只短吻鳄的哈欠声，后天是妓院沙发弹簧疲惫的呻吟……

话虽如此，过了一段时间后，古德修先生还是厌倦了这种轻易得来的藏品，发展出一种不那么来者不拒的态度：他缩窄了收集的范畴。购买的频率降低了，而且很快他就产生了投资的需求——幸运的是，他享有丰厚的一笔资本，这都是父亲留给他的遗产。他的父亲生前是做二手车买卖的。他雇用了声音侦察小队，去录制那些真正古怪、不凡、离奇、近乎幻想的声音。不过，尽管很有趣，但这些藏品的同质性还不足以让古德修先生满意。他每天晚上都会听未出生的婴儿发出的摩擦声，听盗贼前额流下的汗水的声音，听活板门摇晃着撞在绞刑架平台上的声音，一边听一边想，我必须有所专攻，没错，我必须有专攻！

可是，如何专攻呢？走哪一条路呢？

他仔细地思考，整合、排除、再排除。然后，他把员工们叫进来，给他们吩咐了指令。

就是在那一刻，古德修先生成了第一个死亡声音嗜好者。

他把除了羱羊临死前的呼叫之外的所有声音都丢到门外,一丝不苟地投入到他的专项上。第一份报告为他带来的声音,包括被碾碎的小鼠、被烧死的蠼螋、一只杂交犬躺在两吨重的卡车之下的喘息——这是一个非常好的基础开端。他听它们,为它们分门别类,打好标签,整理起来。然后继续等待。

他没等多久。很快,他的公寓里就堆满了录音,空气中时刻回响着各种动物哭喊、呻吟、喘息、尖叫、嘶吼、抽泣和呜咽的声音;每个都是濒死的状态,每个都是不同的方式。直到此时,古德修先生还是坚守着立场:必须不能有重复。

一切都进行得如游泳一般顺利,直到后来,出于多种多样的原因,他发现有必要转移阵地了。第一点原因是,他的公寓变得越来越不能适应他的需求了;第二点原因是,他厌倦了对邻居以及邻居叫来的警察进行解释。他搬家了,把那些录音以及相关的所有东西都搬到了最高的一座小山顶的一间红木别墅里,在那里安定下来。

藏品不断增多。世界的状态用紧绷来形容最为恰当,可不管世界如何,每天的邮件还是能从各个角落为他送来新的东西:一头犰狳死亡时发出的剧痛的声音;一只开膛破肚的金丝雀发出的嘶叫、哀鸣和翅膀的扑腾声;一条水蚺落入木炉中时发出的歇斯底里的嘶鸣……古德修先生几乎没有一刻是空闲的,他忙着听辨、整理、录制、处理。只有在晚上,他才能躺入一把休闲椅,弹开留声机,真正欣赏他的藏品。然后,电灯关闭,他坐在那里,紧张地,满怀期待地,张着嘴,随着声音在头脑里绘制出移动的画面。他聆听的方式,就像很多其他收藏家用手指感受稀有的工艺,或者打磨海螺贝壳，或者把最初的文档排列归入图书馆的书架一样。他是一名真正的、实实在在的收藏家，因为他享受这个过程中的每一步：准备、劳作，还有最重要的，声音本身。

然后，有一天，过了很多年之后，不可避免的事情还是发生了。他的专攻藏品已经完整，或者说近乎完整，非常具有悲剧意味地近乎完整了。任何一种现存的动物都曾有一只成员为古德修先生死过一次。他已经拥有了全部。从土豚到斑马，从一个单细胞在水下的分解到一只庞大的鲸鱼震破屋顶的哽噎。都在那儿了，在古德修先生的房子里，整理归档，有序储存：完整了。

除了——

下定决心后，古德修先生像一个获得赦免的囚犯一样立即舒了口气。这需要一些调整，积累一些勇气，但是他是一名收藏家，而他想不出还有什么比一名收藏家无物可藏更糟的事了。

所以就这么定了。

第一批货是在他做出决定一周后抵达的，其中包含了一份完美的宝物，还有几个质量略低的藏品。但就是这第一份！古德修先生反反复复，听了一遍又一遍。他听着那女人的尖叫声穿过每一个房间，在他的房子里回荡。多么痛苦！多么折磨！多么美妙！

她是被绞死的。那位声音侦察员——一个极有野心的家伙——是这么解释的，但是他没能附上任何一笔记录，来描述雇主想到的——但是没有纠结很多的——其他相关细节。其余的都是糟粕，一段令人不快的大杂烩，混合了鸣笛声、低吼声和喉间发出的搏动的痛苦声——很明显全都是伪造出来的。

| 315

这让古德修先生火冒三丈。

他遣散了所有人，只留下了呈给他第一颗宝石的霍克先生。自此以后，声音收藏便开始繁荣起来，进展确实不快，但鉴于世界的紧张局势，炸弹，诸如此类，货源还是可以保障的。

如今，每天夜里，古德修先生几乎不再参考任何被他自己列为中生代的藏品了，而是更喜欢聚焦在最近这个阶段的收藏上。他充分利用每一秒的时间，听那些声音，兴奋到战栗，有被匕首刺死的商人们临死前牙齿打战的声音，有被淹死的老姑娘们最后的吐泡泡声，有九旬老人干枯的咽气声，还有太监们临死前穿透风声的尖叫……恐怖、痛苦、诚实，诚实的声音；灵魂大开的声音——这就是他一直想要听到的声音。

可以肯定的是，他心想，现在我的收藏不会有尽头了！在充斥着灵魂的宇宙中，每个灵魂都有一个声音。这能持续到永恒；他要不断收集，收集，而且——

一个潮湿的夜晚，在他所居的高高的小山上，古德修先生起身走到他的留声机旁，敲断了一个大学生的第七百次尖叫，他还有三百次没叫完（千刀凌迟——霍克先生进行了特定的优化处理）。然后，古德修先生叹了一口气，原地踱步片刻，然后继续走到一面穿衣镜前。他在那里站着沉思了十五分钟。这很难相信。几乎，这看起来，是不可能让人相信的。不过，当他看到那双眼睛，那些皱纹和线条，还有那张挂着鼻涕和深痕的嘴时，他知道这就是真的。

他已经油尽灯枯了。他靠着一些细枝末节的边角料撑着活了好几年了，如今他正视了事实：他是这条旅途终点的一位埃桑迪斯。

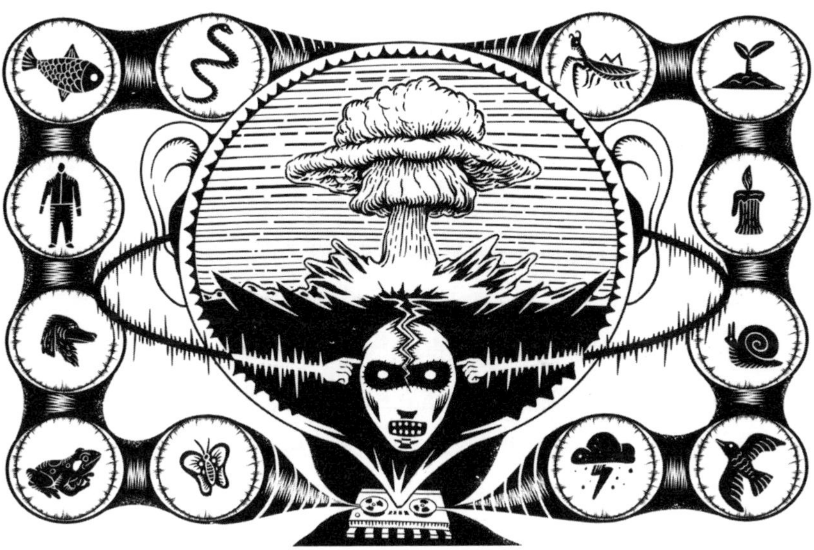

已经没有新的声音了，再没有能激起最小的兴趣的声音了。

他的收藏——完整了。

他又叹了一口气，忽然感受到的一个荒诞不经的念头让他警醒起来。如果已经完整了，他心想，那么为什么我还会感到沮丧呢？满足感在何处？不。它还没有完整，还有一个，最后一种声音。

我自己死亡的声音！

胡说八道。他现在总是把心里想的话说出声来，即便当他摆弄那台特别的磁带录音机时也是如此。如果我给自己一枪，或者吞下氰化物，或者随便哪种死法，然后回放出来……但是等等！这太荒谬了，而且更糟的是，这太过文学了，令人作呕。

但是如果不是他自己的死亡——根据他的推理，他几乎不可能在其后欣赏得到——那么是什么呢？他开始更快地踱步。脑子转个不停。那个新声音，那个终极声音，那个他唯一缺少的……

古德修先生在他的日式地毯垫上狠狠跺脚，把自己摔在一张巨大的厚垫榻榻米上，苦思冥想，直到太阳穴痛了起来。

那能是什么呢？造成这种不完整感的东西，还有什么是他没想到的？

正在这一混乱绝望的时刻，思绪飞散，汇入一团打结的乱麻之中，古德修先生感受到了那次震荡。如一场无声的爆炸，幻想的压力释放了，大面积的严重出血袭击了他身体中的神经，让他滚到了地板上，眨着眼睛。

什么——他站起身，直接冲向窗户，东边的窗外，城市灯光交织的全景尽收眼底。时值午夜。然而，很远之外，他能看到那只巨大的倒转的橘色光球，渐渐下沉，在天空中展开，如同在一只鱼缸的清水中点入了一滴颜色。

他看着它变大，想着它。他想到那些警世者和他们关于世界末日的不懈哀鸣，C型弹，O型弹——

爆炸开始了，在斗顶膨胀的黑云中，传来柔软的隆隆鼓声。当古德修先生渐渐明白过来时，他退缩了，颤抖不已。然后，他打了一个响指，说了句当然如此。他向后跃起，冲到了他的录音设备旁，拧紧了附件，让它开始嗡鸣。快，快！他把那只特别的麦克风对向敞开的窗口，高高举起，进行了测试：一、二、三、四。

然后，炸裂声，撞击声，还有跟所有雷声都不一样的雷鸣声，巨响，太响了，一阵狂暴的声音的旋风——但是仍然足够柔软，能够让尖叫的呻吟隐约渗透出来，就像一些胆小的小蛇。

古德修先生把麦克风高高地举到窗外，咯咯地笑了起来。甚至当火焰燃起时，他还在笑。他快速地呼吸，等待……再多一点儿，再等一会儿，再多两秒……现在！他拍下一个开关，看着金光闪闪的褐色磁带嘶嘶地快速倒带。他又敲下一个开关，停下了倒带。

古德修先生按下了回放按钮，在一阵狂热的充满期许的快乐中颤抖起来。

然后，灯光灭了。他弯下腰，听着——他伸长脖子，把手围在耳朵边；然后，他发出一声细小的痛苦的悲鸣，嗓子像被人掐住了。他摇晃那台死掉的录音机，一直摇，直到世界爆炸、支离，炸裂成数百亿个燃烧的碎屑。

他错过了它。他错过了那个终极的声音。

图书在版编目（CIP）数据

可能有梦 /(美)查尔斯·博蒙特著；修佳明译 . -- 北京：中信出版社 , 2022.5
（企鹅·轻经典）
ISBN 978-7-5217-4061-5

Ⅰ.①可… Ⅱ.①查…②修… Ⅲ.①中篇小说—小说集—美国—现代②短篇小说—小说集—美国—现代
Ⅳ.① I712.45

中国版本图书馆 CIP 数据核字（2022）第 044067 号

本书仅限中国大陆地区发行销售

"企鹅"及其相关标识是企鹅兰登已经注册或尚未注册的商标。
未经允许，不得擅用。
封底凡无企鹅防伪标识者均属未经授权之非法版本。

企鹅·轻经典
可能有梦

著　　者：[美] 查尔斯·博蒙特
译　　者：修佳明
出版发行：中信出版集团股份有限公司
　　　　　（北京市朝阳区惠新东街甲 4 号富盛大厦 2 座 邮编 100029）
承 印 者：鸿博昊天科技有限公司

开　　本：787mm×1092mm　1/32	印　　张：10.25	字　　数：219 千字
版　　次：2022 年 5 月第 1 版	印　　次：2022 年 5 月第 1 次印刷	

书　　号：ISBN 978-7-5217-4061-5
定　　价：49.00 元

版权所有·侵权必究
如有印刷、装订问题，本公司负责调换。
服务热线：400-600-8099
投稿邮箱：author@citicpub.com